인생설계 톡톡 코칭 에세이

두 개의 의자

와일드북

와일드북은 한국평생교육원의 출판 브랜드입니다.

인생설계 톡톡 코칭 에세이
두개의 의자

초판 1쇄 인쇄 · 2017년 9월 22일
초판 1쇄 발행 · 2017년 9월 29일

지은이 · 이경희
펴낸이 · 유광선
펴낸곳 · 한국평생교육원
브랜드 · 와일드북
편 집 · 장운갑
디자인 · 이종헌

주 소 · (대전) 대전광역시 서구 계룡로 624 6층
　　　　　　(서울) 서울시 서초구 서초중앙로 41 대성빌딩 4층
전 화 · (대전) 042-533-9333 / (서울) 02-597-2228
팩 스 · (대전) 0505-403-3331 / (서울) 02-597-2229

등록번호 · 제2015-30호
이메일 · klec2228@gmail.com

ISBN 979-11-88393-03-9 (03810)
책값은 책표지 뒤에 있습니다.
잘못되거나 파본된 책은 구입하신 서점에서 교환해 드립니다.

이 도서의 국립중앙도서관 출판예정도서목록(CIP)은 서지정보유통지원시스템 홈페이지
(http://seoji.nl.go.kr)와 국가자료공동목록시스템(http://www.nl.go.kr/kolisnet)에서 이
용하실 수 있습니다.(CIP제어번호: CIP2017023349)

인생설계 톡톡 코칭 에세이

두 개의
의자

진화 이경희(眞和 李京姬) 지음

와일드북

오래된 미래에서 온 편지

오랫동안 쓰지 않던 이메일 계정에서 이메일 주소를 찾다가 15년 전에 오고간 편지를 읽었다. 그 무렵의 편지 중에는 기억에서 밀려나 낯설게 느껴지는 내용이 많았다. 관심을 갖고 집중하던 일에서 멀어지니 자연히 기억이 희미하지만 흘려보낸 일 중에 아깝게 놓쳐버린 기회가 있었다는 걸 깨닫는다.

시행착오와 낙심한 일을 감쪽같이 지우고 새로운 이야기를 쓰고 싶을 때가 있지만, 축적된 시간의 압력과 열기 속에 묻혔던 기억의 나무가 발굴되는 순간 원래 품고 있었던 빛을 드러낸다. 그래서 지금의 내가 있구나, 오래된 미래가 오늘의 나에게 손을 내미는 찰나다. 양말, 젓가락, 귀걸이 한 짝이 감쪽같이 없어지듯 어딘가로 흔적 없이 사라졌던 장면들이 미지의 공간에서 숙성되다 봉인이 풀리는 날, 미해결 과제에 밀려다니던 일상의 뜨락에 평상을 펴놓고 누워 별구경이라도 하고 싶다.

　기록되지 않은 일은 없었던 일이나 마찬가지라고 했다. 열 살 무렵 쓴 글이 학교신문에 실린 이후로 떠오르는 생각들을 메모로 남기는 습관이 생겼다. 하지만 그물에 걸린 생각들은 무엇을 근거로 건져 올린 것일까.

　첫 수필집 〈신을 신고 벗을 때마다〉를 쓸 때는 관계와 성찰에 관심을 두었고, 두 번째 수필집 〈마음의 다락방〉을 출판할 때는 마음의 뿌리와 회복에 초점을 맞추었다. 지난 수년간 글을 쓰며 다른 분야의 책을 편집, 출판하고 글쓰기 코칭을 했지만 막상 내 수필집의 출판은 미뤄오다 코칭에세이를 내놓게 되었다. 그동안 개인의 삶뿐 아니라 세상의 흐름이 예사롭지 않아 새로운 게임의 법칙을 탐구하고 경험할 시간이 필요했다.

　사람의 마음과 삶의 태도에 대해 관심을 가진 지는 오래되었지만, 그래서 어떻게 할 것인가 하는 질문에 정답은 없었다. 청소년과 청년으로부터 베이비부머 중장년에 이르기까지 되도록 많은 사람을 만나 다채로운 사람 책을 읽었다. 때로는 눈앞에 백두대간이 펼쳐지고, 태풍으로 고립된 섬에 유배되기도 했다. 그러나 인생의 북극성을 발견한 사람은 어떤 역경이 있어도 새로운 삶의 이야기를 써내려가고 현재 위치와 원하는 지점 사이의 간극을 인생 곡선으로 이어간다.

미래를 열어가는 열쇠는 의외로 가장 낙심하고 고통스러웠던 시간의 계곡에 숨겨져 있고 그것을 찾는 여정은 마치 보물찾기와도 같다. 인생설계와 라이프코칭 고객 중에 여러분이 글을 쓰고 자신의 책을 출판하여 작가로 거듭났다.

나 역시 문인 본연의 자세로 돌아가 오래된 미래로 나아가는 길을 열어야 할 때라는 내면의 소리가 있었지만, 책을 낼 수 있는 적절한 시기와 환경을 만들어준 분들이 따로 있다.

코칭과 평생교육, 출판과 언론 사업을 통해 동반자가 된 한국평생교육원 유광선 원장님, 국제코치연합 최강석 대표님, 출판사의 장운갑 편집장님과 이종헌 실장님, 만날 때마다 다음 책을 기다린다고 동기부여를 해준 독자, 글을 쓰는 코치로 인정을 해주는 가족과 벗들에게 감사드린다.

알아차림과 지혜가 더욱 깊어지면 다음 책을 내겠노라 다짐을 했지만 시간이 흐르고 경험이 쌓인다고 해서 사람이 저절로 익어가는 것은 아니라는 걸 깨닫는다. 태풍에 쓰러진 나무가 흙 속에 분해되어 스며드는 데도 수십 년 이상 걸리는데 종이책을 만드느라 베어낸 나무에게 부끄럽지 않기를, 더디게 자라다 속을 비워가며 마디를 더하는 대나무처럼 나이가 들어도 정신의 탄성만은 잃지 않기를 바라는 마음이다.

2017년 7월 연희동 다락방에서
진화 이경희

차례 C O N T E N T S

CONTENTS

제2장 가르마를 바꾸다

CONTENTS

CONTENTS

제4장 수제비 떼는 날

CONTENTS

제5장 행복이라는 동사

제1장

눈부시다
그대 오후

외딴 섬의 조우遭遇

며칠간 풍랑으로 배가 끊어졌다. 왜 하필 절해고도였을까. 육지에도 갈 수 있는 곳이 널려 있는데 크게 마음먹고 찾아간 곳이 마라도다. 삼 주간의 자발적 유배에서 무엇을 찾을지 미리 정한 것은 없었지만 낯설고 신비스런 섬에 대한 호기심과 기대를 안고 떠났다. 반평생 익숙하게 살아온 생활 방식이 모두 쓸모가 없어지는 낙도에서 마지막까지 붙들고 있어야 할 것이 무엇인지 마라도의 자연은 오감이 무디어진 도시인에게 거친 파도, 숨 막히는 바람, 자욱한 안개를 통해 끊임없는 질문을 던졌다.

섬은 참 적막했다. 느린 걸음으로 걸어도 불과 한 시간이면 제자리에 돌아오는 작은 땅 한 줌, 없는 것이 흔하고 불가능한 것도 많은 섬에서 살아온 주민들의 동선을 따라 시간 여행을 해보았다. 예전에는 제주도만 해도 다시 돌아갈 수 없는 유배의 땅이었다. 거기서 또 남으로 망망대해를 지나 외롭게 떠 있는 최남단의 막내 마라도는 유배지의 유배지였을 것이다. 동력이 없던 시절에는 한나절 노를 젓거나 돛을 부려야 닿을 수 있는 섬이었을 테고, 더 넓은 세상에서 이탈한 누군가가 나무둥치나 뗏목을 붙잡고 우연히 닿은 곳인지도 모른다.

돌아보면 섬은 초근목피로 연명하기도 어려운 환경이다. 사람의 키를 넘는 나무가 거의 없고, 무언가 심고 가꾸기가 어렵게 황량한 땅이다 보니 그나마 익숙한 바다에서 목숨을 걸고 바다농사를 지었을 것이다. 어찌어찌하여 한 여인이 들어왔을 테고, 가정을 꾸리고 아이를 낳고 바다 속에 들어가 해물을 따며 물질을 시작했으리라.

섬의 깎아지른 절벽 위에서 큰 섬이나 바다로 나간 남정네를 기다리던 여인들이 목 놓아 통곡하다 눈물을 닦으며 다시 바다로 들어가는 모습이 눈에 선하다.

섬마을 올레 길을 걷노라니 한 집에 대여섯 명의 할망(제주도 말로 할머니)들이 평상에 둘러앉았고 마당 한쪽 빨랫줄에는 검은 잠수복이 널려 있었다. 칠순이나 된 분들도 여전히 물질을 하는 현역 해녀들이었다.

나무조차 자라지 못하는 거친 땅에는 수국이 흐드러지게 피었다. 그녀들의 억센 손마디도 어린 시절에는 꽃가지처럼 부드러웠을 터, 단단한 나무보다 여린 꽃과 풀이 그렇게 강하고 끈질기게 살아남는다는 것이 신비롭다.

마라도에 머물면서 스무 날 동안 매일 파도를 바라보았다. 새벽마다 잠이 깨면 창문을 열고 파도의 표정을 살폈다. 첫날은 파도소리에 귀를 기울이다 설레는 마음으로 잠이 들었고 다음 날 아침 일찍 일어나 섬을 한 바퀴 돌았다. 집집마다 야트막한 담 너머로 집안이 다 들여다보이는데 성글게 쌓은 돌담은 여기저기 구멍이 숭숭 뚫려 있지만 어떤 태풍에도 무너지지 않는다고 한다. 바람에게 길을 열어주는 빈

공간의 힘이다.

창작 집필실 앞 바지선 선착장에서 아이들은 작은 게를 잡으며 깔깔댔고, 관광객들은 삼삼오오 모여서 사진을 찍고 있었다. 한 아가씨에게 나도 사진을 한 장 찍어달라고 부탁을 했는데 사진이 찍히는 순간 갑자기 너울 같은 파도가 덮쳐왔고 손쓸 겨를도 없이 쓰러지고 말았다. 거대한 손으로 얻어맞고 이어서 바다로 확 빨려 들어가는 느낌…… 일어나 보니 온몸이 긁혀 상처가 나고 아끼던 하이브리드 카메라는 바닷물에 잠겼다. 그날은 내 인생에 부정맥과 같이 예기치 않은 너울 파도가 들이닥친 날이었다.

발목이 아파 움직일 수가 없다고 보건소 소장이 직접 왕진을 와서 주사를 놓고 약을 지어 주었다. 다음 날부터 통증이 가시고 차도가 있었지만 여러 날 동안 바다를 바라보기만 할 뿐 가까이 다가서지를 못했다. 나중에 돌아와 병원에서 엑스레이를 찍었는데 발가락에 연결된 뼈가 부러져서 다시 연결된 흔적이 있다고 했다. 보건소장도 제주에

나갔다가 뱃길이 험해서 보름 이상 돌아오지 못하고 부목을 댄 채 집 필실 용눈이 방에서 지낸 시간은 가장 오래 홀로 있었던 시간이었다. 하도 갑갑하여 다시 파도를 보러 나간 것은 며칠 후의 일이다.

매일 걷는 거리를 조금씩 늘리며 다가간 바닷가에는 더 높고 강한 파도가 연일 뒤척이고 있었다. 잔잔해 보인다고 해서 무방비 상태로 다가갔다가는 예기치 못한 파도에 휩쓸리는 곳이 바다고 세상이라는 것을 온몸으로 배운 선착장의 풍경은 무심하고 평화로웠다.

섬사람들에게는 바로 그런 바다가 그들의 세상이고 일터다. 나무 한 그루 뿌리 내리기 힘든 땅에 살면서 파도를 헤치고 물질을 하는 해 녀들, 풍랑 속에서도 꿋꿋하게 서서 낚싯대를 드리우는 주민들을 유 심히 바라보며 그 모습을 가슴에 담았다. 도심의 숲에 숨어 소유와 소 비에 급급한 문명인으로 살다가 혹시 두려움에 직면하거나 용기가 필 요할 때 내 안에 잠들어 있는 담대한 자연인을 깨우기 위해서다.

비록 작지만 강인한 한 점의 섬, 마라도에는 선인장 꽃이 끊임없이 피어나고 백년초 열매가 농밀하게 영글어 간다.

시시각각 다른 빛깔로 반짝이는 바다 위로 노을이 내린다.

복잡한 일상을 벗어나 훌쩍 떠나고 싶은 꿈을 품고 있다면 용기를 내어 며칠간 외딴 섬에 가볼 일이다. 섬에 가면 대중 속에서 고독한 섬 으로 살던 내 안의 나와 번개처럼 조우를 하고 지금까지와는 전혀 다 른 모습의 내가 새로운 세상으로 난 문을 열지도 모른다.

가감승제 加減乘除

가 - 더하기

　내가 원하는 것들을 하나씩 더해본다. 원하는 것을 100개쯤 써보면 그 사람이 누구인지를 알게 된다고 했다. 정말 100개를 다 말할 수 있을지, 과연 나의 실체가 무엇인지 궁금해진다.

　우선 내 책을 15권 갖고 싶다. 수필집 7권, 시집 5권, 실용서 3권을 쓰는 것이 목표이다. 그 다음에 원하는 것은 잔고가 충분한 3개의 통장이다. 1개는 가족을 위해, 1개는 사회를 위해, 1개는 나 자신만을 위해 쓸 것이다.

　가족을 위한 통장은 연로하신 어머니를 위해 절실하게 필요하고, 정년을 맞는 남편과 나의 노후를 위해 준비해야 하며, 아직 젊은 두 아이의 미래를 위해 채워 놓아야 한다.

　사회를 위한 통장은 문화예술사업과 선교사업을 하기 위해 갖고 싶다. 문화예술사업을 위해 재단을 만들고, 지구촌 구석구석에서 도움을 기다리는 어린이 50명을 후원하는 것이 나의 꿈이다.

　나를 위한 통장은 지력知力과 심력心力과 체력體力을 키우는 데 쓸 것이다. 끊임없이 새로운 지식을 배우고, 좋은 음악과 미술 작품과 공연

예술을 듣고 보고 느끼며, 언제든 자유롭게 새로운 세계로 여행을 떠나고 싶다. 가장 가보고 싶은 곳은 청정한 자연이 그대로 살아 있는 오지와 인류의 문명이 밀도 있게 축적된 곳이다. 그곳에 가서 말을 타고 사진을 찍을 것이다. 여행에서 돌아와 글과 사진이 어우러진 전시회도 갖고 싶다.

한 사람이 잘살았는지를 알려면 그 사람 곁을 마지막까지 지켜주는 지지자가 몇 명이나 되는가를 보면 된다. 나는 30명 정도의 강력하고 소중한 지지자를 얻고 싶다. 나로 인해 그들의 삶이 행복해지고 내가 그들을 통해 힘을 얻기 위해 구체적인 목표와 꿈을 가지고 함께 일하는 살림 공동체를 만들어 나갈 계획이다. 강력한 동기부여를 통해 잠재적인 능력을 계발하고 속사람 살리는 일을 하고자 한다.

내가 원하는 것 98개를 썼다. 구체적인 제목과 이름은 하나씩 이루어가며 채울 것이다. 나머지 2개의 빈칸은 앞으로 더욱 가치 있는 보물을 찾아낼 때까지 비워두기로 한다.

감 – 빼기

나에게서 가장 먼저 빼야 할 것은 부정적인 생각들이다. 태어나면서부터 알게 모르게 내 안에 채워진 부정적인 신화와 메시지들이 성장과 변화를 꿈꾸는 나의 발목을 잡는다. 수치심, 열등감, 두려움, 불안, 분노, 우울, 질투심과 같이 엄청난 영향력을 발휘하는 감정들은 잘 관리하고 반드시 해결해야 할 것들이다.

나쁜 습관을 버리는 것도 필수적인 과제이다. 거절을 못 하고, 늑장을 부리고, 미루는 습관은 내가 만든 것이지만 능히 나를 삼킬 수 있는 위험한 친구들이다. 습관은 최악의 주인이거나 최선의 하인이라고 했다. 이제부터는 그것이 무엇이든 내 생명을 좀먹고 긍정적인 에너지를 빼앗아가는 것들을 단호하게 사절한다.

나이는 줄이고 싶어도 줄일 수 없는 것이지만 체중은 적정수준으로 줄여야 한다. 당연히 입에 달고 고소하고 맛있는 음식을 절제해야 하고 과로도 피해야 한다.

나이가 들면 적게 먹어도 체지방은 늘어나고 근육양이 줄어든다기에 얼마 전부터 맨손체조와 그림자 줄넘기를 시작했다. 나이가 들어도 할 수 있는 고전무용이나 스포츠 댄스를 배울까 생각 중이다. 소식小食하고 땀 흘리며 몸을 가볍게 하거나 불필요한 소비와 쓰레기를 줄이는 것도 빼놓을 수 없는 숙제이다.

승 - 곱하기

아, 곱하기는 보이지 않는 꿈과 비전의 세계다. 시간과 공간의 제약을 받고, 물질에 의해 억압을 당하며, 서로를 물고 먹는 붉은 바다Red Ocean를 뛰어넘어 상생相生의 푸른 바다Blue Ocean에서 자유롭게 헤엄치며 그 위를 마음껏 날고 싶다.

지난여름, 보르네오 원시림을 가르는 강 위에서 수만 년 불고 있는 녹색 바람에 마음을 행구고, 하늘로 솟아오르는 팽팽한 낙하산을 탄 채 넘실대는 남지나해 위를 날았다. 굶주린 영혼이 배부르고 가슴이 시원해서 저절로 웃음이 터져 나왔다. 마치 거인이 된 듯 용기가 났고 생명의 강과 하늘나라에 대한 밑그림을 그릴 수 있었다. 대자연 속에서 몸으로 초월의 경험을 하며 내 안에서 졸고 있는 한 톨의 생명이 30

배, 60배, 100배로 열매 맺어 곱하기의 삶을 살게 되기를 간절히 기도했다.

지금은 비록 외롭고 슬플 때가 많지만 정직하고 성실하게 덧셈, 뺄셈, 나눗셈을 하면서 오병이어의 기적이 일어나는 곱셈의 나라가 이르기를 꿈꾼다.

제 - 나누기

나누면 커지는 것이 있고, 적어지는 것이 있다. 기쁨이나 사랑은 나눌수록 커지고, 슬픔이나 괴로움은 나눌수록 적어진다.

식물의 포기를 나누거나 꿀벌의 집을 분양하면 생명력이 왕성해져서 더 많은 열매와 꿀을 얻는다. 세포의 분할을 통해 새로운 생명이 탄생하는 것 역시 나누기가 갖는 비밀이다. 사람의 일도 마찬가지다. 한 집단을 몇 개로 나누면 신기하게도 새로운 리더가 탄생을 하고 역동적인 집단으로 발전하는 것을 보았다.

내가 나누어야 할 것 중에 가장 중요한 것은 두 아들을 결혼시켜 내보내고 다른 사람들을 후원하여 독립시키는 일이다. 자녀 양육과 일과 신앙을 모두 나누기의 영역으로 분류해본다. 또한 재물을 벌고 모으고 늘리고 나누어서 재정적 자유를 누리고, 시간과 재능을 나눔으로써 많은 열매와 씨앗을 얻어, 민들레 홀씨처럼 널리 날려 보내고 싶다.

그해 여름에 시작된 이야기

　주말에 작은 아이가 전화를 해서 형과 뜻을 모아 올여름에 여행을 보내주겠다고 했다. 올해가 60년 만에 맞이하는 해이고 베이비부머인 내 나이 만 60세가 되는 해이니 특별한 생일이긴 하다. 결혼한 지도 벌써 37년이 지났고 격변하는 세월 속에서 두 아들이 무난하게 자라 제 몫을 하고 있으니 고맙다. 이것저것 지나온 일들을 되돌아보다가 기억이 닿지 않는 지점에 이르자 내가 태어나던 시절은 어땠을까 궁금했다. 그동안 단편적으로 들은 이야기가 많지만 혹시 새로운 이야기가 없을까 해서 어머니께 전화를 했다.

　전쟁이 끝난 지 2년이 지난 1955년 을미년 음력 유월 초하루는 삼복더위 중이었다. 전쟁으로 폐허가 되었던 서울은 부산하게 복구되고 있었고 스물네 살의 산모는 을지로 6가 메디컬센터(지금의 국립의료원)에서 첫 아기를 낳았다. 동갑내기 신랑은 1950년 대학교에 입학하자마자 전쟁이 터져서 군에 입대한 경상도 청년이었다.

　서울 무교동이 친정인 신부와는 여러모로 문화적인 차이가 있었지만 청춘남녀는 부산 피난 중에 열애를 하다 결혼했고 나는 젊은 부부의 맏딸로 태어났다.

육군 대위로 제대한 아버지는 다시 법대생으로 돌아가 공부를 마치고 평생 공직자로 격동의 세월을 보내셨다. 어머니는 사 남매를 키워서 교육하고 출가를 시켰는데, 내가 보기에는 즐겁고 기쁜 일보다 참고 견뎌야 하는 일이 많은 삶이었다.

어린 시절 유난히 이사와 전학을 자주 다닌 것은 아버지의 직장과 관계가 있지만 이삿짐 싸고 푸는 일은 거의 어머니 몫이었다. 어머니는 천성이 활달하고 생활력이 강해서 대부분의 푸성귀를 텃밭에서 자급자족했고 이사를 가는 곳마다 바가지 우물을 팠다. 고명딸인 나의 여름옷을 만들어주는 것은 기본이고 사 남매의 겨울옷을 모두 털실로 짜서 입혔다.

얼마 전 '내 인생의 책 한 권, 자서전 쓰기'를 하며 태어나면서부터 일어났던 일과 가족, 당시의 사회 환경에 대해 연도별로 써보니 12살까지 한 장의 A4 용지에 무려 25가지의 기록이 나왔다. 그 이후로 인생표를 작성한다면 시간이 지날수록 써야 할 양이 늘어날 테지만 정확한 시기를 기억하는 것은 쉽지 않은 일이다. 일기를 쓰다가 중단한 후로는 수첩과 메모장이 기억의 저장고가 되었고 2003년부터는 수많은 이야기가 담겨 있다.

개인의 역사와 사회적 배경은 어느 정도 연관이 있을까. 내가 쓴 연대표를 얼핏 보아도 반복되어 나타나는 몇 개의 단어가 있다.

이사, 전학, 가족, 학교 외에 4·19, 5·16 등 정치적인 일들이 배경으로 남아 있고, 수해, 철거, 배급, 옥수수 빵과 같은 단어들도 나온다. 백일장, 사생대회에 갔던 장면과 창경원(창경궁), 비원(창덕궁), 동구

릉, 서오릉, 진관사, 소풍 갔던 지명이 떠오른다.

오늘 어머니의 기억 중에 기대한 만큼 새로운 이야기는 없었다. 평소에 늘 하시던 이야기가 반복되었고, 시간과 장소가 더러 뒤바뀌기도 했다. 모든 기억이 여든네 살의 노인이 그렇다고 믿고 있고 각별한 의미를 부여한 것이기에 사실여부에 관계없이 가치가 있다. 그런 일이 있을 때마다 느꼈던 감정이 무엇이고 어떻게 해석되었으며 현재 어떤 방식으로 작동되는지 알아차리는 것이 중요하다.

예전 같으면 회갑에 상을 차리고 잔치를 베풀었지만 요즘은 모두 옛 풍속이라고 여긴다. 그렇다 해도 베이비부머라면 누구나 긴 여생을 대비하여 인생 이모작을 해야 하므로 이쯤에서 내 이야기의 전편을 쓰고, 후편도 계획해야 한다. 혼자서도 쓸 수 있겠지만 여럿이 동행할 길동무를 찾고 있다. 연말쯤 모여서 공동 기획, 공동 집필, 공동편집, 공동 출판한 책을 읽고 공감하며 축하하는 북콘서트를 연다면 멋지지 않을까. 아무리 평범하게 살아온 사람들이라 해도 60년 삶의 이야기 속에는 특별한 보물지도와 앞날을 위해 필요한 내비게이션이 들어 있다.

영화 〈위 아 영We are young〉에 나오는 대사 한 마디가 생각난다.

"다큐멘터리는 남의 이야기를 하는 것이고, 픽션은 나의 이야기를 하는 것이다."

이제부터 '그해 여름에 시작된 이야기'를 하려 한다. 부디 귀 기울여 들어주시기를…….

내 생애 최고의 해

지난 연말 2016년의 메모와 스케줄이 빼곡하게 담긴 수첩을 잃어버렸다가 1주일 만에 찾았다. 마치 잃었던 보물을 찾은 듯 기뻤다. 중요한 스케줄은 스마트 폰에도 저장을 해놓지만 수첩에는 좀 더 자세하게 단상을 적는 편이라 1주일간은 2016년이 통째로 날아간 듯 허전하고 아쉬웠다. 특히 수첩의 맨 앞장에는 '내 생애 최고의 해' 워크숍을 하며 올해 해야 할 일 10가지를 적어놓은 것이 있다.

2010년부터 연말마다 내 생애 최고의 해 워크숍에 참여했고 수첩의 앞장에 적어두는 올해의 할 일 10가지는 연말이 되고 다시 '내 생애 최고의 해' 워크숍을 할 무렵이 되면 신기하게도 8할 정도는 이루어진 경험을 했다. 실제로 지난 6~7년간 건강한 인생 이모작을 준비하고 실천하며 가장 밀도 있는 생활을 했다.

이전과는 달리 머뭇대고 망설이던 소심함에서 벗어나 마음먹은 것을 실천하는 행동력이 생겼다. 물론 끊임없는 자기 발견과 정체성의 확장을 위해 공부하고 노력하면서 스스로 원하는 삶을 이루어가겠다는 열망이 뒷받침되었지만 '내 생애 최고의 해'가 현실이 되는 것은 신기한 일이다.

무엇인가 이루기 위해서는 목표를 잡고 여러 가지 방안을 찾는 과정이 있는데 그 사이에 반드시 짚고 넘어갈 것은 현실과 원하는 목표 사이의 거리가 얼마나 되는가, 어떤 장애가 있는가를 확인하는 일이다. 내게는 일을 하기도 전에 제대로 해내고 싶은 욕심과 안 되면 어떡하지 하는 두려움이 있었고, 끝까지 밀어붙이는 힘과 자신감이 부족했다. 그런데 한 해, 두 해, 내가 세운 목표를 이루고 작은 성공을 하는 동안 자신감이 올라가고 자존감도 회복되기 시작했다. '어느 정도'에서 물러나던 무른 사람이 대차게 '해내는' 사람으로 바뀌어 간다.

2016년을 결산해보니 오랫동안 미루어 왔던 일이 이루어지고 생각지도 못했던 일까지 덩달아 성사된 것을 발견했다. 사회복지대학원 3학차를 마쳤고, 평생교육사와 사회복지사 실습도 해냈다. 인생설계전문코치라는 이름으로 창직을 했고 생애설계코칭연구소를 만들었다. 지난 1년간 서울시50+재단의 50+컨설턴트로 일하면서 인생설계사 민간자격과정을 진행하고 있다. 인생설계와 코칭에 집중하다 보니 전국적으로 인생 이모작에 관한 강의를 하게 되었다. 이 밖에도 사회적 코치를 양성하고, 교육·복지 분야의 정책 수립을 위한 의제를 가지고 시민대토론회에 참석하여 사회의 변혁을 위한 국민운동에 동참했다. 막연히 내 자신과 사회의 변화를 꿈꾸던 삶에서 나의 강점과 가치가 무엇이고 인생의 목적과 역할이 무엇인지 알아차리고 실천하면 현실이 될 가능성이 높고, 거기에 뜻을 같이 하는 동료들이 있다면 지치지 않고 오래 일할 수 있다.

문제는 중요하지만 급하지 않은 일의 우선순위가 밀렸다는 것이다. 예를 들면 '남편과 1주일에 한 번 산책하기', '어머니와 2박 3일 여행 가기'가 매년 밀리고 있다. 어쩌면 소중한 가족들은 사랑과 관용으로 기다려 주리라는 믿음이기도 하지만 인생 2막이 되면서 밖으로 나가는 활동에 더 많은 비중을 둔 까닭이다. 실은 급하지는 않아도 가장 소중한 관계를 위해 시간을 비우고 충전해야 생활이 윤택해지고 여유가 생긴다는 것을 깨달으며 일 중심으로 치우친 목표와 관계 중심의 목표의 균형을 잡기로 했다. 그래서 건강을 돌보는 항목을 더 넣었는데 '속근육을 튼튼하게 하는 운동하기(하루에 '나무자세' 운동 5쌍, 플랭크 운동 10분)'를 넣었다. 내가 되고 싶은 사람의 모델이 매력 있고 건강한 호호할머니이고 나의 롤모델은 호호백발의 86세 연세에도 전철을 타고 어디든 다니며 늘 아름답게 자신을 가꾸는 친정어머니다.

또 하나 2017년에 빼놓지 않고 해야 할 일은 많은 시간 집중해온 인생설계와 인생 이모작에 대한 코칭에세이 책을 펴내는 일이다. 인생설계와 코칭, 내 생애 최고의 해를 통해 50대 이후의 삶이 전성기가 될 수 있다는 희망의 증거를 평생 일하던 직장에서 퇴직하고 쏟아져 나오는 베이비부머들에게 전하고 싶다. 앞으로 5060의 일은 내 자신과 가족만을 위한 일보다는 사회공헌과 일자리를 겸한 제3섹터의 일이 되어야 한다. 정부와 기업이 못 하는 일을 일할 의지와 역량과 건강이 있는 5060이 해낸다면 우리 사회는 해마다 생애 최고의 해를 경신해 나가리라 믿는다.

눈부시다, 그대 오후
— 여섯 고개로 쓰는 나의 이야기

하나. 학령 전

나는 서울에서 사 남매의 맏딸로 태어났다. 그래서 이름도 서울 경京, 아가씨 희姬, 이경희라는 이름을 받았다. 어머니는 서울 분이셨지만 아버지의 고향이 시골이라 할아버지께서 그런 이름을 지어주셨다. (그 이름이 워낙 흔한 이름이라 문단에 등단한 후로는 이십 년 넘게 이진화眞和라는 필명을 썼다.)

공무원이었던 아버지는 격동기에 중요한 부처에서 일하시느라 매우 바쁘셨지만 그 당시 대부분의 공직자들이 그렇듯이 생활은 그다지 넉넉한 편이 아니었다. 학교에 들어가기 전까지 전셋집에 살았는데 사내아이가 셋이나 되는 집안은 늘 시끌벅적했다. 첫 아이라 부모님과 집안 어른들의 특별한 사랑을 받았어도 동생들이 태어날 때마다 큰집이나 외가에 맡겨지곤 했다. 내가 꿈꾸는 세상은 부모님의 사랑을 독차지하는 것이었는데 손이 모자란 어머니는 어린 내게 종종 동생을 돌보라고 맡기셨다.

나는 내성적이지만 감수성이 예민하고 호기심이 많은 아이였다. 세상에서 일어나는 일들이 신기하고 흥미진진해서 아버지와 어머니를 따라 모임에 가거나, 이웃들이 음식을 나누며 대화하는 자리를 좋아했다. 젊은 이모, 고모, 삼촌들은 라디오나 TV에 나오는 노래와 춤, 팝송까지 따라 부르는 나를 귀여워하며 친구들의 모임에 데리고 다녔다. 이모가 들려주는 동화와 영화 이야기에 귀를 기울였고, 이모가 출연하는 학생 연극에 따라가서 맨 앞에서 꼼짝도 하지 않고 관람을 했다. 환상적인 세계에 대한 호기심을 가지고 혼자 만든 모노드라마, 친구와 동생들을 불러 모아 만드는 즉흥극은 무궁무진했다.

둘. 초등학교 시절

초등학교 때는 전학을 자주 다녔다. 정들만 하면 옮기는 학교는 늘 불편하고 차가운 느낌이 드는 곳이었다. 반복되는 낯선 환경에서 살아남을 수 있는 길은 공부를 열심히 해서 인정받고 친구를 빨리 사귀는 것이라는 것을 저절로 터득했다. 우선 공부를 열심히 해서 선생님의 기대에 부응했고, 매일 책을 읽으며 글을 썼다. 백일장에 나가서 상을 탈 때마다 친구들이 남다른 호의를 보였고, 내성적인 전학생임에도 불구하고 초등학교 5학년 때 반장이 되었다. 졸업식에서 재학생 대표로 송사를 낭독한 것은 특별한 경험이었고, 학교에서는 글 잘 쓰고 공부 잘하는 아이로 소문이 났다. 서울시교육위원회와 동아일보가 주최하는 백일장에서 특선을 하여 신문에 기사가 나고 입상작 모음집에도 실렸다. 5학년 담임선생님은 평소에는 부끄러움이 많지만 무대에 서면 당당하게 맡은 일을 해내는 키 작은 아이의 리더십을 끌어내 주셨다. 6학년 때도 학급 회장을 맡으며 치열했던 중학교 입시 준비에 들어갔는데 아버지의 직장 때문에 6학년 5월에 시내 중심에 있는 학교로 또다시 전학을 했다.

그 시절에는 좋은 중학교에 들어가기 위한 경쟁이 치열하여 초등학교 5~6학년 아이들이 통금시간 무렵까지 과외공부를 하고 입주 과외를 하는 일도 있었다. 변두리에서 공부를 곧잘 하던 아이는 도심의 치열한 경쟁 앞에 어안이 벙벙했다. 그래도 낯선 학교에 적응하는 방법으로 터득했던 독학 실력으로 매주 앞자리로 진출했다. 새로운 학교의 6학년 교실은 수우미양가 분단에 앞자리부터 등수대로 앉는 기가 막히는 풍경이 펼쳐졌는데 매주 시험을 보고 성적에 따라 자리가 바뀌었다. 남에게 지는 것을 싫어했던 나는 동생들의 틈바구니에서도 밤늦도록 열심히 공부를 해서 세칭 일류 중학교에 원서를 낼 수 있었다.

셋. 중고등학교 시절

다행히 중학교에 합격하여 다니게 된 이화여중은 역사가 깊은 기독교 학교였다. 대체로 우수한 학생들이 모였으나 공부 못지않게 기독교 정신에 입각한 전인교육에 초점을 맞추어 음악, 미술, 문학, 연극, 봉사활동을 많이 시켰다. 나는 중학교 시절 특별활동으로 미술반과 문예반을 택했고, 단짝 친구와 연극을 자주 보러 다녔다. 교외 클럽에는 참여하지 않았으나 교내 봉사클럽에 가입하여 수시로 보육원 아이들을 찾아가서 돌보아 주었다. 혼자서 책 읽고 글 쓰는 일에 집중하는 매우 평범한 여학생이었고, 중학교 1학년부터 고등학교 졸업할 때까지 선교위원을 하며 주일에는 교회 학생 중고등부 예배에 꼬박꼬박 출석했다.

　아버지의 임지를 따라 부모님과 세 동생이 인도네시아에 가게 되었을 때 무슨 이유에서인지 나만 우리나라에 남게 되었다. 그 나라에 마땅한 학교가 없었는지, 넷을 다 보내기에는 국제학교 교육비가 너무 비쌌는지 모르지만 큰집에서 비슷한 또래의 사촌들과 고등학교 시절을 보내며 대학교 입시 준비를 했다. 예비고사와 본고사를 보는 입시 제도에 따라 전 과목을 공부하고 논술도 준비해야 하는 형편이었다. 과외를 꾸준히 하지는 못했지만 대학생이었던 사촌 오빠가 동갑내기 사촌과 나에게 개인지도를 해주었다. 모의고사는 그럭저럭 보았으나 중간고사와 학기말 고사는 그다지 좋은 성적을 내지 못했고, 외로움을 독서와 글쓰기로 달래는 고등학교 시절이었다. 활달하지도 명랑하지도 않았던 여고 시절의 추억은 거의 모노톤으로 남아 있다.

넷, 대학교 시절

예비고사는 모의고사 정도로 보았는데, 다행히 본고사인 논술 시험 성적이 잘 나와서 3:1의 경쟁을 뚫고 이화대학교 사범대학에 합격했다. 그때 계열별로 시험을 보던 문리대학 문과에 가라던 담임선생님의 권유에도 불구하고 나는 특수교육을 택했고 학령전 교육(유아교육)을 복수 전공했다. 교사가 되고 싶은 마음도 있었고 신설된 지 얼마 되지 않은 학과에 가서 교수가 되고 싶은 꿈이 있었기 때문이다. 그러나 대학교 1~2학년은 걸핏하면 휴강이나 휴교로 이어졌고 본격적으로 공부를 해야 되겠구나 정신을 차려보니 3~4학년에 이르렀다. 저학년 때는 열심히 미팅도 하고 학교 축제에도 참여했지만 남자친구도 제대로 사귀어보지 못하고 졸업을 했다.

대기만성인지 유종의 미를 거두어 4학년 성적은 4.0 만점 우등으로 졸업을 했으나 특수학교에 취직이 안 되고 대학원 진학도 못 한 채 연구조교로 학과장 교수님의 프로젝트를 돕게 되었다. 연구조교가 끝나면 대학원에 가서 공부를 계속하리라는 계획이 있었지만 매사는 때가 있는 법이다. 교수님은 나를 어여삐 여겨 곁에 두셨으나 성격이 독특하기로 유명한 교수님의 연구조교로 지내는 일은 고달프기만 했다. 그때 우연찮게도 교수님의 동창이었던 시어머니와 인연이 닿아 남편을 만났고 결혼은 일사천리로 진행이 되었다.

다섯, 결혼 생활과 문학, 그리고 평생교육

남편은 청혼을 하고 아버지는 반대하시는 결혼이었으나 나는 결혼을 결심하였다. 엔지니어인 신랑과 믿음이 좋은 시어머니는 둘만의 단출한 가족이었다. 애지중지 하던 딸을 홀어머니의 외아들에게 보내는 것이 못내 마음에 걸렸던 아버지는 교수님과 친분이 있는 시댁 어른들의 권유에 어느 정도 마음을 놓고 고명딸을 놓아 보내셨다.

두 아들을 낳고 남편이 중동에 오가는 동안 대구에서 직장에 다니던 시어머니는 퇴직을 하고 서울로 올라오셨고 25년의 기나긴 시집살이가 시작되었다. 22살에 홀로 된 어머니는 강직하고 엄격한 분이셨다. 겉으로는 조용해도 새로운 일에 대한 도전과 성취에 관심이 많았던 나는 작은 아이가 초등학교에 들어갈 무렵부터 내 일을 찾기 시작했다. 교회 주일학교에서 유치부 교사를 하면서 매주 설교를 하고 성경공부를 하는 동안 아이들에게 들려줄 동화를 써서 신문에 기고했다. 1988년에 〈한국수필〉에 추천완료를 받아 등단을 했고 두 번째 수필집으로 〈한국수필문학상〉을 수상했다.

1992년부터는 대학교 평생교육기관에 등록을 하여 끊임없이 방과 후 글짓기 교사, 파워스피치 전문가, 상담심리치료사, 가족치료전문가, 의사소통방법 강사, 리딩큐어 전문가 과정을 마쳤고, 대학 졸업 후 22년 만에 특수교사 임용시험에도 합격했다. 그러나 시어머니의 병환으로 풀타임으로 일을 할 수가 없어서 교사직을 포기한 후 5년간 간병을 하는 동안 노년의 삶과 웰빙이 무엇인지, 어떻게 해야 웰다잉을 할 수 있을지 깊이 고뇌했다. 괴롭고 힘이 들 때면 비타민처럼 시집과 심리학책을 읽었고, 일주일에 한 편씩 시와 수필을 썼다. 평생 수절하며 반듯하게 살아온 시어머니는 파킨슨병, 알츠하이머, 골수암, 악성빈혈과 싸우다 77세를 일기로 하늘나라에 들어가셨고, 나의 시는 신춘문예 최종심에 올랐다.

여섯, 무지개빛 오후

그동안 두 아들은 무난히 대학에 진학하고 좋은 직장을 찾아 독립하고, 나는 다시 새로운 공부를 시작했다. 남편의 정년퇴직을 앞두고 미리 준비를 하려면 어떤 일이 좋을까 탐색을 하다가 전문 코치의 길을 선택했다. 연세대학교 신학대학원에서 비즈니스 코칭 전문 과정을 마치고 전문코치로 활동하다 다시 고급 코치과정을 졸업했다. 코칭은 그동안 생활인으로 살아오며 공부한 교육학, 문학, 심리학, 상담심리치료, 가족치료, 의사소통방법, 리더십, 로고테라피를 융합하여 펼쳐나가기 좋은 분야다.

현재 3~4개의 정기간행물의 편집을 맡고 고정 집필을 하면서, 대중강연 강사로 도움닫기를 하는 중이다. 전문 코치로 활동하면서 온라인에 동영상 강의를 올리고 각급 학교, 기관, 단체에서 강의를 하고 있다. 어린 시절의 꿈인 강단과 대중매체에서 평생 쌓아온 경험과 지식으로 자기실현의 기쁨을 누리고 사회에 기여하는 인생의 오후가 기대된다.

올해(2017년)에는 교사 자격 외에도 사회복지사, 평생교육사, 건강가정사, 국가자격과정을 이수했다. 나도 내가 어떻게 될지 기대가 된다.

눈부시다, 그대 오후!

문전옥답 인생이모작

　불난 집에서 90세 노모가 반려견 두 마리보다 나중에 구조되었다는 뉴스를 들었다. 후세들에게 짐 되는 노인들이 넘치는 세상은 상상만 해도 우울하다. 게다가 한국 노인들의 빈곤율이 OECD 국가 중에 1위라니 이 문제를 어떻게 해결해야 할지, 뾰족한 대안은 없는지 안타깝다. 베이비부머로 태어나 신중년(60~75세)에 접어드니 노후문제에 저절로 관심이 쏠린다. 서로를 존중하며 세대 간에 화목하고 행복하게 살 수 있는 방법을 찾지 않고서야 이 어려운 시대를 어떻게 무사히 건너갈 수 있을까.

　나는 2015년 두 번째 을미년을 맞이했다. 예전 같으면 할머니 소리를 들을 나이인데 아직도 지구라는 낯선 별을 탐사하는 미숙한 여행자의 느낌이 든다. 60년의 삶을 시행착오와 행운이라는 씨실과 날실로 태피스트리를 짜면서 어느 정도 내 삶의 윤곽이 드러나고 있지만 여전히 예측할 수 없는 불확실한 미래 속에 살고 있다. 매년 새롭게 출판되는 미래학 책을 읽고 지나간 역사책을 뒤져도 하루아침에 터지는 재앙과 사고의 소식에 털썩 주저앉을 수밖에 없다. 개인의 역사도 거대한 흐름을 거스르기는 어려우니 어떻게 하면 수많은 변수 속에서도 가족,

벗들과 더불어 안전하고 평화로운 노후를 보낼 수 있을까.

줄곧 그런 고민을 하다가 서울시립 도심권인생 이모작센터 '50+카운슬러' 과정에 지원했다. '50+카운슬러'는 생애설계전문가로서 재직 중인 베이비부머 직장인을 찾아가서 통합적인 생애설계서비스를 하는 신직종이다. 1차적인 직업의 연결이나 전직을 지원하는 것과는 차별화되며 퇴직 후가 아니라 2-3년 전에 미리 인생 전체를 조망하여 생애설계를 하고 정서심리적인 지원과 함께 구체적인 정보를 찾을 수 있도록 한다.

인생 이모작은 일찍 시작할수록 효과적이고 자기발견, 재취업, 창업, 창직, 사회공헌, 여가, 건강, 대인관계를 두루 살펴가며 해나가야 하므로 '50+카운슬러' 제도에 거는 기대가 크다.

생애설계와 더불어 계속 해나가고자 하는 일은 개인의 일대기, 즉 자서전을 쓰는 일이다. 글쓰기를 통해 나의 삶이 많은 성장을 했고, 그동안 만난 고객들이 놀랄만한 변화를 했다.

1988년에 문단에 등단하고, 1992년부터 꾸준히 상담, 심리치료, 코칭을 공부하며 어떻게 나만의 브랜드를 만들까 고심하던 나에게 문학과 코칭의 융합으로 길이 보이기 시작했다. 내가 먼저 인생 이모작에 성공하고 베이비부머를 돕는 일이라 소명감으로 가슴이 뛴다. 늘 부족한 부분 때문에 결핍을 느꼈으나 이제부터는 내 앞에 펼쳐진 문전옥답을 갈아서 나누며 인생후반전을 즐겁고 보람 있게 보낼 꿈을 꾼다.

어제는 '50+카운슬러'들과 함께 서울도심권 인생 이모작센터에서 기획한 부부의 날(5월 21일) 특집 '꽃보다 남편, 꽃보다 아내' 콘서트에 참석했다. 〈50+희망 프로젝트 은퇴설계콘서트〉는 부부 편을 시작으로 자녀, 친구, 직장동료와 함께하는 노후 준비로 4회차까지 이어진다. 50 대~60대 퇴직 예정자들 60쌍과 도심권인생 이모작센터 회원, 시민 200여 명이 참석하여 재정전문가의 강의, 부부 댄서와 여행연출가로 멋진 인생 이모작을 하고 있는 부부의 이야기, 공동주택으로 인생후반기의 쾌적한 삶과 안전망을 구축한 주택협동조합 '구름정원 사람들'의 사례를 들었다.

그 모든 프로그램을 통해 현실 너머의 가능성을 깨닫고, 한국과 일본의 시니어들이 답한 설문지 결과를 보며 성공적인 인생 이모작을 해법이 무엇인지 예습했다. 한일 노인들이 공통적으로 후회하는 일은 '평생할 수 있는 취미를 갖지 못한 것, 치아 관리를 하지 못한 것, 저축을 하지 못한 것, 가족과 대화를 하지 못한 것, 여행을 하지 못한 것, 이웃과 사귀지 못한 것' 순이다.

그리고 가장 나중까지 곁에 있어 줄 사람이 누구인지 생각하며, 세개의 의자를 준비하라는 말이 인상적이었다. 고독을 견디어 내며 홀로 앉을 한 개의 의자, 서로 마주보고 앉을 두 개의 의자, 이웃이나 공동체와 더불어 앉을 수 있는 세 개의 의자……. 마침 우리 동네로 이사 온 동료 코치가 생각난다. 공동주택의 옥상을 이용하여 텃밭을 일군다고 하던데 상추, 고추 모종, 꽃모종을 보태고 농사가 잘되면 또 한 친구를 불러서 뒷동산 정자에 세 개의 자리를 마련해야겠다.

배롱나무 꽃 필 무렵

배롱나무 붉은 꽃이 피면 여름이 깊어진다. 피지 않을 듯 시치미 떼고 있던 배롱나무에 꽃이 필 무렵이면 내 생일이 다가온다. 배롱나무 꽃은 여름의 정점에 피어나서 선선한 바람이 부는 계절까지 거의 백일 동안이나 피고 진다. 그래서 배롱나무를 목백일홍이라고 하나 보다. 내가 모든 일에 뒤늦게 꽃이 피는 늦깎이라서일까, 만 60세의 생일에 배롱나무 꽃을 바라보는 느낌이 남다르다.

탄생과 생일에 대한 이야기는 그 사람에 대해 많은 것을 말해준다. 어디서, 어느 계절에, 누구의 자녀로 태어났는지, 태어날 때 어떤 환영을 받았는지, 형제 서열이 어떻게 되는지, 건강상태는 어땠는지, 사소하게 여겨지는 일들도 현재의 삶에 중요한 단서가 된다.

여름 더위의 절정인 삼복중에 맞이하는 생일이라 종종 가족들조차 잊곤 하는데, 이번에는 특별한 생일이라고 자축하며 7월 19일 0시 SNS에 'Happy Birthday to me!' 광고를 했다. 곰곰이 생각해보니 한순간도 멈추지 않고 60년 동안 살아온 것만으로도 놀랍고 고마운 일이라 스스로 기념일을 선포했는데, 생애설계전문가로 활동하며 생애설계의 가장 중요한 과정이 살아온 날에 대한 감사와 축하라는 것을 깨달았기 때문이다.

　어린 시절에는 누구보다 특별한 사람이 되고 싶은 기대감에 부풀었고, 힘들고 어려운 시기에는 시간이 빨리 흘러가기를 빌었다. 평범하게 살고 싶지 않았기에 소설 속의 주인공을 본받으려 했고, 구원에 이르도록 자라고 싶어서 세미한 음성에 귀 기울이며 끊임없이 메모를 했다. 삶의 의미를 찾는 일, 성장과 변화에 대한 욕구는 사춘기 시절부터 끈질기게 나를 따라다녔다. 그래서 책을 읽고, 산 위에 앉아 생각에 빠지고, 길을 걷고, 외딴 섬에 가서 몇 주간씩 자발적 유배를 당하며 존재를 깨우는 대자연의 굉음에 놀라기도 했다.

　유독 사람의 마음에 관심이 많아서 문학과 심리학 분야의 책을 찾아 읽으며 프로이트─융─아들러의 영역을 기웃댔다. 30년 전 '죽음의 수용소─삶의 의미요법'에서 만났던 빅터 프랭클 박사와 다시 조우하여 로고테라피를 공부하며 나만의 독특한 로고스를 찾아 오래도록 순례를 했다.

　이제는 벅찬 기쁨의 순간과 견디기 어려웠던 시절이 지나가고 한 줄기 강물처럼 시간이 깊어지는 중이다. 평범하지만 느린 걸음을 멈추지 않고 예까지 살아남은 내 자신이 대견하고 장하다. 머지않아 곧 두박질치는 시간의 폭포가 나를 큰 바다로 내동댕이치리라는 것을 알고 있지만 그 두려움 속에는 변혁을 위한 천둥 번개와 함께 눈부신 무지개가 숨어있으리라 믿는다.

　2015년 생일감사의 달은 성경공부 그룹의 생일파티로부터 시작되었다. 낮이 가장 긴 계절에 목사님 댁 마당에서 바비큐를 하고 앵두를

따서 상그리아 와인 화채를 만
들었다. 꽃집을 하는 동갑
내기 친구가 준비한 꽃다
발을 받을 때만 해도 내
가 환갑이라는 사실이
실감나지 않았지만, 다음
날 미국으로 이민 간 초등학
교 시절 친구와 인생의 새벽에 있었던 얘
기를 나누다 보니 어느덧 저녁노을이
번지는 때가 되었다는 걸 깨달았다.
　　생일 당일에는 여러 나라에
흩어져 사는 가족들이 모여
예배드리고 4대가 함께 식
사를 했다. 연로하신 어머
니는 증손자를 안으며 기뻐
하셨고 조카는 두 아기
와 함께 정성껏 만든
케이크를 가지고 왔
다. 나는 가족들과
보내는 즐거운
시간과 친구들과
서울 시티투어 하
는 사진을 페이스

북에 올렸다. 내가 올린 자축 메시지에 화답을 해준 벗들에게 소식을 전하기 위해서다.

자매가 없는 내게 가족처럼 가까운 동료들이 한강 선착장에서 마련한 깜짝 생일파티와 저녁노을은 숨 막히게 아름다웠다. 사회의 어두운 면만 부각하는 대중매체의 시각 너머를 바라보니 서민들도 소박하지만 풍성한 삶을 누리고 있었다. 젊은이들이 야외에서 열정적인 밴드 공연을 하고 관객들은 음악에 맞추어 자유롭게 춤을 추었다. 작은 텐트를 치고 가족, 연인과 강바람을 즐기는 사람들, 마음껏 뛰어다니는 아이들의 모습에 마음이 환해졌다. 우리는 심호흡을 하며 소리 내어 웃고 강바람과 노을을 마음껏 누렸다.

마지막 생일축하 모임에 갔다가 매우 낯익은 동네다 싶었는데 바로 초등학교 2~3학년 무렵 매일 걸어서 학교에 오가던 길이었다. 얼마나 많은 꿈과 상상력을 펼치며 고개를 넘어 다녔던 길인가. 50년 만에 그 자리로 돌아와 타박타박 걷고 있는 여자아이를 바라보았다. 참 연약한 아이였는데 거친 세상을 무사히 건너 인생의 오후를 느긋하게 지나가고 있다.

많은 축하를 받으며 7월을 보내고 나니, 문득 예순이 되어서야 꽃이 피고 절정을 맞이한 나의 삶이 배롱나무와 닮았다는 생각이 든다. 앞으로 인생 이모작은 먼 곳보다 가까이 있는 텃밭을 정성스럽게 가꾸려 한다. 배롱나무 꽃 필 무렵, 나의 문전옥답 농작물이 달빛 아래서도 무럭무럭 자라길 빈다.

브라보, 서드 에이지

　살면서 모든 시기마다 고비가 있지만 중년에 맞닥뜨리는 소위 사추기思秋期는 난감하다. 십 대 사춘기는 불안정한 중에서도 앞날에 대한 기대와 설렘으로 질풍노도의 시기를 넘어설 힘과 회복력이 있다. 그러나 낯선 현실 속에서 책임과 의무로 무장한 중장년은 마음껏 갈등하고 방황할 만한 여유가 없다.

　직장에서는 녹록찮은 인간관계와 퇴직의 압력에 시달리고, 아이들의 교육과 생활을 책임지는 일도 만만치가 않다. 혼자 벌든 둘이 벌든 월급을 타면 만져보지도 않은 돈이 저절로 빠져나가고, 청구서는 끝없이 쌓인다. 그뿐인가, 텔레비전에서는 젊은 연예인들이 매력적인 외모에 신상품으로 치장을 한 채 등장하고, 인터넷 홈쇼핑은 무차별 공격을 일삼는다. 지갑 속의 실탄은 점점 줄어들지만 아무래도 탄력을 잃은 피부와 피로감이 불안을 더하여 미용과 건강을 위해 무리한 소비를 해보기도 한다.

　주위를 둘러보아도 젊고, 부유하고, 건강하고, 능력 있는 것만이 최고의 가치로 여겨지고 최선을 다해 살아온 세대는 자꾸 작아지고 밀려나는 느낌이 든다. 인생의 전반전을 보내고 서드 에이지(40대~60대)

를 맞이하면서 뭔가 재정비가 필요할 것 같은데 본인의 의지와 상관없이 컨베이어 벨트에 실려 가는 것을 아닌지, 나의 가족과 주변은 안녕한지, 나의 후반기는 안전할지, 문득 두려운 마음이 든다.

보이지 않는 미래 앞에서 불안해질 때 과연 어떻게 사는 것이 현명한 것일까. 지금까지 있는 힘을 다해 살아왔는데 이대로 사그라진다면 아쉽고 억울하지 않은가. 이럴 때 혹시 짬을 내어 기름이나 가스를 넣듯 에너지를 충전할 주유소라든지 잠시 멈춰 쉴 수 있는 휴게소나 별장 같은 시공간은 없는 것일까.

눈에 보이는 유형의 장소나 장치가 없다 할지라도 우리 안에는 누구에게나 잠재적인 자원이 있다. 만약에 창의성을 발휘하여 그 누구도 간 적이 없는 미래를 위해 무에서 유를 창조해내는 예술가적 상상력과 역량을 발휘할 수 있다면 가뭄에도 목마르지 않는 샘 하나 찾을 수 있지 않을까, 두근대는 가슴으로 탐사의 길을 나선다.

— 풍랑 중에도 의연한 마라도의 〈창작 스튜디오〉에서

삽사리와 고양이

　이번 겨울에는 매주 화요일 차를 두 번씩 갈아타고 낯선 지역으로 가서 세 명의 비혼, 한 부모(미혼모) 가정을 만났다. 처음에는 열이면 열, 취업에 대해 말하지만 시간이 흐를수록 마음속의 갈등과 수치심, 분노의 감정에 대한 주제로 이야기가 흘러간다. 어떻게 하면 감정을 잘 다룰 수 있을까, 정말 내 마음을 내 마음대로 할 수 없는 것일까. 홀로 아이를 키우는 나이 어린 엄마들은 세상으로 발을 선뜻 내딛기를 망설인다. 다시 실패를 할 수도 있다는 두려움과 수치심이 그들을 가로막기 때문이다.

　우리 집에는 두 살배기 토종 삽사리가 있다. 저녁마다 집에 돌아오는 언덕길에 주차장 지붕을 바라보면 고목 홍송 아래 삽사리 월이 올라앉아 꼬리를 흔든다. 이름이 '달-월'이라서일까, 달밤에 더 어울리는 모습이다. 삽사리는 예전부터 귀신 잡는 개라는 별명이 있다. 삽사리가 낯선 사람이 오갈 때는 우렁찬 소리로 짖어대니 사나울 것 같지만 생김새와는 달리 순하고 영리하다.

　월이 오면서부터 열 가구가 모여 사는 우리 동네에는 눈에 띄는 변화가 생겼다. 마당으로 모여들던 길고양이들이 사라졌다. 고양이들이 잔디밭에 흔적을 남겨 영역을 표시하고 제 마음대로 드나들어 불편했었다. 고양이들이 신 냄새를 싫어한다기에 식초나 레몬 껍질을 놓고 커피 냄새 나라고 원두커피 가루도 뿌렸지만 별 효과가 없었는데 삽사리가 한 번씩 마당을 산책하며 스쳐간 자리에는 절대로 고양이들이 오지 않았다. 고양이를 싫어하는 주민은 초음파를 쏘기도 하며 별 방법을 다 썼지만 효과가 없었는데 참 신기한 일이다.

최근에 사회복지 대상자들을 상담−코칭하며 그분들의 마음 깊은 곳에 숨어 있는 두려움과 분노의 감정을 어떻게 다루면 좋을까 고심하다가 삽사리 월의 이야기를 상징적으로 들려주었다. 사람마다 가장 힘들고 어려운 시절이 있고 꽃피는 시절이 있다. 특히 해결되지 않은 상처 때문에 화가 나거나 불안하고 두려울 때 어떻게 해야 할지 난감하다고 한다. 어린 자녀들에게 이유 없이 화를 내거나, 갑자기 자존심이 상해 지레 좋은 것까지 포기하여 낭패를 당하는 경우도 있다.

만약에 우리 안에도 든든한 마음지킴이가 있다면 경계 없이 드나드는 침입자들로부터 마음을 보호해야겠다는 생각에서 고객들에게 물었더니 지킴이 역할을 해주는 고마운 사람에 대해 말하기 시작했다. 그중에는 짐이 된다고 생각했던 연약한 존재들이 오히려 자신을 지켜주고 깨우는 역할을 한다는 것을 알아차렸다.

비혼, 한 부모 가정의 경우에는 인생의 가장 짐이라 생각하는 자녀가 자신을 지켜주는 협력자라는 것을 알아차리는 경우가 많다. 아이들 때문에 용기를 낼 수 있고, 그들이 결혼도 하지 않고 아이를 낳아 기르겠다고 하여 미혼모라는 이름표를 가졌으니 부담스럽고 조심스러울 테지만 가지고 있는 자원을 찾아내어 작은 성공을 시도를 하는 것이 발전의 시작이다. 바리스타 훈련을 받은 후 자격을 따고 신메뉴를 개발하고 매장 관리를 잘하여 매니저를 거쳐 점장까지 올라가는 사례도 있다.

나도 번번이 마음의 게임에서 질 때 비슷한 경험을 했다. 여러 가지 조건이 불리하다는 합리화, 부정적인 생각들이 마음의 집에 드나들 수 있게 허용한 적이 있다. 마치 내 집이 불법 점거되듯 길고양이처럼 찾아든 온갖 부정적인 것들이 자리를 틀고 앉았다. 그때 불현듯 털고 일어난 것은 내가 누구인가에 대한 정체성과 자존감을 회복하기 위해

서였다. 청소년에게만 정체성과 회복이 필요한 것이 아니고 50+의 중장년들도 정체성을 재정립해야 인생 이모작을 원만하게 하고 자신의 이야기를 새롭게 다시 쓸 수 있다.

20대의 비혼모나 은퇴를 앞둔 50+ 중장년이나 의기소침할 때는 삽사리 한 마리씩 기르기를 권한다. 삽사리의 다른 이름은 용기고, 격려고, 지지다. 그런 것들로 가득 차면 좋은 아이디어가 많이 떠오르고 자신감과 자존감이 높아진다. 그러려면 버리는 것도 한두 가지는 있어야 한다. 나는 무엇을 덜어낼까.

아름다운 골드 에이지를 위하여

함께 책 읽기를 하는 40대의 주부들에게 물었다.

'40대는 착륙을 앞두고 안전벨트를 풀 때인가, 아니면 새로운 이륙을 위해 안전벨트를 다시 묶어야 하는 때인가?'

변화가 필요하기는 하지만 이 나이에 무엇을 할 수 있을까 하는 회의를 품고 있다는 그들은 40대 이후 30년간 새로운 일들을 이루어낸 사람들의 사례를 나누며 마음이 새로워진다고 했다.

사람의 일생을 네 도막으로 나눌 때 제3막에 해당하는 서드 에이지 3rd age는 어떤 마음가짐을 가지고 무슨 선택을 하느냐에 따라 지난 40년보다 훨씬 다채롭고 깊이 있는 시기가 될 수 있고, 70세 이후의 여생을 잘살아갈 수 있는 발판이 되기도 한다.

그런 지혜를 미리 터득하고 준비한 것일까. 최근 들어 멋진 노년을 보내는 분들을 자주 만난다. 온화하고 너그러운 성품에, 건강관리를 잘해서 활력이 넘치고, 재정적 시간적 자유가 있어서 베푸는 삶을 산다. 그런 분들의 특징은 변화를 용기 있게 받아들이고 새로운 것을 두려움 없이 시도를 해본다는 것이다.

어머니를 모시고 지하철을 탔다. 어머니 옆에 앉은 91세의 할머니가 어머니께 목적지와 나이를 물으셨다. "아이구, 아직 새댁이구랴. 내가 여든까지는 뛰어다녔다우." 하며 웃으셨다. 할머니는 교사로 일하다 은퇴한 이후로 계속 공부를 하신다고 했다. 공부를 하지 않으면 잡념이 생겨서 잔소리가 많아지기 때문인데 중국어 공부를 하러 가는 길이라며 일어섰다.

나이가 들면 기초생활에 대한 보장뿐 아니라 일거리가 필요하다. 일거리라고 해서 반드시 수입이 있어야 하는 것은 아니고 소일을 하면서 친구들을 만나는 것도 의미 있는 일이다. 한 달에 한 번 주부편지 발송 작업을 할 때는 연세 높은 어르신들이 자원봉사를 하러 참석하신다. 만날 때마다 서로의 안부를 묻고 기도를 해주는 모습이 정겹다. 주일 예배가 끝난 후 교회 마당에 모여 앉아서 한담을 나누는 노인들의 모습도 평화로워 보인다. 주일은 교회에서 친구와 가족을 만나는 즐거운 날이지만 알고 보면 그분들이야말로 중보기도를 일삼아 하시는 기도의 맹장들이며 마땅히 존경과 사랑을 받아야 하는 귀한 분들이다.

요즈음은 식당이나 백화점뿐 아니고 교회에 가도 어르신들이 압도적으로 많다. 건강이 좋고 경제적으로 여유가 있는 노인들을 골드 에이지라고 부른다. 그런가 하면 가족과 함께 생활하지 못하는 독거노인 중에는 정부의 보조를 받으며 근근이 살아가는 분들도 있다. 우리 세대가 내는 연금으로 그분들을 부양하고 있는데 다음 세대는 과연 어떻게 살아갈까. 이미 90세, 100세를 바라보는 부모님을 모시고 사는 노인가구가 적지 않으니 말이다.

노인이 된다는 것, 멋진 노년을 맞이하는 것은 젊은 시절의 성공 못지않게 중요한 일이다. 누구나 늙고 병들어가지만 아무나 노인이 될 수 있는 것은 아니다. 오랜 세월 일하고 자녀를 낳아 어른으로 성장시키고, 숱한 위험과 질병 속에서 살아남아 차곡차곡 나이가 들어야 한다.

노년을 당당하고 멋지게 보내는 분들을 보면 저절로 고개가 숙여진다. 그분들을 본받아 서드 에이지를 충실하게 보내고 아름다운 노년을 맞이하는 것이 우리들의 꿈이다. 그동안 웰빙을 외쳐왔지만 노년이 길어지는 이 시대에는 웰다잉을 준비해야 한다. 외로움 속에서도 굳건하게 땅 위에 발을 붙이고 하늘의 소망을 잃지 않는 자랑스러운 노인들, 웰빙을 거쳐 웰다잉을 준비하는 아름다운 노년, 실버 에이지를 넘어선 골드 에이지가 아름답다.

오래된 미래1)를 찾아서

또 한 번의 생일을 맞이한다. 그동안은 언제 벌써 일 년이 지나갔을까 하며 한 해를 보내곤 했지만 올 한 해는 어느 때보다 긴 시간을 보낸 느낌이다. 본격적으로 중장년을 위한 생애설계와 상담을 하며 그분들의 삶의 역사가 유구하게 느껴져서일까 시간의 무게감이 결코 적지 않다. 의미 있는 시간이나 몰입하는 시간, 즉 카이로스의 시간은 실제로 느리게 흘러가므로 매 순간 즐겁게 몰입할 수 있는 시간을 갖는 것이 오래 사는 비결이라고 한 뇌과학자의 말이 생각난다.

돌이켜 보면 어린 시절에는 거의 재미있게 놀이를 하며 지냈는데 나이가 빨리 들지를 않아 언제 어른이 되나 막연히 기다렸다. 이십 대에 학업을 마치고 결혼을 하고 아이들을 키우는 동안 시간은 쏜살같이 흘러갔다. 삼사십 대는 시어머니 모시고 살며 하루에도 몇 번씩 밥상을 차리는 일로 해가 저물었다. 당시 밥상 차리는 일이 곧 가족에 대한 사랑이고 의무라고 믿었고 가족의 규칙이기도 했다.

---

1) 오래된 미래: 헬레나 노르베리-호지의 저서 『오래된 미래』에 나오는 말로 산업화와 세계화의 과도한 경쟁이 아니라 과거, 현재, 미래가 생태적 공동체 중심적 생활 방식을 통해 균형과 조화를 이루어야 한다는 개념이다.

내게 주어진 생활은 당연히 내 몫이지만 자신만의 재능을 잘 활용하여 열매를 남기는 일은 해도 되고 안 해도 되는 일이 아니라는 것을 깨닫고부터 나는 글쓰기와 함께 평생학습을 하게 되었다. '나는 누구이고, 세상은 무엇이며, 나는 무엇을 해야 하는가.' 하는 질문이 늘 머릿속에 맴돌았다. 5년, 10년, 20년, 30년…….

특별히 이익을 남기거나 어떤 일에 탁월함을 드러낸 일은 별로 없지만 지속적으로 준비한 일들이 융합되어 비로소 최근에 들어 새로운 길이 열리기 시작했다. 예전 같으면 인생의 오후에 새로운 일을 시작한다는 것을 상상이나 할 수 있었을까.

물론 일자리가 전부는 아니지만 평생을 두고 누구에게나 일거리는 필요하다. 며칠 전에는 생애설계 카운슬러로 함께 일하던 동료가 전격적으로 취업을 했다. 모두가 퇴직을 한다는 50플러스의 나이에 다국적기업의 총괄매니저로 스카우트가 되다니 놀랍다. 게다가 자영업을 한 적은 있으나 전업으로 취직을 한 것은 처음이라고 한다. 회사에서는 그녀의 어떤 면을 보고 파격적인 제안을 했을까 생각해보니 끊임없는 체력관리와 평생학습으로 자신을 가꾸는 자세와 남다른 열정이 눈에 띄었을 것이다. 일과 관계되는 취업, 창업, 창직, 사회공헌 등에 대해 상담을 하는 카운슬러가 취업에 성공한다는 것은 매우 고무적이며, 게다가 자신의 직업가치와 소명에 일치한다면 더 이상 좋을 수 없는 일이다.

보통 인생의 전반기에 하던 일과 다른 일을 인생 후반기에 하는 것을 인생 이모작이라고 하는데 일모작으로 평생을 살아가는 삶도 특별한 의미가 있다. 누군가에게 고용되거나 새로운 일을 하고자 하는 사람에게는 인생 이모작이 필요하지만, 예술이나 학문 분야에서 한 가지 일에 몰입하며 평생을 보내는 경우도 있다. 음악가나 미술가, 문학 분야의 전업 작가와 인문학자가 거기에 해당한다.

얼마 전에는 푸에르토리코 출신의 싱어송라이터 호세 펠리치아노의 공연에 초대를 받았다. 45년생인 가수의 여전한 노래 실력과 연주 솜씨에 많은 박수를 보냈다. 맹인인 그가 다섯 살부터 기타를 시작했

고 하루에 열 시간 이상씩 연습을 하여 비장애인 뮤지션도 받기 어려운 그래미상을 17번이나 받았다니 경의를 표할 만하다. 그런데 연주를 마치고 일어설 때 엉거주춤한 자세와 손가락을 끊임없이 움직이며 연주하는 동작을 보니 마음이 짠했고, 마치 기타와 한 몸을 이루었다가 몸의 일부를 떼어낸 듯한 불안정한 모습이 안쓰러웠다. 그럼에도 불구하고 재능이란 끝까지 할 수 있는 능력이라고 말하던 작가의 말이 불현듯 떠올랐다.

어찌 보면 오랫동안 할 수 있는 일을 찾아 즐겁게 계속하는 것은 생애 처음으로 자신 안에 잠자고 있는 아티스트를 깨우는 길일지도 모른다. 삶의 어느 페이지에선가 좌절하거나 낙심할 수 있지만 용기를 잃지 않고 창의성 넘치는 모습으로 회복이 되려면 오래된 미래를 찾아나서야 한다. 과거가 없는 현재가 없으며 현재가 없는 미래는 없다. 과거가 어떠했든 그 안에 삶을 살아낸 자원이 있고 그것이 바로 미래로 나아가는 보물지도가 될 수 있다. 굽이굽이 지난한 세월을 지나 피안의 세계에 다다르는 그날까지 오래된 미래가 발등의 등불을 밝히리라 믿는다.

인생도 재방송이 되나요

　며칠 전 공영방송 아침 프로그램에서 '100세 시대를 준비하는 일자리'가 생방송된 후 많은 분들이 상담센터에 찾아왔다. 교육과 상담, 사회공헌형 일자리 창출을 포함한 서울시 50+지원정책은 50세부터 64세의 연령대를 대상으로 하지만 찾아온 분들의 나이는 40대부터 70대까지 폭이 넓었다. 청장년부터 노년에 이르기까지 일을 하고자 하는 열망이 얼마나 큰지를 보여주는 현상이다.

　일이라는 말 속에는 일자리, 일거리, 소일거리, 사회공헌, 재능기부, 자원봉사가 두루 포함이 되지만 퇴직한 후에도 직업을 통해 자신을 확인하고 싶은 마음이 녹아 있다.

　혹시 아침 방송을 보자마자 불광역까지 달려온 분들이 원하는 것은 일자리뿐이었을까. 새로운 일을 찾으려면 그동안 살아온 삶을 전체적으로 조망하고 자원이 무엇인지 탐색해야 한다. 그들이 그리는 인생 곡선에는 수많은 골짜기와 광야가 보이고 불확실한 미래가 한 개의 선으로 이어진다. 그 선이 급격히 내리막을 그리거나 점선으로 표시되기도 하고, 가파른 오르막을 지나 완만한 내리막으로 나타나기도 한다. 인생 2막에서는 일뿐 아니라 재무, 사회공헌, 가족, 사회적 관계, 여가, 건강 영역에서 비중과 속도의 재조정과 뺄셈을 예고한다. 인생 후반기를 맞이하는 분들은 대체로 수동적인 순응의 양상을 보이지만 이미 살아온 여정 속에 자원이 광맥처럼 숨어있으므로 그것을 적극적으로 찾아서 선택과 집중을 하는 이들에게는 보람 있는 기회가 찾아오기도 한다.

그런 의미에서 상담센터를 오는 분들은 남다른 용기와 변화의 의지가 있는 분들이다. 노후에 안정된 생활이 가능하지만 퇴직 후 사회에 기여하며 일하는 소일거리가 없을까 찾는 연금생활자들과 장기간 해외에서 일하며 살다가 역이민 온 분들의 비율이 늘어나고 있다. 30대의 청년들도 심심치 않게 찾아와서 일과 관계에 대한 인생 재설계 상담을 요청하는 것을 보면 인생설계란 중장년 이상에게만 해당되지 않고 전 생애에 걸쳐 필요한 과제임을 알 수 있다.

지난봄부터 교도소에서 인생 재설계에 대해 인성교육을 해달라는 요청을 받았다. 교도소에서 긴 세월을 보내고 몇 년 내에 출감을 하는 장기수들에게 인생 재설계는 절실한 주제이며, 30년 이상 직장생활을 한 퇴직전후의 베이비부머들에게도 필수적인 과정이다. 퇴직예정자들을 위한 집단 상담에서 인생을 무엇으로 상징할 수 있는가 물었다. 여러 가지 대답 중에 '인생은 생방송'이라 이미 방영된 내용을 돌이킬 수 없다고 하는 분이 있었다. 인생이 생방송이라는 것은 여러 가지 의미가 있는데 생방송이라 최선을 다해야 한다는 긴장감과 지나가는 것에 대한 회한이나 체념을 동시에 내포한다. 인생이 녹화하고 편집하여 아무 때나 다시 보기를 할 수 있는 재방송이 아니지만 매 순간 의미와 가치를 더할 수 있다.

　살다 보면 통제 불가능한 일과 통제 가능한 일이 있으며, 우리가 할 수 있는 일은 통제 가능한 일에 집중하는 것이다. 과거를 바꿀 수 없지만 지나간 일에서 교훈을 얻을 수 있고 의미가 달라질 수 있다. 기억 속의 이야기는 대부분 그 당시의 감정과 해석에 의해 편집되고, 그 기억에서 비롯된 신념이나 가치관들은 현재의 생각과 행동을 좌지우지한다. 예를 들어 가정폭력을 경험한 사람이 그 당시의 무력감을 스트레스 상황이나 애매모호한 상황에서 되풀이하거나, 어린 시절 돌봄을 받지 못한 부모가 자녀를 지나치게 과보호하고 간섭하는 사례가 있다. 그런가 하면 6개월마다 이혼한 부모에게 왔다 갔다 살며 낙심했던 청소년이 부모의 삶이 자신의 삶은 아니라며 마음을 다잡고 생활을 바꾼 경우도 있다. 그 멋진 청소년은 특성화고등학교에 진학하여 졸업도 하기 전에 헤어디자이너로 조기 취업했다.

　과거는 끊임없이 발목을 붙잡지만 그럼에도 불구하고 지금부터 무엇을 할 수 있는지 결단해야 한다. 다가오는 미래에 대한 대본은 본인만이 바꿔 쓸 수 있기 때문이다. 과거에 대한 수용과 긍정적인 의미부여, 그 안에 있는 자신의 자원을 찾아내는 통찰력을 갖는 것만으로도 새로운 시각이 열린다.

　이야기 심리학을 바탕으로 발달단계 이론을 발표한 맥아담은 나이에 따라 6개의 발달단계를 나누고 자기 이야기의 개방과 상징적 표현을 통해 새로운 이야기를 쓸 수 있다고 했다. 특히 34세에서 65세까지 6단계는 성숙성의 대본을 쓸 수 있는 가장 적합한 시기이다. 이미 2세

이전에 부모로부터 영향을 받아 모방한 이야기의 음조(희극적, 낭만적, 비극적, 역설적 톤)도 자신과 세계에 대한 의미 구축작업을 하면 재창조가 가능하다.

일반적으로 인생설계는 1:1 상담과 코칭을 통해서 하거나 그룹으로 진행하며 기존의 일방적인 강의 아니라 직접 체험하며 참여하는 방식을 택한다. 인생설계의 의미를 나누고, 나는 누구인가 답을 찾아 정체성을 확장하고, 인생의 목적과 사명을 체계화하고, 인생 전반에 대한 시간 관리와 계획, 자신이 원하는 모습을 이루어가는 지도, 개인과 공동체의 상호관계 속에서 비전을 실현하기 위한 인생설계도를 만든다. 물론 인생설계도는 얼마든지 수정과 업그레이드가 가능하며 한 장의 설계도를 만들어 가는 동안 깊이 있는 질문을 계속하여 통찰력을 일깨운다.

집단 프로그램은 자신의 존재를 탐색하여 삶의 이유와 가치관, 강점, 스타일을 발견하고 인생의 장단기 계획을 세우거나, 성공적인 인생 2막을 살고자 하는 퇴직자 및 퇴직 예정자, 전문코치나 생애설계 전문가로 활동하고자 하는 분들에게 두루 필요하다. 인생설계를 통해 삶에 대한 자신감, 자기인식, 자기효능감이 증가하면 담대하게 지나간 이야기에 대한 의미와 해석을 새롭게 하고 본인이 설계하는 새로운 미래에 집중할 수 있다. 사회가 강권하고 누군가의 규칙에 의해 살아온 삶은 전편으로 충분하다. 남은 후편의 삶은 내가 작가와 주인공의 역할을 선택할 수 있다.

100세 시대에 나의 인생시계는 몇 시쯤일까. 오전 시간이 지나갔다

해도 점심식사 후에 차 한잔을 마시며 맞이하는 인생의 오후는 길다.

'너는 누구냐'는 신의 물음에 편도나무는 아무 말 없이 아몬드 꽃을 피웠다는데(그리스인 조르바 중에서) 나는 무슨 꽃을 피워야 할까.

8월이 열리고 한여름 더위가 막바지에 이르렀다. 다른 꽃보다 늦게 피어 가을바람이 불기까지 피고 지기를 반복하는 창밖의 배롱나무 꽃송이가 붉다.

저녁 산책

 구월에 접어들면서 한여름부터 지루하게 이어지던 비와 더위가 잦아들기 시작했다. 뭉게구름 사이로 맑게 드러나는 하늘을 보고 싶기도 하고 여름내 뒷동산이 어떻게 변했을까 궁금해서 산책을 나섰다. 산기슭부터 싱그러운 숲의 향기가 쏟아져 내려왔다. 그 향기 속에는 생나무의 속살 냄새도 섞여 있었다. 여기저기 7호 태풍 곤파스가 휩쓸고 지나간 흔적이 완연했다. 특별히 굵고 키가 큰 나무들의 뿌리가 드러나고, 줄기가 찢긴 채 넘어져 있다.

 뒷산의 나무들이 모진 바람을 온몸으로 받아내는 동안 산으로 아늑하게 둘러싸인 우리 동네는 그나마 피해를 면할 수 있었다. 한 걸음도 옮기기 어려울 만큼 무수히 쓰러진 나무들을 보며 가슴이 저리고 아팠다. 오랫동안 말없이 산을 지키던 파수꾼들이 그렇게 무참하게 쓰러져 버리다니 언제 다시 그 빈자리를 채울 수 있을까. 넘어진 나무를 치우기 위해 전기톱으로 켠 나무 둥치를 손으로 어루만지며 나이테를 헤아려 보았다. 대부분 나이가 삼사십 년을 훌쩍 넘기고 있다. 아깝기도 해라.

 산의 능선은 궁동근린공원으로 이어지고 길 건너편 동쪽 방향에는 안산이 편안하게 엎드려 있다. 대학 시절 부모님과 떨어져서 두 동생을 데리고 자취를 하던 시영 아파트가 근린공원 근처에 있었다. 이미 두 동생은 중년의 나이를 넘어섰고 모두 먼 나라에 살고 있다.

인간의 회귀본능 때문일까, 새로운 동네보다는 아무래도 살던 동네가 편하게 느껴진다. 여러 지역에 돌아다니며 살다가 오랜 세월이 지난 후에 자리를 잡은 곳이 예전에 살던 동네라는 건 결코 우연한 일이 아니다. 함께 살던 동생들은 현대판 유목민처럼 지구촌을 종횡무진하고 있는데 나는 어느새 그 자리로 다시 돌아왔다. 비탈진 골목을 더듬어 내려가면서 풋풋한 여대생의 모습을 한 이십 대의 나와 마주칠 것 같은 착각에 한순간 가슴이 설렜다. 당시 청년시절을 함께 보냈던 친구들의 모습이 무성영화의 장면들처럼 스쳐 지나간다.

나는 예전에 머물던 공간에 다시 돌아와서 그 길을 걷고 있는데 그들은 어디서 무엇을 하고 있을까. 누군가 길가에 내다놓은 거울에 주변과 동떨어진 풍경이 콜라주가 되어 비친다. 마치 삼십 년을 뛰어넘은 내 기억 속의 시간처럼 낯설고 아득하다.

초토화된 숲길을 지나오는 동안 마음이 괴로웠지만 동네 산책을 하면서 점차 기분전환이 되었다. 높은 담을 넘어 배시시 웃는 능소화와 배롱나무 꽃, 태풍 속에서도 알이 굵어진 감과 모과 열매가 사랑스럽고 대견하다. 요즈음은 정원이 넓은 단독주택 옆으로 갤러리와 카페로 변신하는 집들이 늘어나고 아기자기한 소품가게들이 생겨서 볼거리가 제법 쏠쏠한 편이다. 골목에 있는 정육점, 철물점, 방앗간, 반찬가게는 아파트촌의 상가와는 달리 푸근한 정감이 있다. 대를 이어서

하는 맛집이 많은 것도 평균 연령이 높은 토박이들이 동네를 떠나지 못하는 이유일 것이다. 길을 걷다 보면 서로 알아보고 인사하는 사람들이 있고 수평적으로 펼쳐진 공간이 주민들에게 편안함과 안정감을 주는가 보다. 오렌지 빛 조명과 함께 천천히 내리는 드립 커피의 향기가 설핏 새어나오는 골목길에서는 발걸음도 잠시 쉬어가야 한다.

카페에서는 차만 파는 게 아니다. 책과 작품 사진첩이 비치되어 있고 그림을 감상 할 수도 있다. 주변 갤러리에 왔던 손님들의 휴식과 담소를 위해 만들어진 카페는 외국계 커피 체인점과는 사뭇 분위기가 다르다. 누구의 발상인지는 몰라도 카페 앞마당에서 주민들의 벼룩시장이 열리기도 하는데 의외로 쓸 만한 물건을 헐값에 살 수 있다. 산책이 끝나는 시간에 참여한 벼룩시장에서는 쓸 만한 재킷과 청바지와 미니 트렌치코트를 다 합해서 만 원 남짓한 가격에 샀다. 다음엔 내 물건도 내다 팔거나 기증을 해야 되겠다.

자연부락의 특징을 가진 우리 동네를 한 바퀴 돌다 커피도 한 잔 마실 수 있는 산책은 잊었던 추억을 되살려주고 마음에 여백을 준다. 몇 초에 한 방울씩 떨어지는 더치커피와 같이 마냥 느리게 걸어도 재촉을 받지 않는 것은 바쁜 세상에 누릴 수 있는 최대의 혜택이다.

저녁 산책을 하며 이런저런 생각을 덜어낸다. 실타래처럼 엉켰던 머릿속이 환하게 밝아진다.

9월의 빛

　9월은 곱게 나이가 든 초로의 여인을 닮았다. 그녀는 얇고 부드러운 차림의 낭만적인 너울을 썼지만 신중하고 정확하다. 마치 아껴둔 사랑을 한 톨도 흘리지 않는 알뜰한 여자처럼 여름내 주고 남은 빛을 한 줄기도 허투루 쓰지 않고 과실과 알곡에 깊이 쪼여준다.

　이른 아침 베란다에 서서 바라본 남산의 N타워가 손에 잡힐 듯 선명하다. 초가을 아침햇살이 눈부셔서 눈을 뜰 수가 없고 열매에 즙을 채우는 빛의 샤워는 해가 떨어져 바다에 빠질 때까지 장엄하게 이어진다.

　여름에 태어나서 그런지 몇 해 전까지만 해도 해가 조금씩 짧아지고 선선한 바람이 불기 시작하면 마음이 스산했는데 올해 초가을 하늘빛은 유난히 맑고 환하다. 춥지도 덥지도 않은 날씨에 가장 어울리는 일은 햇살의 휘장을 가르며 걷는다.

　저녁까지 내리쪼이는 햇빛이 머리를 쓰다듬으면 따뜻한 기운이 차오른다. 작은 전통시장 앞 노점에 나와 앉아 있는 박, 수세미, 늙은 호박, 골목에서 익어가는 아주까리 열매, 까만 분꽃 씨를 만나면 옛 친구를 만난 것처럼 반갑다. 분꽃 씨를 빻아서 소꿉장난을 하던 친구들과의 추억은 머리에 뽀얗게 서리가 내려도 추억의 빛이 바래지 않는다.

내 삶의 계절에도 9월이 왔다. 풋풋한 시절의 9월은 개학과 가을소풍이 기다려지는 때이지만 내 삶의 곡선을 기대수명에 맞추어 그려본다면 대략 2/3 정도는 지나온 지점이다. 본격적으로 시작되는 가을을 앞두고 어떻게 살아야 할지 많은 생각을 하며 채비를 서두른다. 그중에 가장 중요한 선택은 인생설계전문가로 일하게 된 것이다. 다른 사람들의 생애설계를 도우면서 일을 하고 나 자신의 삶을 객관적으로 바라볼 기회가 생겼다.

얼마 전에는 20대 직장인들을 위한 인생설계코칭을 했다. 모두 20대 후반인 그들은 매주 한 번씩 모여서 버킷 리스트를 만들고 실천해나가며 끊임없이 스터디를 하는 젊은이들이었다. 그들이 나누는 삶의 이야기들은 서울시가 청년들을 위해 마련해준 무중력지대 G밸리에서 무르익어가는 중이었다. 무중력지대는 청년들이 평안하게 독서하며 토론하고 밥도 해먹고 쉴 수 있는 공간이다.

그날 아침 집을 나서며 햇빛 보고 나서서 별빛 보고 돌아오겠구나 하다가 문득 청년들을 위한 인생설계에서는 그들이 바라볼 북극성을 함께 찾아야겠다는 생각을 했다. 햇빛, 달빛, 별빛을 아무리 많이 쪼이고 에너지를 얻는다 해도 사람의 '눈빛'만큼 강력한 것이 있을까. 실제로 퇴근을 하고 스터디 룸에 모여서 미팅을 하는 청년들을 보며 우리의 미래가 소망이 있다는 확신이 왔다.

별을 찾는 이의 눈동자에는 별이 빛날 수밖에 없고 기대에 찬 그들의 눈빛에 내 가슴도 북극성을 찾은 듯 설레었다. 수많은 젊은이가 가산디지털역과 무중력지대를 지나가도 역량을 다지고 미래를 준비하는 이들이 많지는 않았다.

낮에는 50+베이비부머들을 위한 인생설계를 하고 저녁에는 20대 직장인을 위한 인생설계를 하며 코칭 파트너들의 눈빛에서 에너지를 충전하는 9월에는 무르익어가는 기쁨이 있다. 돌아오는 길에 받은 그들의 메시지가 격려가 되었다.

"조이 코치님, 아직 먼 길 가고 계시죠? 오늘 저희와 함께 해주셔서 감사해요. 코치님이 느끼신 별빛, 저도 밤하늘 쳐다보면서 들어가는데 괜스레 기분이 좋아지네요. 오늘 코칭을 통해서 다시 한 번 긍정적인 에너지를 느꼈어요. 무엇보다 구체적인 액션플랜을 짜야겠다는 의지가 생겼어요. 항상 기쁨 가득, 파이팅 하세요."

"코치님, 오늘 옆자리에 앉아서 강의 들었던 OO입니다. 오늘 귀한 시간 내주시고 좋은 말씀 많이 해주시고 정말 감사해요. 어떻게 목표를 정하고 나아갈지 방법을 찾았습니다. 많은 걸 느끼고 갑니다. 나중에 또 뵐 수 있는 기회가 있었으면 좋겠어요. 그럼 평안한 밤 되세요."

나이를 초월하여 젊은이들과 전 생애에 걸쳐 마음을 터놓고 이야기를 나누니 갈 때보다 돌아올 때 더 힘이 났다. 집 앞 언덕을 오르는 동안 가녀린 초승달빛이 어두운 밤길을 비춰주었다.

제2장

가르마를
바꾸다

가르마를 바꾸다

나는 평생 가르마를 왼쪽으로 탔다. 그러다가 최근 들어 오른쪽으로 가르마를 바꿔 타기 시작했다. 가마가 돌아가는 방향 때문에 자연스럽게 왼쪽으로 갈라지던 가르마를 반대로 바꾸고 나니 가라앉았던 정수리 부분의 머리카락이 힘을 받고 일어서서 얼마나 만족스러운지 모른다. 진작 그렇게 했더라면 납작하게 가라앉는 머리 때문에 그렇게 많은 신경을 쓰지 않았을 텐데 습관이 참 무섭다. 어디 습관적으로 하는 일이 머리 빗기뿐이랴. 무의식중에 하던 대로 반복하는 일이 얼마나 많을까.

의외로 가르마를 쉽게 바꾸고 나서 몇 가지 습관을 새롭게 만들기로 했다. 수첩의 안표지에 신앙과 영성, 가족과 친구관계, 건강과 자기관리, 재정관리, 직장과 사업, 사회활동과 여가, 자기 개발, 생활환경 영역에 대해 한 가지씩 여덟 가지 구체적인 목표를 적다가 나의 글씨쓰기 습관에 대해 다시 생각해보게 되었다. 나도 모르게 쫓기듯이 글씨를 흘려 쓰고 있었기 때문이다.

처음 초등학교에 들어가서 한글을 깨칠 때 각두기공책의 네모난 칸마다 꽉 차게 글씨를 썼다. 언제나 책받침을 대고 손에 힘을 주어 또박 또박 글씨를 써서 담임선생님으로부터 동그라미 다섯 개와 별 세 개를 받지 않았던가. 그러던 것이 중학교 때부터 쓰기 시작한 볼펜글씨는 공책의 앞쪽만 글씨가 가지런하고 뒤로 갈수록 날아가는 것처럼 흘려 쓰게 되었다. 강의 시간에 잠시 졸기라도 하면 마치 속기 부호처럼 지렁이 기어가는 것 같은 글씨를 쓰기도 했다.

이십여 년 전 처음 글을 쓰기 시작할 무렵에는 타이프라이터나 워드프로세서보다는 원고지에 손으로 글을 쓰는 것이 더 성의가 있다고 여기는 분위기였으므로 1,000매가 넘는 원고도 일일이 손으로 써서 신문사와 출판사에 보내곤 했었다. 지금은 극소수의 작가들만이 손으로 원고를 쓰고 있는데 책을 만들다 보면 일일이 원고를 다시 치는 일이 오타도 많고 얼마나 성가신 일인지 모른다. 그러나 내 경우에는 아직도 귀로 듣는 내용을 바로 키보드로 치기보다는 받아쓰는 편이 훨씬 익숙하다. 문제는 필체라 다시금 어린 시절로 돌아가 차분한 마음으로 고른 글씨를 써봐야겠다는 생각을 한다.

우선 지우개가 달린 연필을 잘 깎아서 새 공책에 일기를 쓰고 메모를 했다. 마음을 가다듬으며 한 자 한 자 정성껏 글씨를 쓰다 보면 사각대는 느낌이 참 좋았다. 잉크를 찍어가며 쓰던 교본에다 펜으로 글씨 쓰던 때가 떠올랐다. 그 시절에는 만년필 하나 갖는 것이 큰 자랑이요 기쁨이었다.

이제부터는 친구로부터 선물받아 고이 간직하고 있는 만년필도 꺼내서 글씨를 써봐야겠다. 자주 잉크를 채워 넣어야 하는 불편은 있지만 글자를 한 자씩 정성들여 쓰다 보면 흘려 쓰는 습관을 고칠 수 있지 않겠나 싶다.

아무래도 올해는 머리를 빗거나 글씨를 쓸 때마다 옛 습관을 거스르며 새로운 습관으로 바꿔 나가려 한다. 그것들과 더불어 집에서 30분 일찍 나서기, 하루에 30분 걷기, 일주일에 책 한 권 읽기, 하루에 세 사람에게 메일을 쓰거나 전화하기 등의 습관을 만들어가려 한다. 몸에 배어 습관이 되려면 적어도 3주 동안은 반복을 해야 한다니 결국 단순한 것을 매일 계속하는 끈기가 필요하다.

'세 살 버릇 여든 간다.'고 하지만 1년에 5가지 정도만 새로운 습관을 만들어도 10년이면 50개의 좋은 습관을 갖게 된다.

지난해에 갖게 된 좋은 습관으로는 매일 고전 음악 듣기, 시 읽기, 비타민 챙겨먹기가 있었다. 그 습관이 가르마 바꾸기, 글씨 차분하게 쓰기의 새로운 습관을 데리고 왔다고 믿는다. 습관은 성격을, 성격은 운명을 바꾼다고 했으니 올해부터 작은 습관들을 바꾸어 가며 운명의 가파른 벽을 훌쩍 넘어서 볼까 한다.

가르마의 방향을 바꾸고 나서 여권을 만들기 위해 사진을 찍었다. 오른편 가르마를 하고 찍은 사진 속의 얼굴이 한결 생기 있고 젊어 보인다.

그럴 수도 있지

고부간의 갈등에 대해 노골적인 표현으로 인터넷을 뜨겁게 달군 연기자 J 씨의 방송이 많은 사람들의 입에 오르내렸다. 며느리에 대한 불만과 아들에 대한 애착을 걸러내지 않고 그대로 드러낸 J 씨의 기사에 대하여 단 하루 만에 수천 명의 여성들이 댓글을 달았다. 댓글의 대부분이 며느리에 대한 언사가 지나치고 시대착오적이라는 의견으로 도배되었다. 심지어는 보기 싫으니 방송 출연까지 하지 말라는 강경 발언도 있었다.

어쩌다 한 가정에서 일어난 고부간의 갈등이 그토록 격한 세대 간의 갈등으로 반응을 일으키고 노년의 연기자가 여론의 뭇매를 맞게 된 것일까. 마침 삼십 대부터 칠십 대까지의 주부들이 모인 자리에서 그 일에 대해 어떻게 생각하는지 물었더니 솔직하게 본인들의 마음을 이야기했다.

삼사십 대의 주부들은 실제로 딸만 있는 친정에 마음이 가지만 현실적으로는 시댁 우선이라 늘 마음이 무겁다고 했다. 칠십 대의 어른 한 분이 '그대들이 그렇게 아끼고 사랑하는 아들의 아내 역시 친정 중심이 될 터인데 그것은 어떻게 생각하느냐.'고 물었다. 아들이 존재의 이유라고 말하던 젊은 엄마들의 표정이 일순간에 굳어졌고, 아들과 딸을 결혼시켜야 하는 오십 대의 주부들은 말을 아끼며 중립적 입장을 취했다.

그러나 고부 갈등은 소통의 방법에 문제가 있는 게 아닐까 입을 모았다. 부정적인 감정을 그대로 드러내는 말들은 상대방의 마음에 상처를 주고 원만한 관계를 해친다는 것이다. 고부간에 비교적 좋은 관계를 유지하는 사십 대의 주부는 시집에서 시부모님을 모시고 살 때 솔직한 감정의 표현으로 어려움을 극복했다고 말했다. 새벽 네 시면 일어나시는 시아버지의 아침식사를 챙기는 것이 힘들어서 시어머니께 아침식사는 어머님이 하시고 점심과 저녁은 본인이 하면 안 되느냐고 조심스럽게 말씀을 드렸다. 의외로 시어머니는 부탁을 순순히 받아들였고 지금까지 화목하게 지낸다고 한다. 어느 주부는 며느리하고만 친하게 지내는 친정어머니에게 불만을 표하고, 어떤 이는 딸을 위하는 만큼 며느리에게 살갑지 않은 시어머니가 서운하다고 말했다.

여성들은 대부분 누군가의 딸이고 아내이며 시어머니나 친정어머니가 된다. 그렇다면 한 번쯤 세 개의 의자를 마련해놓고 번갈아 앉아보고 자리에 앉아 역할에 따라 올라오는 감정을 찬찬히 느껴보자. 앉는 자리에 따라 느낌이 전혀 다르다는 것을 발견하게 될 것이다. 느낌뿐 아니고 자세와 목소리의 톤까지도 달라지는 흥미로운 장면을 경험할 수 있다. 더 깊은 경험을 하려면 기억력과 상상력을 발휘하여 상대방의 자리에서 역지사지와 감정이입을 해보는 것도 좋은 방법이다. 내가 상대방의 마음이 되어 밖에 있는 나와 대화를 나눠보는 것이다. 그럴 때 예상치 않았던 말이 나오고 깊은 통찰의 순간을 맞게 된다.

'아, 그 사람의 마음이 그래서 그렇게 말하고 행동했구나.'

'그런 부분은 내가 지레짐작과 오해를 한 것이구나.'

'내가 몰랐던 이유가 있었구나.'

이런 것들을 깨닫는 순간 답답하게 막혔던 가슴의 체증이 풀리고 상대방의 마음을 저절로 알게 되는 신기한 일이 벌어진다.

나 역시 돌아가신 시어머니를 모시고 사는 동안 어머니는 왜 내 입장을 그렇게 몰라주실까 서운했던 적이 많았다. 그나마 홀어머니에 외아들인 남편의 마음과 시어머니의 마음에 대해 어느 정도 공감이 가는 것은 아들들이 자라서 결혼적령기에 이르렀기 때문이다. '너희도 잘살아야 되지만 가끔 내 생각도 좀 해다오.' 하던 시어머니의 목소리가 요즘 들어 종종 떠오른다.

고부간의 원초적인 갈등이 있을 때 관점의 변화를 가져보면 감정이 바뀔 수 있다. 방송에서 가족치료전문가는 함께 나온 고부에게 두 손을 맞잡고 무슨 말을 하든 '그럴 수도 있지.'라는 답을 하라고 주문한다. 며느리가 무엇이든 아끼는 시어머니에게 '지난번에 주신 생선 너무 말라서 버렸어요.'라고 하니 흠칫 놀랐지만 '그럴 수도 있지.' 하며 표정을 누그러뜨렸다. '그럴 수도 있지.'가 단번에 갈등을 해소하는 묘약은 될 수 없지만 꽉 막힌 속을 뚫어주는 소화제 정도는 될 수 있지 않을까.

기쁨은 어디서 오나

컴퓨터나 스마트폰을 통해 소통하는 소셜네트워크서비스SNS는 정말 차가운 것일까. 그렇게 느껴지기도 하고, 실제로 그런 면이 있지만 연장을 알고 쓰면 도움이 되듯 어떻게 쓰느냐에 따라 교감하는 온도가 달라진다. SNS를 통해 많은 사람들과 소통하며 치유를 경험한 IT 전문가는 디지털을 제대로 알면 따뜻하게 쓸 수 있으니 능숙하게 다룰 수 있는 방법을 익히라고 조언을 해주었다.

디지털기기가 생활화되면서 SNS를 통해 새로운 정보나 지식뿐 아니라 절절한 삶의 현장을 접하게 된다. 난치병으로 고생하는 가족을 간병하는 이야기에 격려의 마음을 전하고, 실직이나 이별의 고통을 가진 친구를 토닥토닥 위로할 때는 과연 면대면의 만남 이상으로 따스한 느낌이 든다. 외국에 살고 있는 한 30대의 여성은 이혼 후에 심각한 상실감으로 칩거하다가 페이스북을 통해 새 힘을 얻고 '상처받은 치유자wounded healer'로서 다른 사람들에게 도움을 주고 있다. 발 없는 말로 어디든 찾아가서 대화를 나누고 소통을 할 수 있는 것이 SNS의 바로 편리성이고 위력이다.

우리나라를 떠나 외국에서 오랫동안 생활한 사람들에게 페이스북이나 블로그, 카카오스토리는 기존의 인맥을 이어가고 다양한 친구를 만날 수 있는 통로가 된다. 우리 형제들과 사촌들은 여러 나라에 흩어져 살고 있지만 페이스북에 30명의 그룹을 만들어 자연스럽게 근황을 확인하고 안부를 주고받는다. 추석 명절에는 외국에 사는 가족들과 스마트폰으로 영상 통화를 하고 덕담을 나누며 떨어져 사는 아쉬움을 떨쳐낼 수 있었다.

그런가 하면 온라인상에서도 무례하거나 특이한 사람도 만나게 되는데 그 빈도가 실생활에서 만나는 비율과 큰 차이는 없다고 본다. 온라인이든 오프라인이든 인간관계에서 기본적인 예의와 적절한 경계선을 지키지 않으면 좋은 관계를 유지하기 어렵다. SNS는 상대방이 보여주는 것 외에는 검증이 어렵지만 취향이 같은 사람들이 경험을 나누고, 대화가 별로 없었던 친구와 자주 접할 수 있는 이점이 있다. 페이스북에 매일 시를 한 편씩 올리는 문우의 글을 읽고 남모르는 아픔과 슬픔이 있다는 걸 알게 되면서 그의 작품을 더욱 깊이 이해하게 되었다.

이웃들이 살아가는 이야기, 사랑과 상처에 대한 사연들을 보면서 지금 이 순간, 가까이 있는 사람이 얼마나 소중하고 귀한지 깨닫게 된다. 그런 느낌을 메모하지 않고 지나쳐 버리면 쉽게 사라지지만 사진과 함께 간단한 글을 올려두면 글 쓸 때 도움이 된다. 즉석에서 올린 단상으로 친구들과 댓글을 나누면서 새로운 발상이 떠오르기도 한다. 같은 글이라도 어떤 종류의 매체인가에 따라 독자의 반응이 확연하게 달라진다. 블로그는 꾸준한 독자가 읽고 댓글도 신중하지만 카카오스토리는 친분이 있는 사람들끼리 그림일기 나눠보듯 일상을 공유한다.

우리나라 인구 중 1,600만 명이 넘게 가입했다는(2015년 12월 기준) 페이스북에서는 친구들 간의 상호작용과 교류가 다양한 편이고 공익과 사업 홍보의 목적으로 쓸 수도 있다. 페이스북 안에 형성된 벼룩시장 커뮤니티에서는 생산자나 유통업자와 회원들이 직접거래를 하고 수익금은 밥상공동체에 기부한다. 일전에 거기서 필요한 매실 효소와 냄비를 샀는데 가격도 품질도 흡족했다. 멀리 할 수도 없고 능숙하게 쓰기도 어려운 SNS를 통해 원하는 것이 있다면 서로 지지해주고 영감을 얻는 순기능적 관계망(네트워크)을 엮어가는 것이다. 온라인상의 만남이 일견 쉬워보여도 디지털 시대에는 오히려 얼굴을 마주 보며 대화를 나눌 때보다 공감능력이 뛰어나고 상상력이 풍부해야 좋은 만남을 가질 가능성이 높아진다.

사람은 누구나 자신의 이야기를 귀담아 들어주는 대상이 필요하다. 그럴 때 존중받는 느낌이 들고 자존감이 올라간다고 한다. 그런데 가족이나 친지의 말은 무심하게 흘려들으면서 만나 본 일조차 없는 SNS 친구에게 알뜰살뜰 댓글을 달고 민감하게 상호 반응하는 모습이 의아하고 흥미롭다. 자신의 존재감을 나타내고 인정받기 위해 시간과 노력을 들여 소통 연습(시뮬레이션)을 하는 것으로 볼 수도 있겠지만 실생활에서는 가까운 사람과 눈을 맞추고 손을 잡지 못한다면 그 교류가 얼마나 의미가 있을까 회의가 생긴다. 이미 초등학교 교과서가 탭(태블릿pc)으로 바뀌어 가고 스마트폰을 신체의 일부처럼 지니고 다니는 시대에 과연 온라인과 오프라인에서 두 마리 토끼를 잡을 수 있을지 불안감이 스친다. 모바일 미디어를 연구하는 학자(도쿄 대 김경화 조교수)는 스마트폰으로 대표되는 모바일 미디어 속에 '지금 여기'를 넘어서서 미래의 이상향으로 나아갈 수 있는 '그 무엇'이 있다고 확신한다는데 '그 무엇'이 외딴 섬처럼 소외되어가는 사람들을 더 나은 방향으로 이끌어주었으면 하는 바람이다.

최근에 페이스북을 통해 다시 만나게 된 친구와 메시지를 주고받았다. 어쩐 일인지 나이가 들수록 가족 간의 갈등이 심해진다고 하며 이런저런 이야기를 나누다가 생각난 단상 몇 줄을 보냈더니 한동안 문제에 집착해서 많은 것을 잊고 살았는데 이제부터는 주변에서 작은 기쁨을 찾아보겠다고 답글을 보내왔다.

그녀는 사람이 곁에 있다고 해서 소통이 잘되는 것도 아니고 멀리 있다고 해서 마음을 느끼지 못하는 게 아니라며 생각이 바뀌고 기분이 한결 가벼워졌다고 했다. 헤어진 지 오래되고 지구 반대편 도시에 살고 있는 친구지만 SNS를 통해서나마 자주 손을 잡았으면 좋겠다. 그 역시 저물어가는 계절 속에서 군불을 지피는 한 개비의 불쏘시개가 될 수도 있다는 기대를 한다.

나에게 불러주는 노래

힘겹고 괴로울 때 부르는 몇 곡의 노래가 있다. 그 노래를 부르고 나면 근심이 사라지고 마음이 편안해진다. 고전 음악 듣는 것을 좋아하는 편이지만 가사와 멜로디를 음미하며 부르는 팝송이나 대중가요로 자신만을 위한 콘서트를 열 수 있다. 내가 가수가 되고 유일한 관객이 되는 음악회는 주로 부엌이나 산책을 할 때 열린다. 리허설과 본 연주회의 구분 없이 노래를 부르고 나서 스스로 박수를 쳐주기도 한다.

30년 전에 미국으로 이민을 간 사촌 동생은 새로운 취미생활을 시작했다고 즐거워했다. 독학으로 클라리넷을 배우고 있으며 틈틈이 연습을 하여 레퍼토리를 늘려가고 있는데 연습을 마치고 나서 자신에게 상으로 들려주는 음악은 오래된 대중가요라고 했다. 기나긴 이민생활의 적적함과 중년의 고독을 지혜로운 방법으로 풀고 있구나 싶었다.

마치 무명의 핸드폰 판매원에서 일약 세계적인 성악가로 다시 태어난 폴 포츠처럼 누구나 흙먼지 자욱한 길가에 앉아 오페라 아리아를 부르며 세월을 견뎌내야 할 때가 있다. 허름한 행색의 사내가 "공주는 잠 못 이루고"를 부르고 나자 엄청난 함성과 함께 기립 박수가 터지는

동영상은 몇 번을 거듭해서 보아도 가슴이 뛴다.

그와 비슷한 감동적인 이야기를 한 강연에서 들은 적이 있다.

세 살배기 애니는 넓은 농장에서 살고 있었다. 어느 날 집 주변의 풀밭에서 놀던 애니가 순식간에 엄마의 시야에서 사라져 버렸다. 아이가 어디로 갔을까. 어디선가 가냘픈 아이의 울음소리가 들려왔다. 애니의 엄마는 남편과 농장의 일꾼들을 소리쳐 부르며 아이가 땅속 어딘가로 사라져 버렸다고 울부짖었다.

입구가 좁아 잘 보이지 않았지만 농장의 주변에는 우물을 찾기 위해 파놓고 미처 메우지 않은 채 남아 있는 깊은 굴이 있었다. 깊이가 수십 미터에 이르는 그 공간은 입구가 좁고 허물어질 위험이 있어서 선불리 손을 댈 수가 없었고 줄을 내려 끌어 올릴 수도 없는 형편이었다. 게다가 어린 애니와의 의사소통이 어려워 그 어떤 방법도 불가능해 보였다.

구조대와 토목장비가 동원되고 여러 가지 방법이 논의된 끝에 확인된 위치를 향해 굴을 사선으로 파내려가기로 했다. 그러나 아이의 상황을 알 수 없는데다가 예상보다 많은 시간이 흐르다 보니 애니의 부모와 구조대는 초조하고 불안하여 안절부절못하였다.

꼬박 20시간이 지난 후에야 땅굴이 목표지점에 도달을 하였다. 그들은 어떻게 애니에게 접근하였을까. 많은 부상을 당한 애니는 고통과 공포 속에서도 스스로 돌보는 방법을 알고 있었고, 애니가 내는 소리를 향해 구조대는 조심스레 흙을 파내며 다가갔다.

기특하게도 애니는 잠들거나 지치지 않고 자신을 위해 계속해서 자장가를 부르고 있었다. 비록 차갑고 질척한 굴속에 갇혀 있었지만 따스한 엄마의 품을 그리며 스스로를 다독이는 세 살배기 아이의 용기와 생명력이 신비하고 놀랍다.

요즈음처럼 예측할 수 없이 두려운 상황에서 누구든지 자기에게 들려주는 응원가를 한 곡쯤 가져보는 것이 어떨까. 차분하고 부드러운 노래는 마음을 안정시키고, 밝고 따스한 노래는 에너지를 높여준다. 섬집 아이, 고향의 봄, 메기의 추억, 가시나무새, 행복한 사람, 유 레이즈 미 업, 때에 따라 나에게 불러주는 노래가 나의 마음을 일으키고 힘내어 살게 한다.

달빛 영화관

가끔 친구들에게 '지금까지 살아오면서 가장 행복했던 순간이 언제인지' 묻는다. 그 질문을 받으면 누구라도 한동안 생각에 잠긴다. 머릿속에서 영화가 상영되듯 수많은 장면을 재생하다가 어느 한순간 얼굴이 환해진다. 가장 행복했던 순간에 대해 이야기를 나누는 동안 말하는 사람이나 듣는 사람이나 모두 행복감을 느끼게 된다. 나에게도 그런 순간이 있었다. 그때를 생각하면 저절로 웃음이 나오고 행복해진다.

1974년 1월, 나는 대학교 합격통지서를 받아들고 가족들을 만나기 위해 자카르타로 향했다. 당시 아버지는 인도네시아 공관에 근무하고 계셨다. 고등학교 시절 내내 혼자 떨어져 살다가 부모님을 만나러 가는 길은 기대와 설렘이 가득했다. 당시만 해도 자카르타로 가는 직항로가 없어서 홍콩에서 하룻밤을 자고 가루다 항공으로 바꿔 타야 했다. 1970년대는 동서 냉전시대라 반공 드라마나 영화가 많았다. 열아홉 살의 여자아이가 범죄와 첩보 드라마의 주 무대로 나오는 홍콩의 호텔에 혼자 머문다는 것은 말할 수 없이 무섭고 두려운 일이었다. 나는 유사시에 도움을 청하라며 써주신 아버지의 메모를 손에 쥔 채 밤을 새다시피 했다.

다음 날 비행기 옆 좌석에 앉았던 한국인 건설회사 직원은 왜 학생 혼자서 인도네시아에 가느냐고 물었다. 아버지의 메모를 보여주자 그는 미소를 지으며 고개를 끄덕였다. 그리고 목적지에 도착할 때까지 인도네시아에 대해 여러 가지 이야기를 해주고 세심한 친절을 베풀었다. 아버지의 메모지에는 "저는 인도네시아 공관에 근무하는 ㅇㅇㅇ입니다. 제 딸이 처음으로 해외여행을 하오니 도움을 청하면 부디 도와주시기 바랍니다. 대단히 감사합니다. 전화번호 ＊＊＊＊＊"라고 영어로 적혀 있었다.

자카르타 공항에 내리니 후끈한 날씨에 특유의 향료 냄새가 코를 찔렀다. 공관 직원인 아버지는 보세구역 안까지 마중을 나오셨고, 어머니와 세 남동생은 환호성을 지르며 달려와서 나를 포옹했다.

그때 느꼈던 안도감과 푸근함, 가족들의 전폭적인 환영과 지지를 받을 때의 충만함이 곧 행복이 아니었을까. 혼자서 늘 외롭고 불안하다가 아무 염려 없이 안전하고 풍요로운 환경에 옮겨 앉은 나는 마치 소공녀라도 된 듯 의기충천했다. 지금도 그 순간을 이야기하면 나도 모르게 가슴이 뛰고 온몸에 힘이 생긴다. 젊고 능력 있는 아버지와 정다운 어머니, 든든한 세 동생이 환하게 웃으며 나를 맞이하는 장면이 자동 재생될 수 있도록 설정을 해놓았다. 그곳은 내 서재가 있는 다락방의 하늘창이다. 밀어 올리면 바로 하늘이 보이는 천창은 항상 행복한 영화가 상영되는 스크린이다.

해결되지 않는 문제가 머리를 짓누를 때, 왜 그런지 쓸쓸하고 소외감을 느낄 때, 울적하고 비참한 마음이 들 때, 고개를 들어 천창을 바라본다. 비가 오거나 눈이 내릴 때도 있지만 맑게 갠 하늘이 환하게 내다보이는 날이 많다. 그것이 그냥 창이든, 문이든, 벽이든 '가장 행복한 순간'을 떠올릴 수 있으면 그곳이 자신만의 스크린이 된다. 그리고 나만의 영화가 상영되는 그 순간을 재경험하며 힘을 얻을 수 있다. 그 힘은 의외로 강력하며 긴 수형 생활이나 억압되고 격리된 처지에 있는 사람들에게 목숨을 지탱할 용기를 준다. '죽음의 수용소에서—삶의 의미요법'을 쓴 빅터 프랭클 박사나, 소말리아 사막에서 태어나 슈퍼모델을 거쳐 세계인권대사가 된 '사막의 꽃' 와리스 디리 역시 어떤 환

경에서도 주관적인 몰입의 순간을 끌어낼 수 있는 사람들이었다.

세상은 점점 살기 좋아진다고 하는데 사람들은 사는 게 더 힘들다고 한다. 그래도 누구나 생각만 하면 미소가 떠오르는 순간은 있을 테니 그들에게 거듭거듭 말을 걸어야겠다.

'가장 행복했던 순간이 언제입니까? 어느 단추를 눌러 영화의 멋진 장면을 펼치실래요?'

과거, 현재, 미래를 통해 동원할 수 있는 모든 자원들이 내 안에서 차오를 때, 무기력하고 자신감 없던 내가 '할 수 있는 나'로 변화된다. 활력과 아이디어가 넘치고 몸도 가뿐해진다. 그런 상태를 리소스풀 Resourceful한 상태라고 한다. 내면에 자원이 그득하다는 뜻이다. 만약에 내가 일찌감치 행복한 영화관을 열었더라면 우울하고 힘겨웠던 25년간의 시집살이를 좀 더 수월하게 하지 않았을까 싶다.

날씨가 선선해지면서 다락방에 머무는 시간이 많아졌다. 한낮의 복사열이 지붕을 데우는 여름을 보내고 나서 가끔 천창으로 머리를 내밀어 여명과 노을을 보고 밤하늘을 구경한다. 천창을 들어 올리면 나는 언제든지 가장 행복했던 순간을 만날 수 있고 간절히 원하는 미래에 대해 예고편을 만들 수도 있다. 내 삶의 작가이며 내레이터인 나는 남은 이야기를 낭만적인 음조로 낭독해야겠다고 마음을 먹는다.

오늘은 보자기만한 하늘창 밖에 가을 달이 환하다. 밝아진 나의 귓가에 달빛 흐르는 소리가 들리는 듯하다.

두 개의 의자

오늘도 늦은 시간에 혼자 의자에 앉아 있다. 한 시간 전까지 마주 앉 았던 남편은 9시 뉴스를 본다며 소파로 자리를 옮겼다. 이 식탁은 원 래 6인용인데 겨울에 춥거나 여름에 덥지 않아서 언제부턴가 글 쓰고 책 읽는 공간이 되었다. 함께 사는 아들과 셋이 모여 식사를 할 때 외에 는 남는 의자보다 빈 의자가 더 많다. 자리를 크게 차지하는 장방형 탁 자를 치우고 의자 네 개짜리 작은 식탁으로 바꿀까 하다가 혹시 결혼한 아들네가 오면 함께 앉아야지 하며 남겨 놓았다. 가족이 다 앉아도 남 는 의자는 미지의 손님을 위해 비워 두었지만 주부 역할이 적어지다 보 니 손님 치르는 횟수도 점점 줄어든다.

이상하게 사람이 앉았다가 비워진 자리는 새 의자와 달리 쓸쓸하다. 궁궐의 천정 높고 어두운 방에 있는 용상이나 시골에 여행을 하다가 빈 집 마당에 버려진 짝 안 맞는 나무의자나 외로워 보이긴 마찬가지다. 언젠가는 의자에 온기가 있고 마주보며 이야기 나누는 사람도 있었겠 지만 먼 길을 가는 주인은 쓸 만한 의자도 종종 버리고 간다. 그런 의미 에서 고흐가 남겼던 그림 속 한 개의 의자는 외롭지만 잊히지 않고 가 장 오랜 사랑을 받는 의자일지 모른다.

그동안 가장 많이 앉았던 자리는 학습자의 자리였지만 최근 들어서는 혼자 서 있고 수강자들 다수가 나를 바라보거나, 상담실에서 고객과 둘이 마주 앉는 시간이 늘고 있다.

　얼마 전 모 교도소에 인생설계 강의를 하러 갔다. 무채색의 똑같은 옷을 입은 40~60대의 중장년 남성들이 한 방향으로 앉아 무표정하게 나를 바라보는 모습이 무척 낯설게 느껴졌지만 그들은 시간이 지남에 따라 옆으로 돌아앉아 동료와 대화를 나누기 시작했다. 아무리 많은 사람이 함께 앉아 있어도 소통이 없으면 홀로 앉아 있는 것과 다를 바 없는데, 수형생활을 마치고 남은 삶을 계획하고 준비해야 한다는 공통의 관심사가 그들의 마음을 움직였는지 경직되었던 분위기가 풀어지고 순간적으로 물결치는 느낌이 들었다.

　나이가 들면 두 개의 의자와 한 개의 의자에 익숙해야 된다는 말이 있다. 두 개의 의자는 가장 가까운 관계를 상징한다. 각별한 사이가 아니면 둘이 앉아서 오랜 시간 깊이 있는 대화를 나누기 어렵다. 젊은 연인들이나 친구들은 카페에 앉아 시간 가는 줄 모르고 이야기를 주고받지만 오랜 세월 함께 살아온 부부와 가족은 오히려 마주 앉아 긴 이야기를 나누기가 쉽지 않다.

　나는 종종 돌아가신 친정아버지의 일인용 의자와 여러 명이 둘러앉을 수 있는 응접세트가 남아 있는 시골의 빈집을 생각한다. 아버지는 서울에서 큰살림을 할 때 쓰던 소파를 고향집에 그대로 가지고 가서 아버지의 자리에 앉아 계셨다. 늘 사 남매와 손자손녀들의 방문을 기다리셨지만 자식들은 은퇴 후 고향으로 내려가신 아버지를 자주 찾아뵙지 못했다. 든 자리는 몰라도 난 자리는 안다고 돌아가신 후 아버지의 빈 자리가 너무 크게 느껴졌고 빈 집에 홀로 지내기 힘든 어머니는 서울로 다시 올라오셨다.

살아생전 마주 앉아 대화를 나누기가 쉽지 않았지만 빈자리를 바라보는 것은 더욱 곤혹스러운 일이었을 터이다. 훗날 어머니에게 들은 이야기로는 두 분이 가장 오래 대화를 나눈 것이 아버지를 간병하는 기간이었다고 한다. 병상에 계신 동안 부모님의 관계는 어느 때보다 평화로워 보였다. 어째서 사람들은 사랑하는 대상이 떠나야 그 존재를 비로소 깨닫게 되고 미처 하지 못한 말이 뒤늦게 생각나는 것일까.

가장 가까운 사람과 하지 못한 이야기를 때로는 별다른 이해관계가 없는 사람과 나눌 때가 있다. 두 개의 의자에서 가장 밀도 있는 대화가 오가는 곳은 상담과 코칭을 하는 작은 방이다. 구조적으로 만들어진 공간이기는 하지만 꼭 해결하고 싶은 일에 대해 귀담아 듣고 공감하며 해법을 얻도록 돕는 과정에서 고객은 평생 아무에게도 하지 못했던 말들을 꺼내놓는 경우가 많다. 일상생활 속에서 가까운 사람들로부터 잦은 비난과 질책을 받았을지 몰라도 약속된 공간은 수용과 지지를 얻을 수 있는 안전지대이기에 가능한 일이다.

어릴 때는 대청마루나 툇마루, 마당에 놓인 평상에서 자연스럽게 대화를 나누었다. 벽이나 담장이 없는 열린 공간에서 편안한 옷차림과 자세로 나누는 시간은 나른하고 평화로웠다. 날씨가 쌀쌀해지면 꽃무늬 잔잔한 포플린 호청의 이불 아래 발을 묻고 토닥대며 소담하게 쌓여가던 이야기는 형제들이 성장하여 뿔뿔이 흩어져 살면서 봄눈 녹듯 사라졌다.

결국은 둘러앉은 의자가 하나씩 사라지고 한 개의 의자에서 견뎌야 하는 시간이 다가온다. 하지만 그런 자리조차 연연하지 않고 삶의 터전을 옮겨 다니는 디지털 유목민의 시대가 되다 보니 손바닥만 한 접이 의자를 가지고 다니며 아무 데서나 펴고 앉아 차를 마치는 중국인들의 지혜와 실용성에 마음이 끌린다. 가족이나 혈연끼리 더불어 살아갈 수 없다면 남남끼리라도 밥상공동체를 이루거나, 또 한 개의 의자를 만나기 위해 내가 먼저 작은 의자를 들고 다가가서 앉는 것은 어떨까.

봄의 얼굴과 마주치다

올해만큼 다가섰다 물러섰다 하며 주춤대는 봄을 맞아보기는 처음이다. 날씨가 풀리는 듯하다가 곤두박질치곤 했지만 꽃과 나무들은 꽃샘을 이겨내고 제 몫을 다했다.

나는 매일 주변에서 만나는 나무와 가지 끝을 바라보며 옛 친구를 기다리듯 봄을 고대했다. 이번만큼은 유심히 그 얼굴을 보려고 징조가 있는 곳마다 찾아가서 사진을 찍고 메모를 했다. 그것은 날이 갈수록 속도를 더하는 인생의 사계절을 천천히 음미하고 싶은 마음 때문이다. 어릴 적에 봄소풍과 함께 다가온 봄은 매번 개나리의 푸른 잎과 아기버찌를 남겨둔 채 철쭉나무에 꽃불을 지피고 달아났지만 이번에는 봄이 가기 전에 기어이 밀착 취재를 해보리라 마음먹었다.

가장 먼저 살펴본 것은 우리 집 앞마당의 모과나무다. 여린 연둣빛 잎이 꼬물꼬물 가지 끝에 나오기에 반가웠는데 며칠 만에 가지치기를 해서 헐벗은 모습이 안쓰러웠다. 늙은 나무의 생장을 조절하고 좋은 열매를 맺기 위해서라지만 과도한 가지치기로 혹시나 몸살을 앓지 않을까 걱정했는데 더디기는 해도 다시금 새잎이 돋아나서 안심이 된다. 올해도 예년과 같이 향기로운 모과꽃과 열매를 볼 수 있을까.

봄을 찾아 집 밖으로 나선 곳은 양평의 산야초 축제였다. 지인의 초대로 울릉도 특산물인 산마늘 재배에 성공한 산야초 농장을 방문했다. 명이나물이라고도 부르는 산마늘 잎은 장아찌를 담가 먹으면 마늘과 같은 독특한 향기와 감칠맛이 있다. 명이는 일년생일 때는 뾰족하게 촉이 올라오다가 오년 쯤 되면 손바닥만 하게 잎이 커지고 매년 30%씩 지경을 넓혀가는 생명력이 강한 여러해살이 식물이다.

자양강장에 도움이 되는 산마늘이 희소가치가 있고 귀한 식품이어서인지 산기슭에 나이대로 키를 맞추어 자라는 푸르른 잎은 청계산과 남한강의 정기를 받아들인 듯 싱싱하고 아름다웠다. 산마늘 잎들이 흐드러지게 군무를 추는 사이로 수줍은 듯 고개를 숙인 채 몇 포기 피어 있는 연보랏빛 얼레지꽃에 눈높이를 맞추어 한참 동안 들여다보았다. 봄이 거기 숨었을까.

봄은, 외암 민속마을의 고목 끝과 두엄 냄새 올라오는 푹신한 밭에서, 서해안의 수런대는 갯벌과 물새의 비상에서, 고궁의 연못을 유영하는 잉어들과 늘어진 수양버들 끝에서 해사한 낮빛을 보이다가, 어느새 뒷동산 산벚나무에 걸터앉아 있었다. 그러다 여든 번 넘게 봄과 조우해온 어머니의 가슴속으로 파고들었다. 지난겨울의 칩거를 만회라도 하듯이 어머니는 이것저것 가고 싶은 곳도 많고 해보고 싶은 것도 많으셨다. 그중에 꼭 하고 싶은 것이 장을 담그는 일이었다.

식구가 줄어들고 집에서 식사하는 횟수가 적어지면서 몇 해 전부터 믿을 만한 농장에서 담근 것을 조금씩 사먹곤 했는데 올해는 웬일인지 장을 담가 보자고 하셨다. 시간을 낼 자신이 없어서 머뭇거리는 사이에 메주 한 덩어리를 사오시더니 씻어서 베란다에 내다 말리셨다.

베란다가 통유리로 덮여 있어서 냄새가 나고 곰팡이가 슨다고 했더니 작은방 창가의 화단에서 장독을 놓자고 하시기에 겨우내 막아놓았던 창문을 열었다. 큰 장독을 거의 없애서 빈 단지 몇 개만 있던 화단에 올라갔더니 하늘이 가깝고 바람과 햇살이 맨살에 와 닿는 쾌적한 공간이었다.

소금물을 풀어 된장을 띄운 지 며칠 만에 또 고추장을 담그자고 하셨다. 오랜만에 재래시장에 가서 고추와 메주가루를 빻고 고추장 담는 데 필요한 재료들을 샀다. 음력 정월과 이월을 놓치고 삼월 삼진도 지난 사월 중순에 어머니의 마음에 찾아 든 봄은 여러 해 비어 있었던 항아리마다 생기를 불어넣었다.

한창 살림을 할 때는 힘들고 어렵기만 했는데 기억을 되살려서 장을 담그는 것이 매우 재미있다고 즐거워하셨다. 원고 마감과 맡은 일 때문에 바빠 동동대던 나는 어쩔 수 없이 어머니의 버킷 리스트인 슬로우 푸드 만들기에 동참을 하다가 드디어 봄과 눈이 마주쳤다. 찰진 고추장의 소용돌이치는 질감 속에 지나온 수십 년 동안 놓치고 찾아다녔던 봄의 얼굴이 빨갛고 말갛게 숨어 있었다.

사십 년 후

고등학교 졸업 40주년 홈커밍데이에서 반 친구들을 반갑게 만났다. 연극무대에서 남자역을 맡아 우렁찬 목소리로 연기를 했던 반장은 맛있는 음식과 풍성한 말솜씨로 웃음을 선사했다.

우리는 개교기념일을 맞아 장학금을 모금하고, 동아리별로 공연도 하며, 두 달에 한 번씩 만나자고 굳은 약속을 했다. 하지만 시간의 강물을 따라 먼 바다에 이른 세월은 십 대 시절의 푸르른 개울로 쉽사리 거슬러 오를 수가 없었다. 어린 시절의 벗들은 오랜만에 만나도 스스럼없지만 너무 오랫동안 서로 다른 생활을 해서인지 대화가 자주 미끄러졌다. 역시 친근감은 함께 보낸 시간에 비례한다는 걸 부인할 수 없다.

중학생 때 적은 용돈을 아껴서 명동 예술극장에서 함께 연극을 보거나 책을 사서 바꿔보던 단짝 친구가 있었다. 미술 실기교실에서 늦은 시간까지 아그리파와 줄리앙 석고상 데생을 하던 친구를 기다렸다. 목동에 있던 우리 집은 신촌으로 가는 노선버스를 타면 좀 더 빨리 갈 수 있었지만 굳이 영등포로 돌아가는 버스를 타고 가며 이야기를 나누었다.

친구는 실눈을 뜨고 창으로 들어오는 햇살을 바라보며 종종 엉뚱한 질문을 하기도 했다. 예술이나 삶에 대한 솔직하고 독특한 견해는 또래들과 사뭇 달랐다. '인간의 관능이란 뭘까?'라고 스스럼없이 묻는 그녀는 이미 예술가의 감성을 가진 화가였고 스케치북에 가득한 누드 크로키를 보면 얼마나 높은 수준의 그림 실력이 있는지 가늠할 수 있었다.

꿈과 환상에 대한 이야기도 끝없이 이어졌다. 여름 방학 때 대천 해양훈련을 갔을 때는 석양을 바라보며 이야기 나누다 앉은 자리에서 다음 날 일출을 맞이한 적도 있다. 그 이후 친구는 심신이 쇠약하여 많이 아팠고 내가 먼저 결혼을 한 후 이사를 여러 번 하는 통에 소식이 끊기고 말았다. 드물게 공통의 관심사와 공감대를 가지고 있던 친구였는데 어디서 어떻게 지낼지 궁금하다.

반 친구들과의 대화는 자녀들의 결혼에 대한 이야기로 시작하여 부모님 모시는 일과 우리의 노후에 대한 이야기로 자연스레 옮겨갔다. 건강에 대한 화제로 돌아가면 점점 분위기가 무거워졌는데 누구도 생로병사에서 예외일 수가 없기 때문이다. 부모님들이 돌아가셨거나 거의 80대, 90대에 이른 분들이라 노년의 삶에 대해서 할 이야기가 많다. 부모님들의 삶은 어떤 면에서든 우리에게 교과서와 참고서가 된다고 했다.

나는 친구들에게 웰다잉에 대해 생각해본 적이 있냐고 물었다. 웰다잉은 결국 웰빙과 연결이 되는지라 어떻게 잘살아야 하느냐에 대해 나름의 경험과 비법을 나누느라 사뭇 진지해진다. 노년기를 바라보는 중년 후기와 은퇴기를 맞으면서 삶의 비중이 예전보다는 자녀에서 자신으로 기울고 있다는 느낌이 들었다.

함께 예순을 맞은 그녀들에게 웰다잉에 대해 이야기를 하게 된 이유는 여름방학 중에 60시간에 걸쳐 자기분석 코칭워크숍에 참석했기 때문이다. 유아기로부터 후기 성인기에 이르기까지 개인의 신화를 발굴하고 바꿔 쓰는 작업까지 밀도 있게 진행되었다. 이야기 심리학과 가족치료의 기법들을 두루 활용하여 내 삶 전체를 조망해볼 수 있었다.

자녀로 시작한 삶의 첫째 마당, 부부 또는 창조적 독신으로 살아가는 둘째 마당, 함께 또 따로 펼쳐지는 삶의 셋째 마당까지 이어졌다. 자신의 이야기를 한 권의 책으로 훑어볼 뿐 아니라 함께 참석한 동료들의 삶의 이야기를 통해 개인의 삶 이면에 펼쳐진 어마어마한 숲을 만났다. 외로운 숲도 있고 울창한 숲도 있었다.

깊은 숲에는 온갖 보물이 숨어 있는 법, 매우 겸손하고 자신의 존재감을 드러내지 않던 동료가 보여준 거대한 가문의 숲 앞에서 압도되기도 했다. 나라는 한 그루의 나무 뒤에는 그렇게 신비로운 숲의 역사가 기록되어 있다. 그렇다면 다가오는 미래의 후손들을 위해서는 어떤 유산을 남겨야 할까. 웰다잉에 대한 관심이 깊어질 무렵 '삶과 죽음을 생각하는 회'라는 곳이 있다는 것을 알게 되었고 죽음학에 대해 배우기 시작했다.

내 삶의 의미부터 찾아야겠다는 생각이 계속되었고 빅터 프랭클 박사의 로고테라피(삶의 의미요법) 특강에 참석했다. 아우슈비츠 수용소에서 살아남아 92세에 이르도록 왕성한 연구와 강연을 했던 빅터 프랭클 박사는 70세가 넘어서도 암벽등반을 하고 경비행기 운전을 했다.

청년들을 위한 강연 동영상에서 본 그분의 쟁쟁한 음성과 겸허한 모습은 삶의 의미를 찾은 철학자의 기개를 드러냈다. 그의 삶 전체가 어떤 고통도 삶의 의미를 발견한 사람을 무너뜨릴 수 없다는 사실을 증명했다. 삶에 대해 '왜'라고 묻지 말고 삶이 던지는 질문에 답하라는 관점의 전환은 인간을 단지 욕망과 본능에 따라 살며 누군가로부터 학습한 규범에 따라 전전긍긍하는 존재로부터 영혼의 불씨를 발견하여 환하게 밝힐 수 있는 존재로 변화시켰다.

빅터 프랭클 박사에 대해서는 그분의 제자에게 배웠지만 로고테라피 강연에서 실제로 그와 같은 삶을 살면서 웰다잉을 제안하는 한 분의 멘토를 만났다. 97세의(2014년) 현역인 각당복지재단의 김옥라 이사장님은 꼬박 이틀 동안 계속되는 로고테라피 특강에서 맨 앞자리를 지키셨다. 그분은 우리나라에 호스피스 자원봉사와 웰다잉 교육을 처음으로 도입한 분이며, 다른 사람들은 미처 생각하지도 못하는 일을 한 발 앞서 실천하며 달려온 선구자다. 웰다잉에 대한 좋은 강연을 준비할 뿐 아니라 호스피스 자원봉사자, 위기의 청소년들과 다문화 가정을 위한 봉사자들을 양성하고 있다.

김 이사장님 댁을 방문하여 코칭 리더의 삶을 취재하는 동안 소탈하면서도 검소한 생활을 보며 절로 고개가 숙여졌고, 자신의 이익을 넘어서 타인이 자신의 삶을 살 수 있도록 돕는 일생에 감동을 받았다. 자녀의 존경과 손자손녀의 자발적인 지지와 후원을 받는 어른이 부러웠는데, 아들 가족과 한 집에 살면서 그 연세에 저녁 설거지를 손수 하신다는 며느리의 말을 듣고 존경과 사랑이 일방적인 것이 아니라는 것을 깨달았다.

인터뷰를 마치며 이사장님께 우리나라가 위기를 극복하려면 어떻게 하면 좋을지 질문하니까 '정직'이라고 한마디로 강조하셨다. 30년간 정직하게 NGO 활동과 복지 사업을 해온 분의 목소리는 낮고 당당했다. 모든 것을 가졌음에도 불구하고 날마다 자신의 영혼에 노크하며 깨어 있는 분, 내 삶의 롤모델을 만난 뒤로 시도 때도 없이 가슴이 뛴다. 나도 과연 40년 후에 새로운 것을 받아들이고 끊임없이 자신을 비워내는 자리에 설 수 있을까.

올해는 계획한 적도 없고 상상하지도 못했던 일을 여러 가지 해냈다. 그동안 60년을 철없이, 어리석게, 조급하게, 자만하고, 시행착오를 겪으며 달려왔고 올해가 정점이었다. 환갑을 맞는 새해부터는 일년에 한 가지씩 일을 줄이고 집중하다가 마침내 0이 되어 날아가는 꿈을 꾸며 살기로 한다.

동네 반장

초등학교 시절 학년 초마다 있었던 반장선거는 긴장과 기대감이 교차되는 연례행사였다. 반장으로 추천이 되고 몇 표를 받아 일 년 동안 학급을 이끌어 가느냐 하는 것은 아이들뿐 아니라 담임선생님에게도 매우 중요한 일이었다. 나는 3학년 때까지 이사와 아버지 직장관계로 여러 번의 전학을 다녔기에 늘 낯선 환경에 새롭게 적응하기 바빴고 담임선생님의 신뢰를 얻을 기회도 없었다. 자연히 학급의 일에 소극적인 편이었는데 4학년 때 있었던 몇 가지 일로 예기치 않은 주목을 받았다.

학교신문에 내 동시가 실리고 교외 백일장과 지역구의 학력경시대회에서 상을 타면서 관심의 대상이 되었다. 내성적인 성격이었던 내게는 당혹스러운 일이었지만 그 영향은 5학년 반장선거로 이어졌고 4년 내내 반장을 했던 네 명의 친구들과 열띤 경쟁을 하기에 이른다.

가슴은 두 방망이질을 쳤지만 포기하지 않고 100명이 넘는 반 친구들 앞에서 '내가 반장이 된다면'으로 시작되는 짧은 연설을 했다.

우리는 베이비부머 첫 세대로 2부제, 3부제 수업을 해도 빡빡한 콩나물교실에서 초등학교 시절을 보냈기에 생년월일 순으로 매기는 학생번호가 100번이 훨씬 넘었다. 당시에는 반장이 담임선생님을 대신해서 자습 시키기, 숙제검사, 시험지 채점, 환경정리와 청소, 급식 관리를 하며 거의 조교의 역할을 했기에 권력자의 성향을 보이는 반장들도 있었다. 결과적으로 기존에 반장을 했던 사람보다 교외에서 특별한 상을 탔다는 새로운 인물에게 쏠림현상이 일어나 나는 졸지에 5학년 9반의 반장이 되었다.

그 다음으로 반장이 된 것이 이번 동네 반장이다. 이사를 온 지 12년이 되었고 3년째 우리 동네 반장 일을 맡고 있다. 모든 주민이 바쁜데다 순서가 되어 맡지 않을 수가 없었다. 바깥일도 바쁜 형편에 반상회를 잘하지 않는 대도시에서 무슨 반장이냐 하겠지만 지난 연말에 받은 반장중에는 매우 중요한 반장의 임무가 적혀 있었다. 반장은 복지대상자와 동네 공공 시설물 파손에 대해 주민센터에 알릴 뿐 아니라 동네를 두루 살펴야 한다.

우리 동네는 적은 수의 가구가 살기에 거의 형편을 알고 있는데 복지대상자는 아직 없고 쾌적한 공동생활을 위해 종종 알림 글을 써 붙인다. 비록 적은 수가 모여 사는 공동주택이라도 서로 양보하고 협조해야 할 일이 있기 때문이다. 그 밖에 경비원 인건비와 공공요금을 챙기고, 정원관리와 청소, 물탱크와 정화조 관리를 해야 한다. 기금을 모아 몇 년에 한 번씩 보수공사를 하는 것도 반장이 나서서 해야 하는 일이다.

반장은 순수하게 자원봉사의 역할을 한다. 통장은 봉급이 있지만 반장은 온전히 심부름을 할 뿐 별다른 보상이 없고 설날과 추석에 2만 5천 원씩 전통시장에서 장을 볼 수 있는 온누리상품권을 받는다. 온누리상품권은 대부분의 전통시장에 가서 장을 볼 수 있다.

반장을 맡고 사회복지를 공부하면서부터 사고의 틀이 바뀌어 정책에 대해 진지한 마음을 갖게 되었고 교육·복지정책 시민대토론회에 나가 직접 정책 제안을 했다.

그동안은 정치에 큰 관심이 없었지만 대통령의 탄핵과 대선을 치르며 생각이 많이 달라졌다. 국민이 깨어 있어야 나라도 성숙해진다. 그래서 혼자만 잘살려고 하기보다 우리 동네 일부터 관심을 갖기로 했다. 개인의 문제와 이해당사자의 관심이 결국 사회의 이슈가 되고 정치적 아젠더가 된다. 하지만 정책 입안과 예산 실행의 과정이 멀기만 하니 힘을 가진 정책결정자가 되려고 그토록 애를 쓰는가 보다.

마침 반장중에는 반장이 동주민센터와 협력하여 행정업무를 지원한다고 써 있다. 이웃에 대한 보살핌과 사회안전망 구축이 개인의 삶을 질을 높이는 첫 단추를 끼우는 일이다. 기본적으로 선별적 복지를 넘어 함께 잘사는 사회가 되기를 바라는 사회복지사의 시선을 가지고 있지만, 눈을 더 크게 뜨고 권력을 가진 이들이 일을 잘 하고 있는지 철저히 감독하는 것이 국민의 권리이자 의무라고 믿는다.

그나저나 고작 동네주민 몇 가구와 소통을 하면서도 어려울 때가 많은데, 수천만 국민의 말에 귀를 기울이려면 얼마나 큰 귀와 넓은 가슴과 지혜로운 눈과 부지런한 손발을 가져야 할지 입장을 바꾸어 생각해본다. 부디 새로 나라 일을 맡은 이들이 진정한 일꾼으로 평화로운 나라와 살 만한 나라를 만들어 가기 바라며, 행복의 나라로 가고자 하는 작고도 큰 꿈을 그린다.

예술가로 산다는 것

소설가 김영하는 테드TEDxSEOUL 강연에서 누구나 예술가의 기질이 있지만 여러 가지 이유로 억압된 자기 안의 예술성을 깨우고 '지금 당장 예술가가 되라.'고 제안을 한다. 본래 사람은 태어나면서부터 예술가이기에 노래하고, 춤추고, 놀이를 하고, 그림을 그리고, 이야기를 만드는 재능을 타고 나며, 그런 활동은 하면 즐겁고 지치지 않으므로 계속하게 되고 행복감을 느낀다. 예술의 비실용적인 특성 때문에 '그것을 해서 뭐 하냐.'는 핀잔과 비난을 듣기도 하지만 예술은 무엇 때문이라기보다는 그것 자체가 목적이 된다.

어쩌면 우리의 삶이 팍팍하고 의미 없게 느껴지는 것은 각자 가지고 있는 예술가로서의 본색을 드러내지 못하고 살기 때문인지도 모른다. 자기가 직접적으로 참여하는 대신 뛰어난 외모와 재능을 가진 사람들이 출연하는 텔레비전을 보며 질시하고 부러워하기만 한다면 비판자는 될지언정 아티스트로 살 수는 없다.

내 어릴 적 꿈은 배우나 가수가 되는 것이었다. 그래서 틈만 나면 무용하는 장면을 눈 여겨 보고 노래를 불렀다. 동네 아이들을 모아 이

야기를 꾸며서 연극을 하고 해설도 했다. 누가 특별히 가르쳐 준 것이 아니었건만 소꿉장난을 하며 일인극을, 동생들에게 배역을 주며 연출을 했다. 그렇게 몰입하던 일들이 공부에 밀려 점점 시들해졌고 남들 앞에 서는 것을 부끄러워하는 아이로 자랐다.

초등학교에서 글씨를 배우고 나서부터 동시를 쓰기 시작했다. 수필로 등단한 후에는 작가들과 함께 연극을 할 기회가 생겼는데 무대에서는 경험은 흥분되고 즐거운 일이었다. 몇 달에 걸친 연습을 하고 막이 열릴 때의 설렘이 지금도 남아 있다. 글쓰기와 연극을 통해 예술가로 살고 싶은 갈증이 어느 정도 해소되었고 내가 그와 같은 일을 좋아하고 몰두할 수 있다는 것을 알게 되었다. 그래서 젊은이들을 만나 코칭을 하거나 강의를 할 때마다 자신이 하고 싶은 일, 몰입할 수 있는 일을 찾아서 일단 시도해 보라고 권한다. 자기 안에서 졸고 있는 아티스트를 깨우는 힘은 열정과 창조적인 노력이기 때문이다.

요즈음은 블로그, 카카오톡, 페이스북 등의 SNS에 수시로 동영상이 올라온다. 유튜브에 보통 사람들이 올린 영상이 화제가 되고, 한 가수의 동영상이 전 세계적인 호응을 얻기도 한다. 캐나다에 사는 조카는 최근 백일 된 딸아이가 옹알이를 하고 음악에 맞추어 몸을 흔드는 모습을 페이스북에 올린다. 오랜만에 아기를 보는 가족들은 하루가 다르게 느는 아기의 재롱에 넋을 잃고 있다. 바야흐로 모든 사람이 주인공이 될 수 있는 시대가 왔다.

물론 자타가 공인하는 아티스트가 되는 것은 어려운 일이지만 순수예술과 대중예술의 경계가 희미해지고, 예술적인 표현의 자유와 배급이 원활해졌다. 사람들은 더 이상 관찰자의 입장에서 살기를 원치 않는다. 예술가의 사전적 의미는 예술 작품을 창작하거나 표현하는 것을 직업으로 하는 사람이지만, 김영하 작가가 말하는 아티스트가 된다는 것은 생활 속에서 예술가적 삶을 살아간다는 의미이다. 누구에게나 잠재되어 있는 예술가적 순수성의 회복이 삶에 윤활유가 되고 자유와 해방의 기쁨을 준다. 더러는 뒤늦은 깨달음을 얻고 뼈를 깎는 노력을 통해 새로운 예술가가 탄생하는 경우가 있는데, 재능이 드러날 때까지 노력하지 않으면 예술가가 영영 숨어버릴 수도 있다.

지인 중에 밸런싱 아트를 하는 분이 있다. 스포츠 코치로 오랫동안 일하다 우연히 돌을 쌓기 시작했는데 십 년간 매일 대여섯 시간씩 연습을 하면서 모든 물건의 중심을 잡을 수 있게 되었다. 급기야 자기 몸의 균형을 잡으며 표현하는 현대무용가로 데뷔를 하고 자신의 퍼포먼스를 사진에 담아 사진 전시회도 연다. 그의 작업이 각종 매체에 소개되어 외국 방송과 두바이 왕자의 초청을 받기도 했다. 십 년 동안 18,000시간 이상을 땀 흘리며 몰입했더니 사람들은 그를 아티스트라고 부르기 시작했다.

스포츠를 예술의 경지로 끌어올린 김연아 선수도 탁월한 예술가다. 그녀의 음악 해석 능력, 발레리나를 뛰어넘는 우아한 몸짓, 표정 연기가 절묘한 조화를 이룬다. 혹시 내 안에도 해방을 꿈꾸는 아티스트가 살고 있을지 모른다. 하지만 오후 2-3시에 하는 황금의 회전을 위해 새벽부터 매일 뼈를 깎는 훈련을 하면서도 그 일을 여전히 좋아한다는 것이 결코 쉬운 일은 아니다. 예술가적 재능이란 결국 그 일을 끝까지 해내는 능력이라고 한 중견 화가의 말이 떠오른다.

음악과 적막 사이

　한 달 전부터 하루 일과를 마칠 때마다 다섯 가지의 감사한 일을 써서 몇몇 분에게 이메일을 띄우고 잠자리에 든다. 하루 종일 피로가 쌓이고 힘이 들었다가도 감사로 마무리하는 하루가 평화롭다. 대체로 누우면 곧바로 잠이 드는 편이지만 많이 피곤할 때는 오히려 잠이 안 오는 경우가 있다. 그럴 때는 작은 소리로 클래식 음악 FM을 켜놓고 잠을 청한다. 클래식 음악의 주파수가 숙면에 도움이 된다는 말을 들었기 때문이다.

　클래식 음악의 다양하고 역동적인 파장은 사람들에게 풍부한 영감을 준다. 반대로 기존 음악의 파장을 변조한 게임용 디지털 음악은 중저음으로 단순하게 반복되면서 무서운 중독성을 갖는다고 한다. 그런 음악에 자주 노출되는 아이들은 주의가 산만해지고 집중력이 떨어져서 일상생활에서 여러 가지 어려움을 겪는다. 좋은 음악이든 좋지 않은 음악이든 사람의 영혼 깊숙한 곳까지 영향을 미친다는 증거이다.

　지난 가을에 세종문화회관 미술관에서 볼프강 아마데우스 모차르트 전시회가 열렸다. 그의 출생 신고서에서부터 육필 악보와 악기에 이르기까지 모차르트에 대한 많은 자료가 전시되었다. 그중에서도 8

살부터 30년 동안 작곡한 626곡의 작품 연보 앞에서 발길을 뗄 수가 없었다. 방마다 소중한 전시품이 종류별로 나누어 진열되어 있었고, 모차르트에 대한 책만 해도 한 방을 가득 채우고도 모자라 천정까지 쌓여 있었다. 인류에 끼친 모차르트의 영향력이 얼마나 지대한지 알 수 있는 광경이었다. 과연 그는 남들이 듣지 못하는 하늘의 소리를 듣고 재현할 수 있는 천재였다. 그래서일까, 임산부가 모차르트 음악을 들으면 뱃속의 아기에게 영향을 주어 머리 좋은 아이가 태어난다는 보고가 있다.

음악이 비단 사람의 마음에만 영향을 끼치는 것은 아니다. 이미 가축이나 식물에 음악을 들려주어 질 좋은 축산물과 열매를 얻고 있는데 최근 들어 그 일을 직접 경험하게 되었다. 집에서 10년 넘게 키워 온 시츄 종의 반려견이 병이 들었다. 동물병원에 갔다가 개도 사람과 마찬가지로 생활습관병과 노환을 앓을 수 있으며 혼자 종일 두면 우울증까지 생긴다는 수의사의 말을 들었다. 귀여워하면서도 많은 시간 같이 있어주지 못하는 것이 마음에 걸렸는데 무슨 방법이 없을까 궁리하다가 집을 비우는 사이에 음악을 켜놓기로 했다. 혼자 집을 지키는 개도 개지만 나 역시 밤에 불 꺼진 집에 들어설 때 음악소리가 들리면 사뭇 마음이 푸근했다. 얼마 동안 병원치료를 해주며 혼자 둘 때 음악을 켜놓고 외출했더니 상태가 많이 호전되었다.

하지만 사람들에게는 때때로 깊은 침묵의 순간이 필요할 때가 있다. 귀로 들을 수는 없지만 공기 중에 퍼져 있는 수많은 소리의 파장들이 신경과 피부와 세포를 선택의 여지없이 두드리기 때문이다. 냉장고와 공기 청정기 돌아가는 소리, 디지털 시계의 초침 소리, 멀리서 오

가는 자동차 소리, 그런 기계음들이 갑작스레 들리기 시작하면 그 소리가 점점 모든 감각을 압도하는 느낌이 든다.

한 친구가 은퇴 후에 가서 살겠다며 휴전선 근처의 통일마을에 집을 하나 사두었다. 민통선을 지나 그 마을에 들어가니 아무런 소음 없이 깊은 침묵이 흐르고 있었다. 평생 도시에서만 살아온 나에게 잃었던 마음의 고향이 느껴지는 순간이었다. 칠흑 같은 어두움과 고요함 속에서 나의 내면으로 여행을 떠나는 특별한 시간을 가졌다.

음악과 적막 사이를 오가며 내 마음을 들여다본다. 문득 창밖에서 벚나무 꽃눈 돋는 소리가 들리고 고목의 줄기 사이로 물이 오르는 소리가 들린다. 오늘은 열정적인 화가의 마음속으로 쏟아져 내리던 별빛의 소리를 들으러 고흐의 그림을 보러 가야겠다.

인생곡선 백두대간

'사람이 변화될 수 있는가?'라는 질문은 끊임없이 이어진다. 그에 대한 답은 '예'일까, '아니요.'일까. 중년을 넘긴 분들은 대부분 자신의 삶이 소설책 몇 권은 된다고 말한다. 그렇게 우여곡절이 많은 인생도 하나의 선으로 그려서 바라보면 단순하게 한눈에 들어온다. 50+베이비 부머를 위한 생애설계 상담을 하며 새로운 고객을 만날 때마다 인생 곡선을 함께 그린다. 태어날 때부터 현재에 이르기까지 좁쌀만 한 점을 찍고 이으면 오르락내리락 몇 개의 산이 그려진다. 때로는 만족을 향해 올라가고 때로는 좌절을 향해 내리꽂히는 선들은 결코 곡선이 아니지만 작은 점마다 태산처럼 많은 이야기가 담겨 있다.

내담자들은 인생 곡선을 그리며 두런두런 중요한 사건과 행간에 담긴 이야기를 풀어낸다. 이야기를 나누며 이전의 삶과 지금부터의 삶을 나누어 노래를 하거나 영화로 만들거나 책으로 쓴다면 제목이 무엇일까 묻는다. 노래, 영화, 책 속에는 자신도 모르게 삶의 주제가 있기 마련이다. 깊은 골짜기에서 다시금 거슬러 오를 수 있었던 힘이 무엇인지 하나씩 이름을 붙이고 난 후에는 '나도 참 대단하네요. 이때 어떻게 다시 일어났을까요.' 하는 반응을 보인다. 본인들은 미처 깨닫지 못하지만 지나간 일은 독특한 이야기로 기억되고 자신의 해석에 의해 편집, 저장되며 부지중에 그 각본에 충실한 역할을 하며 살아간다.

지금까지 살아온 인생 여정을 그리고 나서 하는 일은 지나온 삶에 대한 감사와 축하다. 한 마디 말로 자신에게 격려하거나 상장을 쓰는 얼굴은 환하게 밝아진다. 수많은 우여곡절 속에서도 지금까지 살아온 삶은 누가 뭐래도 대견하고 장하다. 그 다음에 필요한 과정은 다른 색연필로 예상되는 앞으로의 삶을 선으로 그려보는 것이다. 전반기 삶에 대한 감사와 축하를 하고 나면 후반기 삶은 보다 적극적인 의지와 선택으로 표현한다. 비록 나이가 많다 해도 새로 찍은 꼭짓점 속에서 뭔가 변화를 위한 첫걸음을 찾아내고, 성격이나 환경은 바꾸기 어렵다 해도 생활에 대한 태도를 스스로 선택할 수 있다.

예를 들면 연금도 충분하고 건강하여 자원봉사를 열심히 해온 분들이 나이 때문에 사회공헌이나 자원봉사조차 하기 어렵다는 호소를 한다. 젊은 분들은 경력개발을 하여 더 좋은 직장으로 가면 행복해질 거라고 믿고, 재정적으로 어려운 분들은 조금만 넉넉해지면 모든 문제가 해결되리라고 생각하지만 꼭 그런 것만은 아니다.

세상에는 자신이 통제할 수 있는 일과 없는 일이 있다. 내가 바꿀수 없는 일에 집중하여 똑같은 패턴으로 생각하고 행동한다면 변화할수 없지만, 통제 가능한 일 중에 내가 할 수 있는 일을 한 가지씩 해나가며 생활방식을 바꾼다면 변화가 가능하다.

사실 생애설계나 경력설계의 시작은 현실과 이상의 차이를 깨닫는 데서 시작되며 그 사이에 어떤 다리를 놓느냐 하는 것이 과제다. 다리를 놓고 건너는 데 필요한 디딤돌은 직무전문성뿐만 아니라 재능이나 흥미, 관심 속에서도 찾을 수 있다.

작가로서 전문성과 재능과 흥미가 하나 되어 늘 젊게 사는 친구에게 60회 생일을 축하한다고 했더니 회갑이 무슨 축하할 일이냐고 정색을 했다. 아무리 몸매 관리를 잘하고 멋진 의상을 갖춰 입어도 가까운 글씨가 안 보이고 무릎 아픈 것이 싫다고 했다. 그래도 60년간 꾸준히 치열하게 살아서 여기까지 온 것은 대단한 일이니 축하할 만한 게 아니냐고 되물었더니 그건 그렇다며 웃었다.

70대 인생의 선배 고객님께 그동안 잘해온 일과 앞으로 꼭 이루고 싶은 일이 무엇이냐고 여쭤보니 잘해온 일을 꼼꼼히 적고 나서 이루고 싶은 난은 더 이상 쓸 것이 없다며 빈칸으로 내밀었다. 인생 곡선은 최선이 현상유지요, 가장 좋은 자세는 자족이라며 내리막 점선을 그리셨다. 평생 가족과 사회를 위해 최선을 다한 그분의 점선은 퇴보가 아니고 가파른 산맥을 내려와 고향으로 향하는 느슨한 길도 아름답다는 것을 말해주었다.

후니스who-ness, 나는 누구인가

얼마 전에 텔레비전에서 휴먼 다큐멘터리를 보았다. 전교생이 모두 49명밖에 안 되는 보령의 한 시골학교에서 일어난 기적 같은 이야기가 한동안 가슴을 훈훈하게 했다. 그 일을 가능하게 한 사람은 비올리스트 리처드 용재 오닐이었다. 정신지체아로 미국에 입양된 한국인 어머니에게서 태어난 용재 오닐은 미국인 외할머니의 헌신적인 양육을 통해 음악 영재로 자랐다. 젊은 그는 비올리스트로서는 처음으로 줄리아드 대학원에 입학했고, 활발한 연주를 통해 떠오르는 음악가로 호평을 받고 있다.

그가 시골 마을에 처음 보는 악기를 들고 찾아갔을 때 아이들은 의아했다. '저 사람은 왜 우리에게 왔고, 도대체 누구이며, 저 악기는 또 무엇이냐.' 하는 눈길로 한동안 거리를 두고 바라보았다. 그러나 시간이 지날수록 영어로 말하는 선생님과 한국말밖에 못 하는 아이들 사이에 따스한 마음의 흐름이 생겼다.

용재 오닐이 아이들에게 제안한 것은 한 달여 동안 연습을 해서 음악회 무대에 서자는 것이었다. 연주를 한 적도 없고 공연을 한 번도 본 일이 없는 그들이 무대에 서다니 그것이 가능한 일일까. 아무도 그 일이 가능하리라고 믿지 않았다. 하지만 예상치 않은 재능의 발견과 연습을 통해 아이들은 달라지기 시작했다.

음악에 관심조차 없던 아이들이 하루 종일 노래를 흥얼거렸고 스스로 모여 연습을 했다. 비올라로 들려주는 용재 오닐의 '섬집 아이' 연주를 듣고 비올라 소리가 그렇게 아름답다는 걸 처음으로 깨달았다.

자신이 노래를 좋아하는지, 잘하는지조차 몰랐던 소년 훈이는 폴 포츠처럼 아름다운 자신의 목소리와 조우한다. 살아가면서 숨겨져 있던 자신의 멋진 모습과 맞닥뜨리는 기쁨을 아무나 누릴 수는 없는 법인데 그 아이에게 그런 행운이 찾아왔다.

때때로 낙심하고 좌절했지만 포기하지 않고 여름 내내 땀을 흘린 아이들은 훌륭하게 공연을 마쳤다. 그 일을 해낸 아이들은 물론 박수를 치는 부모들도 눈물을 흘리며 감격했다. 훈이를 비롯한 시골 마을 49명의 아이들은 앞으로 어려움이 있을 때마다 자신들이 성취한 무대 공연을 기억하며 용기를 얻을 것이다.

가끔 마음이 통하는 분들을 만나 대화를 나누다가 뭔가 힘들어하는 눈치가 보이면 이런 질문을 던진다.

'원래 (당신은) 어떤 사람이었습니까?'

이 질문은 '(당신은) 어떤 사람입니까?'라고 묻는 것보다는 답을 얻기가 쉽다.

'활달한 사람이었죠.', '낙천적인 사람이었습니다.', '연기에 소질이 있었어요.', '두려움이 없는 사람이었지요.'

그 말들 속에 잠재된 능력과 실마리가 있다. 그렇다면 나는 누구일까. 나에게도 가끔 물어본다. 현재의 나는 원래의 나와 얼마나 일치할까. 나는 얼마나 더 나은 사람이 될 수 있을까. 현재의 모습이 정말 내가 원하는 모습인가. 과거에는 누구였고, 현재는 누구이고, 미래에는 누구일까.

용재 오닐은 어린 시절 자신의 정체성을 찾기 위해 '나는 누구인가.'라는 질문을 하며 음악 속에서 답을 찾으려 애썼을 테고, 예술적 카타르시스와 음악의 힘을 믿었기에 벽촌의 아이들에게 찾아가서 귀한 선물을 주고 싶었을 것이다. 부자인지, 좋은 학교를 나왔는지, 배경이 좋은지, 대부분 '너는 무엇이냐? what-ness.'를 묻는 세상이지만, 어려운 환경 속에서도 자기다운 삶을 살아내고 세상 앞에 우뚝 선 청년이 시골아이들에게 '나는 누구인가? who-ness.', '어떨 때 행복한가.'에 대한 답을 발견하는 계기를 마련해주었다.

무표정하던 아이의 얼굴에 웃음꽃이 피고, 기쁨의 눈물이 흐르는 모습을 보며 나는 저런 감동적인 순간을 언제 가졌었나, 그런 순간이 있기는 했던가 생각을 해본다. 유장한 비올라의 음률, 용재 오닐의 '겨울 나그네' 연주를 듣고 있자니 뭔가 미세한 움직임이 마음의 뿌리를 툭툭 건드리기 시작한다. 그렇다면 답을 찾아가자. 나다운 내가 되기 원하며 묻는다. 나는 누구인가, 과연 나는 생각하는가, 행복한가, 희망은 있는가.

휘청거리는 오후2)

　지난겨울은 혹독하게 추웠다. 일주일에 이삼 일 저녁 강의를 마치고 전철 계단을 오를 즈음엔 버스들이 막차시간을 향하여 달릴 무렵이다. 늦은 시간 찬 바람이 지하철 역사를 쓸고 지나가면 저절로 몸이 움츠러들었고 계단을 돌아 올라가기 전 소화용 모래상자 옆에 꺼먼 물체가 앉아 있는 것을 볼 때마다 가슴이 철렁했다. 벌써 수년째 인사동 언저리를 맴도는 그 노숙인은 저녁 시간마다 1번 출구 근처에 머물고 있었다. 중얼중얼 혼잣말을 할 뿐 누구와 대화하는 것을 들어 본 적이 없고 눈빛은 늘 허공을 헤맸다. 대부분 술에 취해 있었고 얼굴과 행색은 불결했지만 이목구비는 뚜렷한 편이었다. 그에게도 가족과 일이 있고, 건강한 시절이 있었을 텐데 어쩌다 정신 줄을 놓고 자신의 몸조차 추스르지 못한 채 거리를 헤매며 살아가게 되었을까. 그렇게 오랫동안 서울 시내에서 사람이 가장 붐비는 길에 노출되어 있었는데 어째서 아무도 그를 알아보거나 찾지 않을까. 군중 속의 낙도 같은 그의 삶이 안쓰러웠다.

---

2) 휘청거리는 오후 : 박완서 선생의 소설 '휘청거리는 오후'에서 빌려옴.

영하 15도를 밑도는 추위가 계속되면서 그는 눕지도 못한 채 기대고 앉아 기침을 심하게 했다. 얼마나 안타까운지 행려병자로 신고를 하여 치료와 돌봄을 받게 해야 된다고 마음을 굳게 먹었는데 그날따라 그의 모습은 보이질 않았다. 침구가 차곡차곡 개어져 있고 누군가 갖다 놓은 빵과 음료수가 비닐봉지에 담겨 있었다. 아무래도 그는 누군가에 의해 거처를 옮긴 것 같았고, 며칠 후 그 자리는 말끔히 치워졌다. 행인들은 그가 앉아 있던 자리를 지나 무심하게 계단을 오르내렸다.

가난이나 질병을 개인문제와 사회문제로 보는 두 가지 시각이 있지만 개인이 전적으로 자기의 문제를 해결하기엔 감당 못 할 장벽에 부딪힐 때가 있다. 불과 10년 전만 해도 부모의 노후 생계에 대한 책임을 정부와 사회가 개인과 함께 져야 한다는 견해가 22% 정도였는데 2012년에는 54%로 늘어났다고 한다. 아이를 낳지 않고 평균수명이 늘어나면서 그런 현상은 더욱 심해질 테지만 개인과 가족의 책임을 가볍게 볼 수는 없다. 스스로 돌볼 힘이 없으면 누군가의 힘을 빌려야 하는데 마땅히 의지할 만한 사람이나 믿을만한 제도가 없기 때문이다.

노부모의 삶을 예습하며 그런 현상을 감지한 지는 십 년 남짓 되었지만 그에 대한 대비를 하는 것은 만만치 않은 일이다. 이미 베이비 붐 세대(1955년~1963년생)인 700만 명 중에 매년 40~50만 명씩이나 되는 사람들이 직장을 떠나 바깥세상으로 쏟아져 나오고 있다. 그들은 부모를 부양하고 자녀교육에 매달렸지만 막상 퇴직을 해도 쉴 수가 없다.

50대가 20대의 취업률을 넘어섰다는 것만으로도 그 심각성을 느낄 수 있다. 오히려 일자리를 얻지 못하는 젊은이들이 아르바이트로 생계를 이어가고 있으니 세대 간의 갈등은 더욱 심해질 조짐이다. '주유소나 편의점 아르바이트'가 희망이라는 위기의 청소년들이 기성세대가 되는 20~30년 후에는 과연 어떤 현상이 벌어질까.

최근에 관심을 갖는 것은 휘청대는 중년 남성들의 삶인데, 개인의 가난이나 세대 간의 갈등이 반드시 경제적인 이유 때문만은 아니라는 사실에 주목한다. 이미 그들은 오랜 세월 가정 내에서 이방인으로 살아왔고, 가족들의 기대와 열망을 읽을 줄 몰라 쩔쩔매고 있다. 직장과 가족에게 소외될까 봐 전전긍긍하고 건강의 적신호 앞에 망연자실한다. 성과를 최고의 가치로 여기는 사회에서 경쟁에 시달리며 생명을 지탱하느라 지칠 대로 지쳤고, 대화와 의사소통하는 방법을 배운 적이 없으니 퇴직과 가정으로의 귀환이 두려울 수밖에 없다. 시간에 쫓기고 피곤하기도 하겠지만 직장을 떠나 새로운 생활을 하기 위해서는 최선을 다해 재교육을 받고 다각적인 준비를 해야 한다.

　재정적인 점검은 물론이고, 인문서적을 읽으며 굳었던 머리를 부드럽게 풀어주고 자기성찰을 위해 자서전을 써보는 것도 좋은 선택이다. 주말을 활용하여 취미나 좋아하는 일을 부업으로 할 수 있을 만큼 연마하고, 인생설계를 통해 남은 생에 대한 계획과 목표를 세우며 축적된 자원을 활용하여 하나씩 실천해 나아갈 것을 제안한다.

　미리 대비한 사람들과 막연하게 삶의 후반전을 맞이하는 사람들의 노후가 확연하게 구분되는 사례를 많이 접한다. 내가 준비되어 있고 주도적인 생활을 할 수 있어야 자존감이 훼손되지 않고 가족들과의 관계도 원만하게 지속된다. 사춘기 못지않게 휘청대는 인생의 오후에 기대를 걸어보는 것은 여명 못지않게 노을도 아름답기 때문이다.

제3장

모과꽃을
기다림

내 삶의 영화 한 편

영화 '오베라는 남자'를 보았다. 스웨덴 작가 프레드릭 배크만의 베스트셀러를 영화화한 작품이다. 오베는 상처한 59세의 고지식한 남자, 설상가상으로 평생직장에서 퇴직까지 당하고 이웃에 사는 친구와는 사소한 일로 말다툼을 한 후 원수같이 지낸다. 마트에 가서 점원과 싸우고 1+1 꽃다발을 사서 아내의 무덤가에서 혼잣말을 하는 그는 칠팔십 대의 병든 노인보다 무기력해 보인다.

공동주택단지의 회장이며 관리인으로서 입주자들에게 까다로운 원칙들을 지키라고 잔소리를 해대는 중노인을 좋아하는 사람은 없다. 게다가 건강도 좋지 않고 날마다 자살을 꿈꾸는 그의 무채색 삶에 도움을 청하는 귀찮은 이웃들이 끼어들면서 이야기는 흥미진진하게 반전된다.

오베는 내가 흔히 만나는 이웃들과 흡사한 인물이다. 현직에서는 물러났지만 딱히 할 일이 없고 가족들과 긴밀한 대화도 없다. 아웃도어 등산복을 유니폼처럼 입고 비슷한 형편의 친구들과 만나 지나간 이야기를 하거나 세태를 비판하고 술에 취해 돌아오는 귀가길이 그다지 유쾌하지는 않다. 아내는 외출 중, 가족들이 모여 앉아서 웃음꽃을 피우며 나누었던 따뜻한 밥상도 이제는 썰렁해졌다.

세계 어느 나라보다 사회복지 정책이 잘되어 있다는 스웨덴의 퇴직자는 어떤지 몰라도, 사업가이거나 공직 또는 교직에서 퇴직하지 않는 한 국민연금과 개인연금에 의지하는 50+의 재정 상태는 그다지 넉넉지 않다.

우리나라 베이비부머(1955년~1963년생) 725만 명(2015년 12월 기준)의 현주소는 대개 퇴직을 했거나 2~3년 안에 퇴직을 해야 하고, 부모 중 한 분이 살아계시며, 자녀 중 한 명은 결혼 전이다. 부모세대와 자녀세대를 책임지는 마지막 세대이며 평균적으로 몇천만 원 정도의 저축과 집을 한 채 가지고 있다. 부모님 부양과 남은 자녀의 교육이나 결혼 자금으로는 턱없이 부족한 형편이다. 자녀를 양육하며 수입에 비하여 높은 비율의 교육비를 지출했지만 독립한 자녀로부터 생활비를 기대하는 것은 현실적으로 무리한 일이다. 그들 역시 전세자금이나 결혼비용을 대출받아 빠듯하게 생활하고 있으며, 아이가 있을 때는 도리어 양육비를 보태주어도 모자랄 지경이다.

베이비부머의 삶을 영화로 찍어 되돌려 본다면 이루 말할 수 없는 격동의 시기를 살았다. 전후의 불안정한 시기에 태어나 2~3부제의 콩나물 교실과 입시지옥을 무사히 건너왔고, 학창시절에는 너나 할 것 없이 독재에 대해 항거하며 시위에 나섰다. 공단에 산업의 역군으로 수출과 국민소득에 기여를 한 생산직 근로자들이 있고, 다른 나라의 전쟁터와 건설현장에 투입되어 젊은 시절을 보낸 이들도 많다. 그들은 늘어난 수입 덕분에 집을 사고 차를 사고 아이들을 치열하게 교육시켰다. 힘이 들어도 점점 나아지는 살림에 희망의 끈을 놓지 않았다. 그랬던 역전의 용사들이 퇴직을 하고 이제 집으로 돌아온다. 그런데 환영의 현수막이나 샴페인은 눈을 씻고 보아도 찾을 수 없다. 인생설계 코치인 나는 날마다 공공기관에서 50+중장년을 만나면서 인생의 오후를 어떻게 살아갈까 함께 고민하고 각자에게 맞는 해법을 찾아가는 중이다.

영화 '바보들의 행진', '난장이가 쏘아올린 작은 공', '영자의 전성시대', '별들의 고향'과 '세시봉' 등의 대중문화 속에서 가끔씩 숨을 돌리

며 질주하던 삶에서 놓쳐버린 것은 무엇일까. 문득 많은 관람객을 모았던 왕년의 영화 후편을 만든다면 어떤 작품이 나올까 상상을 해본다. 세련되고 자극적이고 독한 요즘 우리나라의 영화 시장에서 '오베라는 남자'가 보여준 일상적이고 담담한 스토리가 감동을 주는 까닭은 각박한 세상을 부대끼며 살아가는 이웃과 생사를 나누는 공동체의 이야기가 있기 때문이다.

풍성한 인생 이모작을 꿈꾸며 기획한 '내 삶의 영화 한 편'은 어떻게 진행되고 있는지 잠시 멈추어 서서 몇 가지 질문을 던진다.

'전편의 주제를 한 마디로 한다면 무엇인가.'

'제목을 붙인다면 무엇인가.'

'어떤 사람들이 함께 등장했는가.'

'가장 기억에 남는 세 개의 장면은 무엇인가.'

'가장 큰 힘을 얻은 것은 어떤 일이었나.'

'가장 후회스러운 사건은 무엇이며 그 일로부터 어떤 교훈을 얻었는가.'

'영화의 후편은 어떤 주제로 만들까.'

'주인공인 나는 어떤 캐릭터인가.'

'내 삶의 영화 2편에 누구를 캐스팅하고 싶은가.'

'성공적인 제작과 흥행을 위해 필요한 자원은 무엇인가, 누구와 협력하면 좋겠는가.'

'몇 명이 내가 시나리오를 쓰고 연출하고 주인공을 맡은 영화를 보면 좋을까.'

'그들로부터 듣는 가장 감동적인 감상평은 무엇일까.'

냉장고를 비우며

　설 명절을 앞두고 여러 날 심한 몸살감기를 앓았다. 모처럼 집에 있다 보니 여기저기 일거리가 눈에 띄지만 일단 쉬어야겠다고 눈을 질끈 감고 있는데 때마침 고기 선물세트가 배달되었다. 냉동식품이라 그대로 밖에 둘 수가 없어서 냉장고를 열었더니 뭔가 가득 채워져 있어서 넣을 공간이 없었다. 냉장실에는 바로 꺼내먹거나 조리할 수 있는 식품들이 들어 있지만 냉동실에는 유효기간이 좀 더 긴 냉동식품들이 자리를 차지하고 있었다. 생선이나 육류, 찰떡, 만두, 그 밖에도 고춧가루나 건어물들이 빼곡하게 들어앉아 더 이상의 보관을 사절하는 듯했다. 할 수 없이 면장갑을 끼고 영하 20도에서 냉동된 단단한 내용물들을 하나하나 점검하기 시작했다. 아낀다고 마냥 넣어둔 것도 있고, 넣어놓고 다시 꺼내 써야지 하다가 잊어버린 것들도 많았다.

　그러고 보면 냉장고가 들어오면서 우리의 식생활도 많이 변했다. 뒤꼍에 걸어놓고 꾸득꾸득 말려서 찢어먹던 굴비가 으레 냉동실로 직행을 하고, 먹을 만큼만 한 칼씩 사먹던 쇠고기가 웬만하면 냉동실로 가니 다시 꺼내먹어도 제 맛이 나질 않는다. 잊을 뿐이지 냉동식품도 엄연히 유통기간이 있는데 대형마트에 가면 냉동식품 코너에서 먹음직하고 보암직한 음식들이 자꾸 손짓을 한다.

마당 가운데 우물에 수박 한 덩이 담아 놨다가 얼음을 깨어 넣고 여러 식구가 화채를 해먹던 추억, 흙구덩이를 파서 장독을 묻고 김장김치를 담아 놓았다가 살얼음과 함께 꺼내먹던 즐거움은 냉장고의 등장으로 사라져 버렸다.

누군가는 냉장고가 생긴 이래로 인류는 사유재산에 대한 집착이 커졌고, 잉여식품이 쓰레기로 변하기 시작했다고 말한다. 남아도는 것이 어디 음식뿐이랴. 옷장 속에 입지 않고 쌓인 옷들, 컴퓨터 안에 뒤죽박죽 쌓인 정보들, 마음속에 남아 있는 미해결 과제들…….

문득 한 친구로부터 들은 얘기가 생각났다. 여름휴가를 다녀오니 며칠간 정전이 되어 냉장고에 있던 냉동식품이 다 녹아내려 치우느라 애를 먹었다는 것이다. 상상만 해도 번거롭고 성가신 일이다. 또 한 친구는 오랜 고생 끝에 개업을 하게 되었는데 심장 언저리에서 뭔가 꽁꽁 얼었던 것이 자꾸 녹아내리며 끊임없이 눈물이 나더라고 했다.

보통 사람의 육체와 정신이 접속되는 장기가 뇌와 심장과 위라고 한다. 심장은 곧 마음의 다른 표현이리라. 그렇다면 혹시 내 마음속에도 냉동실만큼이나 커다란 저장고가 있는 건 아닐까. 거기에 이미 유효기간이 지난 미안함이나 억울함, 언제 폭발할지 모르는 분노와 배신감, 그리고 메말라버린 사랑과 환희가 한 구석을 차지하고 있지는 않을까. 마음의 냉동고에는 해결하지 못하고 넣어둔 여러 가지 감정들은 일견 아무 문제없이 자리를 지키고 있는 것 같지만 그것들을 잘 정리하지 못하고 방치하면 어느 날 대책 없이 녹아내릴지 모르는 일이다.

어쩌면 감기몸살로 시작되는 인간의 병고病苦도 제대로 해결하지 못한 감정과 피로를 끌어안고 있거나, 제 맛을 잃은 음식을 산더미같이 쟁여놓고 먹는 데서 비롯된 게 아닐까 싶다.

암癌이라는 글자가 세 개의 입 구口자에, 메 산山을 가지고 있는 걸 보면 선조들의 지혜에 감탄하지 않을 수 없다. 암이란 스트레스든, 음식이든 산같이 많이 먹어서 생기는 병인 것이다. 그렇다면 감기나 배탈이 난다는 건 큰 병을 미리 알려주니 얼마나 고마운가. 감기몸살이 들어 힘들었지만 끙끙대며 냉동실을 치우고 나니 이래저래 마음이 개운해서 몇 가지 생각을 정리했다.

음식은 8할만 먹을 것, 피곤하면 쉴 것, 자정이 되면 잘 것, 미안하면 재빨리 사과할 것, 화가 나면 속히 풀 것, 미운 사람 마음에 담아두지 말 것, 만나야 할 사람 미루지 말고 만날 것, 주고 싶으면 바로 줄 것, 냉장고나 냉동실에 넣기 전에 미리 나눠 먹을 것, 냉장고와 옷장과 컴퓨터는 자주 비울 것, 물건과 정보를 치우며 마음도 함께 정리 정돈할 것, 냉장고를 비우며 자신에게 일렀다.

다시 봄

   2월 중순의 산기슭에는 아련한 봄볕이 스며든다. 얇아진 얼음장 밑으로 계곡물이 흐르고 겨울잠에서 깨어날 차비를 하는 나뭇가지 끝에는 연둣빛이 어린다. 큰 행사를 앞두고 산장에 모인 동료들은 30분가량의 산책길에서 몇 달간 살아갈 힘을 얻었다고 한다. 새로 시작한 사업의 기초를 닦느라 거의 1년을 쉼 없이 달려온 터라 그 심정을 충분히 이해하고도 남는다. 짧은 시간의 멈춤도 없이 질주를 하면 새로운 생각이나 영감이 비집고 들어갈 틈이 없어진다. 밤늦게까지 회의를 하며 많은 일을 했지만 맑은 공기 마시며 길을 걷고, 많이 웃고, 배 고플 때 잘 차려진 토속음식을 먹은 후 푹 자고 났더니 머리가 맑고 상쾌해졌다.

   그런데 다음 날부터 핸드폰에 이상이 와서 배터리가 급속으로 닳고 충전이 되지 않았다. 한 주일 뒤에 이루어지는 대학교 신입생 진로 코칭 프로젝트를 위해 SNS로 실시간 소통하며 자료를 주고받아야 하는데 난감하기 그지없었다. 웬만한 앱은 정리를 하고 지웠지만 배터리가 쉽게 방전되고 단말기가 뜨거워졌다. 전자제품인 전화기의 뇌와 같은 CPU가 쉬지 않고 가동되면서 열을 내는 현상이라는 걸 알고 있

130

지만 해결방법은 알 수가 없어서 결국 서비스센터를 찾았다.

진단을 한 엔지니어는 내장 배터리가 많이 닳았다며 배터리와 충전기의 줄을 바꾸라고 권했다. 혹시 불필요한 것들을 지우기 위해 청소 앱을 쓰는 게 도움이 되는지 물었더니 그런 것들이 광고까지 끌고 들어오니 차라리 자주 전화를 껐다가 켜주는 게 낫다고 했다. 아니 그렇게 간단한 방법이 있다니, 전화기를 한 번씩 꺼주는 것만으로도 잘 돌아간다는 이야기를 듣고 4차 산업혁명 시대에는 인간이 기계와 달리 놀아야 인공지능을 이길 수 있다는 말이 떠올랐다. 쉬지 않고 돌아가는 반복적인 일은 인공지능이나 컴퓨터에게 맡기고 인간은 쉬고 노는 것을 통해 보다 창조적인 일을 해야 한다는 것이다. 스마트폰을 24시간 켜놓아도 되지만 한 번씩 시스템을 끄는 것이 도움이 된다는 말을 듣고 인공지능과의 일전을 꿈꾸다 되치기로 허를 찔린 느낌이 들었다. 오히려 극대화된 피로나 긴장감은 뭔가를 자꾸 더할 때가 아니라 멈출 때 해결이 된다. 자연도 그런 이치에 따라 나무가 겨우내 잠을 자고 새로운 꽃망울을 준비한다는 원리를 깨닫는다.

함께 계룡산의 고찰 동학사까지 올라간 젊은 리더는 유연한 몸놀림으로 춤을 추듯 태극권의 자세를 취했다. 통통하게 솜털이 덮인 목련의 꽃눈이 은빛으로 빛나는 나무 아래 선 그의 모습이 무위자연의 경지에 든 신선처럼 보였다.

전국적으로 쉬지 않고 강의와 훈련을 맡아서 하고 날마다 프로그램 개발을 위해 몰입을 하지만 일주일에 하루는 반드시 운동과 여가를 위해 시간을 비워두는 지혜가 심신의 건강을 유지하는 비결이라 한다. 주로 머리를 쓰고 말과 글을 쓰며 일하는 우리들도 기본적인 동작을 따라 했다. 호흡과 함께 쓰지 않았던 근육과 관절에 집중하니 몸이 깨어난다는 느낌이 들었다. 무수한 형상의 나무를 보며 그들의 자세를 흉내 냈다. 마치 발레리나 같기도 하고 날아가는 새처럼 팔을 벌린 나무도 있었다. 정지된 것 같지만 다시 오는 봄을 맞이하여 수관으로 물을 길어 올리는 나무의 일이 경이로워 보였다.

2월의 마지막 주에는 대학교 신입생 1,500명을 위한 동기유발학기에 100명의 전문코치가 들어간다. 새내기들을 만나 인생의 봄이 활짝 피어날 수 있도록 워크숍을 진행한다. 4년 전에 시작된 신입생 진로 코칭을 통해 올해 졸업을 하는 학생들을 보면 뿌듯하다. 설레는 꿈을 찾고 자신의 강점과 성격에 맞는 선택을 할 수 있도록 동행하는 프로그램을 준비하며 덩달아 내 마음도 설렌다. 공부를 끊임없이 해야 안심이 되는 3차 산업혁명식의 교육은 더 이상 효용가치가 없다. 다가오는 4차 산업혁명시대에는 인간이 가진 고유한 감성과 상생하는 하는 인간관계를 통해 인공지능을 가르치고 주도해나가야 한다. 인공지능을 경쟁자로만 보지 말고 건강한 정보를 입력하고 효과적인 활용방법을 찾아내는 것이 우리의 과제다,

더 많이 가동하기 위해 여가나 쉬는 것까지도 프로그램으로 돌릴 것이 아니라 전원을 빼고 단말기를 끄는 것만으로도 회복이 가능하다. 겨울잠에서 깨어나는 나무처럼 리셋을 한 후 새내기들과 함께 설렘의 행진에 나선다. 다시 봄이다.

맹그로브 숲의 신사

　버스를 타려고 정류장으로 가는데 한 상점 앞에 철망으로 된 우리가 놓여 있었다. 우리 속에는 어린 원숭이 한 마리가 갇혀 있었다. 손님들을 가게 앞으로 끌기 위해서인 것 같은데 정작 사람들은 상품에는 관심이 없고 원숭이 둘레에만 웅성대며 모여 있었다. 사진을 찍거나 먹이를 주지 말라는 주의 글이 걸려 있는 것은 원숭이를 보호하려는 의도로 보이지만 원숭이는 몹시 불안하듯 우리 안을 끊임없이 왔다 갔다 하고 있었다. 야생 동물로서는 도저히 살아가기 힘든 환경에 묶여 있는 톰(이름이 그렇게 적혀 있었다)이 가엾고 안쓰러웠다. 더구나 혼자 있으니 얼마나 외로울까. 끝없이 오가는 버스와 사람들의 발길, 묶여 있는 줄과 쇠창살, 그늘 한 점 없이 적나라하게 열린 공간, 사람들이 문명화된 도시에서 느끼는 허기와 갈증을 그 어린 생명이라고 해서 느끼지 않겠는가.

지난여름에는 결혼기념일을 맞아 코타키나발루로 여행을 갔다. 원시림으로 뒤덮인 보르네오는 열대우림 기후임에도 불구하고 더위를 이겨낼 만했다. 하루에 한두 번씩 쏟아지는 소나기와 그늘의 서늘함이 우리의 더위와는 차이가 있었다. 아스팔트의 복사열 속에서 더위에 지쳤던 터라 청정한 자연으로부터 생명의 에너지를 듬뿍 받는 것만으로도 행복감을 느꼈다.

여행의 절정은 배를 타고 원시림을 휘감아 도는 강을 오르내리는 것이었다. 수만 년 동안 그대로 보전된 맹그로브 숲에는 밀림의 신사 코주부 원숭이가 살고 있었다. 나무줄기에서 새끼나무가 그대로 떨어져 강바닥에 뿌리를 내리고 크고 작은 섬을 만들어나가는 맹그로브 나무는 풍성한 잎을 코주부 원숭이의 주식으로 제공한다.

배가 흔들리는 나무 아래 멈추어 서면 영락없이 코주부 원숭이들이 모습을 드러냈다. 동네 영감님처럼 큰 코에 매끄러운 베이지색 털을 가진 몸매, 회색 양복바지를 차려입은 듯한 모습에 저절로 탄성이 나왔다. 석양을 등지고 높은 나무 위에 걸터앉은 의연한 모습은 마치 턱시도를 차려입고 오케스트라를 지휘하는 마에스트로처럼 보였다. 해가 지고 강가에 짙은 어둠이 깔리자 그들의 식탁에서는 반딧불이의 축제가 열렸다. 마치 크리스마스트리처럼 수많은 불빛이 맹그로브 나무에서 별빛처럼 빛났다. 그들은 다른 먹이는 거부하고 맹그로브 나무의 잎만 먹음으로써 대대손손 그들의 삶터를 지키고 있었다.

사람을 닮아서 인기가 있는 유인원은 사람들과 매우 친숙한 동물들이다. 대부분 사람을 잘 따르고 잡식성이기 때문에 어느 나라 동물원을 가든 스타의 자리를 누린다. 그러나 그런 스타의 자리를 마다하고 오직 보르네오 섬 맹그로브 숲에서 유유자적 살아가는 코주부 원숭이의 모습을 보며 많은 것을 생각했다. 동물이든 사람이든 본래적인 모습을 잃고 외부의 힘에 의해 강요당하는 삶을 산다는 것은 얼마나 불행한 일인가.

최근 들어 부쩍 늘어난 연예인들의 자살사건은 개인의 정신 건강과 우리 사회의 병리적 현상에 대해 깊은 우려를 낳고 있다. 특히 젊은이들에게는 외모를 가꾸는 노력 못지않게 마음의 근육을 키울 수 있는 교육과 훈련이 필요하다. 감정 조절을 잘하고, 적절한 의사소통을 할 수 있도록 도울 방법이 얼마든지 있기 때문이다. 라이프코칭, 인성교육과 영성 훈련도 물질 만능 시대에 생명의 존엄성을 깨닫고 키워나갈 수 있는 중요한 해법이다. 자기 존재에 대한 깨달음이야말로 세상을 이겨나갈 수 있는 기본적인 힘이기 때문이다.

거리의 원숭이 톰과 맹그로브 숲의 코주부 원숭이를 보며 나의 현주소를 가늠해본다. 과연 나를 드러내고 여러 분야의 성취를 원하는 나는 내면이 건강한지, 내 안에 세파로부터 나를 지킬 수 있는 맹그로브 숲 같은 공간이 있는지, 깊은 어둠 속에서도 반딧불이가 빛나는 청정한 구역이 있는지, 세상의 모든 마스크를 벗고 맨 얼굴로 자신을 만날 수 있는 자기 성찰의 방이 있는지……. 떠올리기만 해도 즐거워지는 맹그로브 숲의 신사와 도심 속 철장 속 톰의 모습이 번갈아 떠오른다.

모과꽃을 기다림

　우리 집 뜰에는 철마다 다른 꽃들이 연이어서 피어난다. 초봄에 꽃망울 맺는 벚꽃과 목련을 시작으로 해서 늦여름의 능소화와 배롱나무 꽃에 이르기까지 종류가 다양하다. 감꽃, 모과꽃처럼 과실을 맺는 나무의 꽃뿐 아니고 저 홀로 피고 지는 패랭이나 꽈리꽃 같은 여린 풀꽃도 제각기 자기만의 빛깔과 향기를 뿜낸다.

　모든 나무와 꽃들이 다 사랑스럽고 예쁘지만 나는 현관 입구에 서 있는 모과나무를 가장 좋아한다. 환갑을 넘긴 모과나무는 겨울에도 변함없이 그 자태가 당당하고, 새순이 돋거나 꽃망울이 터질 때 마음을 설레게 하며, 주물러놓은 듯한 모양의 푸른 모과 열매가 점점 굵어지는 여름이나 황금빛으로 향기가 깊어지는 가을에 한결같은 기쁨을 주기 때문이다.

　2005년 봄이었다. 종일 이사할 집을 구하러 다니다 지쳐서 한 집만 더 보고 가겠다며 소개하는 이의 뒤를 따라 동산 아래 동네로 접어들었다. 큰 길에서 70~80m 쯤 지나자 조용한 골목 안쪽에 빨간 벽돌집이 보였다. 한 쪽만 열려 있는 대문을 통해 처음 그 정원에 들어설 때 마치 오래전에 떠났다 다시 돌아온 우리 집처럼 포근한 느낌이 들었다. 잘 손질된 잔디와 키 작은 나무들과 더불어 커다란 고목 몇 그루가 어우러진 정원이 넓지는 않아도 짜임새가 있고 아늑했다. 다락방이 있고 천정 높은 실내가 마음에 들기도 했지만 첫날 정원에서 받은 정겨운 느낌 때문에 그 집을 선택하게 되었다.

십 년 이상 대략 수천 번 넘게 집 안팎을 드나들면서 매일 모과나무를 유심히 살펴본다. 반짝이는 연록색의 새잎이 돋았나, 분홍빛의 곱디고운 꽃이 피었나, 모과는 얼마나 열렸나, 열매가 굵어지면서 실하게 익어가고 있나, 짚으로 된 옷 한 벌 없이 겨울은 잘 나고 있나…….

모과나무는 바라볼 때마다 다른 표정을 짓고 있는 것 같다. 가만히 서 있는 모과나무가 시시각각 다른 느낌을 준다는 건 정말 경이로운 일이다.

늦은 밤, 일을 마치고 대문을 들어설 때면 언제나 모과나무가 가장 먼저 나를 반겨준다. 모과나무는 든든한 파수꾼처럼 현관 앞에 우뚝 서 있다. 건물의 삼층을 넘어서는 풍성한 나무의 실루엣 속에 나뭇잎보다 좀 더 밝고 환한 빛깔의 등들이 은은하게 불을 밝히고 있다. 그것은 단단하고 푸른 전구 모양의 모과들이 어둠 속에서 스스로 빛을 내고 있는 것이다. 나는 푸른 전구 속에 발그레한 모과꽃이 필라멘트처럼 박혀 있을 거라는 상상을 하며 나무를 오래도록 바라본다.

울퉁불퉁한 열매와 달리 요염하리만치 예쁜 모과꽃은 모과나무가 가진 유쾌한 의외성이다. 사람도 늘 같은 모습보다는 모르던 면을 볼 때 더 호감이 가는 것처럼 수수한 모습 속에 숨겨진 열정은 한결 빛을 발한다. 향기가 높지만 과육이 질기고 단단하여 수고하는 사람에게만 비로소 즙을 맛보게 하는 모과 열매의 까탈스러움은 마치 가까이 할

수록 향기가 깊어지는 매력적인 사람과 같다. 모든 꽃이 지고 난 우리
집 가을 뜨락은 모과나무로 인해 풍요롭다. 노란빛깔로 익어가는 모
과를 보며 내년 5월을 기다린다.

바다농장에서

저녁 무렵 기다리던 택배가 왔다. 지난 주말 해남으로 여행 갔다가 주문한 전복과 해남 고구마가 도착했다. 이번 겨울바다 남도여행은 풍성하고 활력이 넘쳤다. 2012년 섬에 가서 20일간이나 머물면서도 해산물에 굶주렸던 것과 비교하면 사뭇 풍요로웠다. 그 섬의 주민들은 유유자적 바다낚시를 하고 해녀들은 물질을 해서 바다의 보물들을 속속 건져 올렸지만 값이 비싸고 그나마 팔지를 않아 사먹을 엄두를 내지 못했다. 바다에 제아무리 많은 자원이 있어도 그것을 취하는 방법을 모르면 마치 황량한 사막 한가운데 머무는 것과 같다. 이번 여행에 바다 농사짓는 분의 안내를 받은 것은 큰 행운이었다.

인생 이모작을 어업으로 하는 지인의 모습을 보며 존경스럽다 못해 경외심마저 들었다. 도시에서 사업을 하다 십 년 전에 고향인 해남으로 내려간 김 선생은 사회복지대학원 원우의 남편이다.

십 년 만에 넓은 바다 농장을 일구어 전복 가두리 양식장이 오백 칸이나 되고 미역, 파래, 다시마 양식장과 낚지, 문어, 게를 잡는 통발을 넉넉하게 소유하고 있다. 크고 작은 배도 여러 척 있어서 크레인으로 전복 가두리를 관리하고 통발 작업도 한다. 웬만큼 강인한 체력과 의지가 아니면 시시각각 변하는 날씨 속에서 힘든 일을 해내기 어려울 텐데 싱글벙글 농담을 해가며 바다에 무지한 도시인들에게 자상한 안내를 해 주었다.

바다에서도 농사를 짓듯이 종자를 뿌리고 가꾸어야 필요한 소산을 얻을 수가 있다. 가두리 양식장 전복의 먹이는 다시마라 근처에 다시마까지 양식해야 한다. 정기적으로 전복이 사는 칸칸의 아파트를 크레인으로 들어 올리고 먹이를 주는 양식업은 농업과 축산업이 결합된 일이라는 걸 깨달았다. 바다 농사는 자연이 도움으로 노력하는 만큼 많은 수익을 얻지만 아무나 넘볼 수는 없는 일이다. 게다가 선주 부부는 어업으로 성과를 이룬 인생 이모작 이후를 위해 인생 삼모작을 준비하고 있었다. 체력이 떨어지는 노후에 보람 있는 일을 하기 위해 부부가 함께 공부하는 중이다. 노인복지시설 운영을 위해 남편은 요양보호사 자격을 땄고, 아내는 사회복지대학원에 다니며 사회복지사 1급 과정에 도전하기 위해 매주 서울로 통학을 하니 열정이 놀랍다. 바닷가 공기 맑고 햇살 좋은 곳에서 마음 따뜻한 원장 부부가 해주는 영양가 높은 음식이 나오는 노인복지시설이라면 더할 나위가 없겠다.

바닷가에 가서 언덕 위에 작은 집을 짓고 살아볼까, 전원에 가서 텃밭이나 일구며 살까, 산골에 들어가 조용하게 여생을 보낼까, 누구나 한 번쯤 퇴직 후의 삶에 대해 낭만적인 그림을 그려보지만 귀농, 귀촌, 귀산, 귀어는 엄연히 전문성과 투자가 필요한 창업이다. 만약에 자연과 더불어 살 계획이 있다면 한동안 현장에 가서 체험을 하고 요모조모 정착에 필요한 것들을 따져보아야 한다. 바다농장을 둘러본 벗들은 무한

한 풍요로움에 감탄했지만 그 누구도 어업을 해보겠다는 엄두를 내지 못했다. 다만 고마운 마음으로 갓 건져 올린 해산물을 즐겼다.

성싱한 해산물은 별도의 조미료나 양념이 없어도 맛이 깊고 시원했다. 첫날 저녁에 전복회와 세꼬시, 문어숙회와 게찜, 생선구이와 전복구이에 이어 전복죽, 다음 날 아침에는 문어죽, 점심에는 꽃게 넣은 라면이 나왔다. 음식이 최고의 약이라는 말이 실감나는 식탁이었다. 대형 마트에 가서 공장을 거쳐 나온 생산품들을 카트 가득 담아오면 냉장고에 다시 들어갈 것뿐이고 왜 그렇게 먹을 게 없고 밥상이 빈약한지, 바다 농장에서 얻은 해산물의 넉넉한 인심이 부러웠다.

택배를 잘 받았다고 연락을 했더니 친구는 다음 학기 마치고 여름에 다시 내려와서 배 위에 텐트를 치고 낚시를 하며 밤하늘의 별도 보자고 한다. 어업에 종사하는 친구는 처음이라 덕분에 배를 타고 바다에 나갔는데 전복 가두리 양식장의 그물을 끌어올렸더니 꿈쩍도 하지 않았다. 전복이 상품이 되려면 가두리 양식장과 씨름하며 삼 년 동안 다시마를 먹여 키워야 한다. 거친 바다 한가운데서 바다농사를 짓는 것이 얼마나 어려운 일인지 잠시 동안의 체험으로 세상 보는 눈이 열린 느낌이다. 마치 원두막에 누워서 놀던 어린 시절 추억처럼 별이 쏟아지는 배 위의 여름밤이 기다려진다.

비올라와 섬집아이

음악을 좋아하는 문우들과 함께 정기적으로 영상 콘서트를 열기 시작했다. 클래식 음악을 좋아하는 문우 한 분이 홈시어터 시설을 해놓고 장소를 제공해주어 음악평론가를 모시고 해설을 들으며 유럽의 19세기식 살롱을 재현했다. 이름하여 E&M(수필과 음악) 살롱.

여학교 시절 기라성 같은 음악 선생님들을 통해 음악수업을 받았지만 좋아하기만 할 뿐 별다른 재능이 없었기에, 얼굴은 알지만 별로 대화를 나누지 않는 사람들과의 만남처럼 고전음악과는 약간의 거리감이 있었다. 그러던 것이 몇 차례 영상 콘서트를 통해 신기한 경험을 하게 되었다. 음악을 듣고 보는 동안 가슴속에 뭉쳐 있던 무형의 감정이 녹아내리고 온몸이 시원해지는 느낌이 들었다.

음악의 치유 효과가 몸으로 느껴지는 것을 경험하고부터 보다 적극적으로 음악을 듣게 되었다. 어떤 음악가의 작품이며 연주자는 어떤 사람인가 신경을 쓰면서 음악을 듣다 보니 태산같이 높아보이던 음악 세계에도 나를 반겨주는 오솔길과 계곡이 있다는 것을 발견하게 된다.

클래식 음악이 나오는 FM 방송을 듣는 중에 마음에 착 감겨드는 선율이 있어서 귀를 기울였다. 언젠가 인간극장에서 본 적이 있는 한국계 미국인 리처드 용재 오닐의 비올라 연주였다. 바이올린과 첼로보다 반 발자국 비켜서서 조연 역에나 어울리는 악기이겠거니 했는데 그의 연주는 마음을 사로잡았다. 인터넷을 통해 그의 음반이 두 개 나와 있다는 걸 확인하고 미리듣기를 눌러가며 비올라 곡을 맛보았다.

즐겨 쓰는 블로그의 배경음악으로 리처드 용재 오닐의 비올라 연주 '야상곡 안단티노'를 깔았다. 바이올린의 가늘고 예민한 소리나 첼로의 가라앉은 저음과는 달리 따스하면서도 부드러운 비올라의 음색이 마음을 편안하게 감싸준다.

그의 음악이 그렇듯 애절하게 마음에 와 닿는 이유는 그에 대한 인간적인 관심이 있기 때문이다. 그가 20대 중반의 훤칠한 청년으로 자라서 미국이 자랑하는 비올리스트가 되기까지 얼마나 많은 우여곡절이 있었을까.

6·25 동란 후에 미국으로 입양된 발달장애아가 양부모에게 양육되고 미혼모가 되어 사내아이를 낳게 된다. 그 사내아이가 리처드 용재 오닐이다. 그의 에세이에 보면 미국인 외할머니가 얼마나 헌신적으로 바이올린 레슨을 시켰는지 알 수 있다. 전쟁고아를 입양하여 장애가 있는 딸과 아버지 없는 외손자를 함께 돌본 외할머니의 사랑이 놀라웠다.

용재 오닐은 세상에서 가장 사랑하는 사람으로 어머니를 꼽았다. 비록 정신지체라 모든 일에 어눌하고 이해력이 떨어지지만 그 어머니를 위해 자랑스럽게 연주를 하는 손길이 아름다웠다.

그의 앨범 중에 들어 있는 우리나라의 동요 '섬집 아이'는 많은 것을 느끼게 한다. 내적치유를 위해 요람에 태워 흔들며 불러주기를 바라는 노래 1위가 바로 '섬집 아이'다. 20년 넘게 미국인으로 살았으면서도 어머니 이복순 씨로부터 물려받은 유전인자 중에 그 곡에 반응을 일으키는 한국인의 정서가 잠재해 있었던 것일까. 그의 비올라 소리는 어느 악기로 연주하는 '섬집 아이'보다 애잔하고 깊이가 있었다.

어머니, 외할머니로 거슬러 올라가 결국 한 여성의 유전인자에 잇닿아 있는 인류는 결국 언제 어디에 있든지 돌봄을 받고 싶고, 안기고 싶고, 위로받고 싶은 심성이 있으리라. 많은 결핍과 슬픔의 강을 건너 자기를 넘어선 사람만이 가질 수 있는 성숙함과 깊이 있는 표현력이 그의 연주를 더욱 빛나게 하는 것이고, 그 음악을 듣는 사람들에게까지 초월적인 경험을 하게 하는 것이라는 생각이 든다.

다시 그의 연주로 '섬집 아이'를 듣는다. 어머니와 외할머니가 생각난다. 어머니가 곁에 계시면 이 끈질긴 몸살감기도 쉬 떨어질 것 같은데……. 몸에 좋은 양약을 먹듯이 비올라 소리를 들으며 내 몸 깊숙이 음악을 끌어들인다. 문득 코끝에서 싸한 바다 냄새가 난다.

사람풍경

　모처럼 숨 가쁜 생활에 쉼표를 찍고 빈 괄호를 만들기 위해 남도로 여행을 떠났다. 몇 달간 긴 호흡이 필요한 일을 앞두고 휴식도 취할 겸 충전을 하기 위해서다. 변산반도에서 부안, 장성, 담양을 지나는 동안 고즈넉하고 평화로운 풍광을 보며 마음이 가라앉고 편안해졌다.

　충전이 필요할 때는 좋은 사람들을 만나거나, 자연을 찾아가거나, 문화예술의 향기를 누리라는 권유를 받고도 자연의 큰 품에 안기는 것이 쉬운 일은 아니라 큰 마음 먹고 나선 길이었다. 마침 중요한 프로젝트를 마친 남편이 동행하는 여행이라 특별한 설렘은 없어도 익숙하고 차분한 여정이었다. 평소에 사진 찍기를 즐기는 편이라 여행 갈 때는 따로 카메라를 챙기는 편이지만 혹시 사진 찍느라 좋은 순간을 놓칠까 봐 이번에는 스마트폰만 들고 나섰다.

　변산반도에 내려가서 먼저 들른 곳은 내소사였다. 대부분 수령이 120살 이상 되는 전나무 길에는 피톤치드 향기가 퍼지고 벚꽃, 목련이 화사하게 어우러져 봄의 절정을 이루었다. 집 한 채는 들어앉을 만큼 넓게 퍼진 왕벚나무 아래 앉아 봄바람의 감촉을 느껴보았다.

　첫날 머물렀던 변산 바닷가 언덕 위의 나무집은 이름 그대로 '바람

꽃'과 같은 펜션이었다. 별다른 멋을 부리지 않은 외양에 포근한 실내 분위기와 바다가 내다보이는 창밖 풍경은 여행자의 마음을 부담 없이 감싸주었다. 펜션에는 흔하디흔한 바비큐 시설과 TV가 없고 음향이 좋은 오디오만 설치되어 있었다. 보송보송한 나무로 꾸며진 방에서 울려 퍼지는 음악은 부드럽게 가슴으로 스며들었다. 격포항에 나가 바라보는 석양은 채석강을 비추며 저녁바다의 깊이를 더해주었다.

오래된 소금창고가 있는 곰소염전에서 소금꽃이 피어나기를 기다리다가 부안에 있는 반계 유형원 선생의 서당을 찾았다. 서당은 소나무 숲길을 지나 산봉우리 가까이 자리를 잡고 있었다. 교과서에서나 본 유형원 선생의 유적지에서, 20년간 26권의 책을 쓰며 종종 먼 바다를 내다보았던 선비의 모습을 그려보았다. 오후 나절 찾아든 대나무 숲 '죽록원'에는 빽빽한 대나무 사이로 햇살이 쪼개져 들어왔다. 대나무 정자 대나무 돗자리에 앉아서 숲의 정기를 마셨다. 대나무 사이로 뛰어다니는 여자아이의 모습은 대나무의 높이와 힘을 더욱 분명하게 드러냈다.

담양은 유엔이 정한 슬로우시티다. 그중에서도 창평 고택마을에는 한옥체험을 할 수 있는 민박이 있어서 찾아갔다. 논흙을 개서 돌을 쌓아 만든 돌담길은 인적이 드물고 한산했지만 자연스런 조경 속에 고택과 숙박을 할 수 있는 한옥이 조화를 이룬다. 댓돌과 툇마루, 한지를 바른 문과 대나무 횃대가 있는 한 칸짜리 방에는 풀 먹여 다린 이불 호청이 하얗게 바삭거렸다.

이박삼일 여행을 마치며 올라오는 길에 소쇄원에 들렀다. 자연과 사람과 철학이 절묘하게 어우러져 문사와 석학들만 드나들던 비밀의 정원에 이제는 많은 사람들이 찾아와 망중한을 즐기고 있었다. 문화해설사의 소상한 설명을 들은 후에야 담벼락에 적힌 글씨, 건물이 앉은 모양, 조경이 어떤 의미가 있는지 알 수 있었다. 소쇄원의 사랑방격인 광풍각에서 빛과 바람의 흔적이라도 담으려고 셔터를 눌렀더니 예닐곱 살의 사내아이 뒷모습이 함께 찍혔다.

마지막에 찾은 곳은 '가사 문학관'이다. 송강 정철 선생에서 천재문인 허난설헌에 이르기까지 가사 문학으로 삶을 읊조리던 목소리가 생생하게 담긴 작품들이 전시되어 있었다. 한시가 아니라 한글로 쓰인 글이었기에 한 줄씩 천천히 읽어보았다. 허난설헌의 '규원가'를 읊을 때는 가슴이 먹먹해졌다. 사람도 자연의 일부인데 사람이 만든 법과 규범에 묶여서 생명을 꽃피우지 못하다니 그 안타까운 마음이 어떠했을까.

자연 속에 사람이 들어가면 풍경에는 이야기가 담긴다. 이번 여행에서는 자연 속의 사람 풍경에서 많은 배움과 영감을 얻었다. 사람으로 인해 절망하고 낙심하는 시대이지만 다시 한 번 믿어보기로 하자.

새 수첩을 펼치며

　새해가 되면 수첩을 바꾼다. 지난 한 해의 수첩을 훑어보니 페이지마다 자잘한 글씨가 빼곡하다. 계획했던 일도 있지만 상상조차 못 했던 일이 일어나고 수첩의 마지막 칸까지 채워지고 나면 또 다른 수첩을 구입한다.

　새 수첩 속표지에 일 년 동안 이루고자 하는 일들을 적어두고, 주 단위와 월 단위 계획을 스마트폰에도 저장해놓는다. 모바일 비즈니스 캘린더에는 개인뿐 아니라 소속된 회사와 단체의 계획까지 동시에 표시가 되며, 새로운 고객들과 만나기 위해 시간표를 빈틈없이 짜려고 수첩과 스마트폰에 이중으로 스케줄 관리를 하고 있는데 일 년 동안 지나온 시간과 장소를 이어 보면 일련의 연속선이 보인다.

　누군지 모르던 분들의 이름을 매일 칸마다 써놓고 몇 주간 이상 코칭을 하다 보면 개인의 역사가 새로운 방향으로 바뀌는 경우도 있다. 코치로서 고객들과 더불어 동반 성장하는 기쁨을 누리지만 평생학습을 통한 깨달음도 만남 못지않게 강력하다. 2014년 하반기부터는 '삶과 죽음을 생각하는 회'에서 로고테라피에 대해 배우며 한 사람의 삶이 얼마나 독특하고 소중한가를 깨달았다. 참석자들에게 뭔가 특별한 경험이 있으리라 예상은 했지만 20여 편의 로고드라마와 개인이 그려내는 이야기에 가슴이 뜨겁게 녹아 내렸다. 자신에게 들린 영의 소리를 따라 사는 모습이 그토록 아름다웠다.

그중에서도 3일 내내 맨 앞자리를 지킨 각당복지재단 이사장 김옥라 장로님의 이야기를 들으며 거대한 산맥이 일어서는 듯한 느낌을 받았다. 그분의 용기 있는 선택을 통해 하나님의 로고스가 실현된 생애는 곧 우리나라의 역사가 되었다. 모두가 각자의 생활에만 관심을 갖던 시대에 자원 봉사와 호스피스의 개념뿐 아니라 웰다잉을 도입한 선구자를 직접 만나서 대화를 나누는 것만으로도 흥분되는 일이었다.

그분의 삶이 장엄한 다큐멘터리 영화와 같다면, 나는 그동안 어떤 영화에 출연했고 앞으로 어떤 영화를 만들고 싶은가 자문했다. 지금까지는 독립영화처럼 단편적인 이야기들이 옴니버스식으로 연결되어 있었으나, 앞으로는 삶의 질문에 응답하며 눈부신 오후를 그리는 로맨틱 코미디를 만들어보고 싶다. 그래서 SNS에 단상으로 적기도 하지만 수첩과 다이어리에 실행계획을 짜놓는다. 작은 생각의 낟알들이 언젠가 발아되어 더 많은 열매를 맺을 수 있도록 묻어놓고 작은 가능성만 보여도 일단 시도를 해본다.

처음으로 사회적 경제를 활용하여 베이비부머들의 이야기를 담은 책 출판을 위한 크라우드 펀딩을 하는 것이나, 격려사회 만들기 운동본부의 홍보를 맡아서 하는 일, 청년봉사자들을 위한 코칭 리더십 워크숍을 여는 일 등 새해의 수첩은 새로운 일들로 채워질 전망이다.

얼핏 보면 지금까지 내가 해온 일들이 단편 영화의 조각들같이 파편화된 듯하지만 보이지 않는 내비게이션의 인도를 받아 여기까지 왔다는 것을 깨닫는다. 그중에는 내 마음과 내 안에서 들리는 영의 소리가 마찰을 일으킬 때도 있다. 때로는 미세하게, 때로는 우레와 같이 들리는 그 음성은 삶의 방향타가 되어주었다.

백수를 앞둔 김옥라 이사장님께 큰 난관을 만났을 때는 어떻게 극복하고 자기초월을 할 수 있는지 여쭈어 보았다. 장로님은 지혜가 가득한 목소리로 '욕망을 줄여야 한다.'고 말씀해주셨다. 그 욕망이란 대부분 이기심에서 나오는 충동적인 것으로써 로고스를 발현하는 데 걸림돌이 된다고 했다.

그 연세까지 건강하게 살아오신 것을 증명하듯이 간식이나 차조차도 소량으로 조절하여 드시는 모습이 인상적이었다. 가지런히 타이핑된 과제물 옆에 시원스런 육필 글씨가 쓰인 예쁜 수첩이 있었고 펼쳐진 면에는 큼직하고 시원스럽게 쓰인 글씨가 보였다.

여러 가지 훌륭한 모습을 본받고 싶은 마음에서 혼자 그분을 롤모델로 삼았지만 나의 분량을 아는 것도 중요하다. 사랑과 인정받기를 원하고 때로는 좋은 점만 나타내려 애썼으나 연약한 점마저 수용하고 있는 그대로 드러낼 때 마음이 평화롭다. 마치 '너는 누구냐는 신의 질문에 말없이 아몬드꽃을 피운 편도나무'같이 새 수첩에 한 가지씩 설레는 소식을 적어나가려 한다.

언감생심, 까치밥 이야기

입춘을 넘기고 난 날씨가 춥기는 해도 햇살에는 봄볕이 스며 있다. 코트 자락을 파고드는 바람에 어깨를 움츠리고 정동길을 걷는데 머리 위로 무엇인가 후드득 떨어졌다. 그것은 마치 설탕에 졸인 매실처럼 쪼글쪼글한 몸피의 은행 열매였다. 가을이면 극성스럽게 은행 털기를 하는 손길을 어찌 이겨내고 봄이 임박한 날까지 버티다가 낙과가 되고 말았을까. 아마도 역한 냄새의 과육으로 둘러 싸였기에 겨우내 새들의 입을 피할 수 있었나 보다. 얼었다 녹았다 하며 겨울을 보낸 포도였다면 당도 높은 아이스 와인이 되었을 테고, 장대가 닿지 않는 나뭇가지 끝에 달린 감이었다면 까치들의 포식거리가 되었을 것이다.

우리 집 마당에는 모과나무와 감나무가 있다. 모과는 노랗게 익어서 서리가 내리고 나면 열매를 따서 모과차 거리로 장만을 한다. 보통 모과를 썰어서 설탕에 절여 모과청을 만들지만 오래 두고 먹으려면 그냥 모과를 얇게 썰어서 볕에 말렸다가 끓여 먹는 방법이 있다. 모과를 추수하고 나서 한 울타리 안에 사는 이웃들이 사이좋게 나누어 갖는다. 지난 이 년 동안 동네 반장을 하면서 가을만 되면 언제 모과가 익나 고개를 쳐들고 키 큰 모과나무를 바라보았다. 한 해 걸러 해거리를 하는 모과나무는 지난 가을의 수확이 전 년보다 적었다. 그래도 열 집이 7~8개씩 나누어 향기를 맡고 모과차로 말려 놓으면 일 년 동안 풍족하게 차를 마실 수 있다.

하지만 감나무는 종자가 떫은 감이라 바라보는 것으로 만족한다. 지난 가을에는 꽤 풍성하게 감이 열렸고 투명하게 영글어가는 열매가 가을 내내 햇빛에 반짝였다. 앞집의 단감나무는 가지가 휘도록 열매가 달려 단물을 채워가고 있었지만 동글납작한 우리 집 감나무 열매는 그야말로 관상용이었다. 정원의 모든 나무가 겨울 채비를 하고 나목이 되었는데 감나무는 저 혼자 붉은 등을 매달고 겨울 마당을 밝히고 있었다. 더러 까치들이 가지에 앉아 감을 두드리고 쪼아보았지만 단단하고 떫은 감은 그들의 먹이가 되지 못했다.

그러던 것이 폭설과 한파로 한동안 산과 들에 흙이 보이지 않고 먹이 구하기가 어렵게 되자 여러 종류의 새들이 감나무에 찾아와서 꽁꽁 언 감을 넘보곤 했다. 그들의 시도를 볼 때마다 안타까웠다. 온 천지가 눈에 덮여 풀씨도 열매도 없는데 언 감마저 먹을 형편이 못 되니 얼마나 애가 타겠는가. 그렇게 여러 날 영하 10도 아래로 내려가는 날씨에 단단하게 언 감은 새들에게 언감생심(焉敢生心 – 감히 어찌 그런 마음을 품을 수 있으랴.)이었다.

날이 추웠다가 풀리면 언제 그랬느냐는 듯이 추위를 잊고 마는 게 사람의 마음이다. 영하의 날씨가 다시 푸근해졌다 추워졌다 하는 동안 감나무를 까맣게 잊고 지냈다. 참새들도 여기저기 덤불과 풀숲을 헤치며 먹이를 찾고 있었다. 그런데 얼었다 녹았다 하며 천연 홍시가 된 우리 집 앞마당의 감나무에 시끌벅적 잔치가 열렸다. 작은 새들은 아예 근접도 못하고 산비둘기, 까투리, 까치가 번갈아 찾아와서 홍시를 챙겨먹고 있었다. 가지 가득 달렸던 감은 빠른 속도로 사라지고 그나마 남은 몇 개의 감에서는 단물이 줄줄 흘렀다.

갑자기 침이 꿀꺽 넘어갔다. 억지로 익혀서 향기는 없고 설탕같이 단맛만 나는 시장의 감을 먹다가 눈을 맞으며 얼었다 녹았다 제대로 삭은 감을 보니 탐이 났다. 그야말로 언감생심, 공중 나는 새들의 먹이를 넘보았던 것이다. 까치가 먹고 남은 자리를 또 다른 종류의 새가 차지했다. 저 새의 이름은 뭘까, 생물도감을 찾아봐야겠다.

염전 옆에 포도밭

　사진을 찍으러 대부도 염전에 갔다. 초가을 햇살 아래 정육면체 갑
匣 모양의 소금이 영글고 있었다. 늙은 염부가 졸아드는 바닷물 속에
서 연신 소금을 모아 외발 수레로 날랐다. 그의 이마에 구슬땀이 쏟아
지는 만큼 바다색과 풀잎색의 비닐로 허술하게 지어진 소금창고에는
하얀 소금이 수북이 쌓여갔다. 바다와 햇살과 바람이 만들어내는 천
일염이 끊임없이 거두어지는 현장은 가을걷이를 하는 논밭 이상으로
풍요로운 옥토라는 생각이 들었다. 해가 길고 맑은 날은 매일 소금을
거두고, 해가 짧은 가을날에는 이틀에 한 번씩 소금을 모아들인다고
한다.

　소금물을 끌어들이다 보면 더러 작은 게, 물고기, 해초가 따라 올라
오기도 한다. '어머, 게도 있네!' 하는 여학생의 탄성에 '바닷물인데 뭐
는 없겠수.' 하는 염부의 아낙이 무심하게 대꾸하며 그것들을 골라냈
다. 저들이 함께 살던 바닷물이니 온갖 무기질과 키토산인들 없겠는
가. 더러 식탁에서 건강상의 이유로 박대를 받지만 소금이 태어나는
과정을 보니 천일염이야말로 소중한 자연의 선물이다.

소금이 거두어진 염전에는 다시 바닷물이 채워진다. 잔잔한 수면 위에 푸른 하늘과 구름과 새가 물 그림을 그리고 바람의 부드러운 손길이 그림을 말린다. 밤이면 달과 별이 조용히 내려와 염전에서 미역을 감을 것이다. 그러고 보면 소금의 원재료는 바닷물만이 아니다. 온갖 자연의 춤과 노래가 작은 갑(匣) 안에 비밀스럽게 숨겨져서 결정을 이룬 뒤 사람의 몸 안에 녹아들어 심장을 뛰게 하고, 눈물과 땀과 피를 만들어낸다.

그런데 웬일일까. 염부 내외가 열심히 일을 하고 있는 곳 바로 옆의 염전은 말끔히 비어 있었다. 외발 수레와 플라스틱 삽은 깨끗이 닦여 있었고, 갓 빨아놓은 듯한 운동화 한 켤레가 막걸리 병 옆에 가지런히 놓여 있었다. 해도 많이 남았는데 일찌감치 소금농사를 마친 것일까. 창고에도 견고하게 자물쇠가 채워져 있었다.

"갔다우. 소금도 금인데 금을 저렇게 그득 쌓아놓고도 빚에 몰려 제 목숨을 끊다니……. 어서 일 마치고 문상을 가야지."

팔소매로 땀을 닦으며 염부의 아내가 혀를 찼다.

'저런……'

갑자기 가슴이 서늘해졌다.

소박한 소금 한 알에 그렇게 많은 이야기와 시간이 축적되어 있듯이 삶에도 단맛, 쓴맛, 신맛, 매운맛, 떫은맛이 빠짐없이 버무려져 있을 터인데, 조금만 더 참고 견디지. 날마다 그 귀한 소산을 얻으면서도 고통과 절망이 기쁨과 즐거움을 삼켜버리다니, 얼굴조차 본 적 없는 예순 살의 염부가 마냥 안쓰러웠다.

물이 빠져서 텅 빈 그의 염전에는 검은 타일이 바닥을 드러내고 구름도, 나무도, 새도 그림자를 드리우지 못했다.

 빈 염전은 점점 더 말라가고, 바닷물이 찰랑대는 노부부의 염전에는 붉은 노을 속에서도 끊임없이 하얀 꽃이 피어났다. 소금을 거두면서 포도 농사를 짓는 그들은 두 가지 일을 해서 자녀들을 키우고 그럭저럭 살아왔다고 한다. 이웃의 부음을 안타까워하면서도 저녁 늦게까지 일손을 놓지 않는 손길이 믿음직하고 경건해보였다. 외발 수레에 묻은 소금을 두어 톨 입에 넣어보았다. 소금에는 짭짤한 맛만 나는 게 아니었다. 단맛까지 어우러진 깊고 오묘한 맛이 혀끝을 감돌았다.

 섬을 돌아 나오는데 하얀 봉지를 쓴 포도가 주렁주렁 매달려서 익어가고 있었다. 대부도에서는 9월 중순이 되어야 노지 포도가 나온다. 맑은 햇살과 해풍이 키우는 대부도 포도는 달기로 소문이 난 품종이다. 포도밭에서 포도 한 상자를 샀더니 덤으로 대여섯 송이를 봉지에 담아주었다. 넉넉한 인심 때문인가, 염전 옆 포도밭에서 가꾸는 포도는 유독 달고 향기로웠다.

 바다와 바람과 햇살이 키우는 소금, 흙과 햇살과 바람이 키우는 포도가 사이좋게 영그는 섬에서 가을도 그럭저럭 익어가고 있었다.

옛길을 걷다

어린 시절에 살던 집은 어떻게 되었을까. 옛집을 찾아나서는 것은 새로운 의미를 찾는 일이다. 나는 초등학교와 중학교 시절에 궁정동에 살았다. 까마득히 오래된 일이지만 중학교에 입학하면서 아침마다 칠궁 앞 큰 나무 밑에서 세검정에서 넘어오는 버스를 기다렸다. 골목을 돌아 나오던 동네는 1970년대에 안전가옥이 되었다가 지금은 공원으로 변했지만 수백 년 제자리를 지켜온 나무는 여전히 가지를 비스듬히 기울이고 서 있다.

평소에 자주 오가는 길인데 구태여 북촌문학기행에 참여를 한 것은 골목마다 어려 있는 역사와 그에 대한 이야기를 새삼스레 듣고 싶었기 때문이다. 내가 태어나고 평생 살아온 도시의 속살을 찬찬히 들여다보고 싶었는지도 모른다. 심상치 않은 길을 무심하게 오가던 것을 뉘우칠 만큼 북촌과 서촌에는 역사적으로 중요한 장소가 빽빽이 자리잡고 있었다.

하루 종일 북촌의 별궁길에서 시작하여 윤보선 고택, 헌법 재판소, 정독도서관에 들렀다가 청와대를 넘어 세종마을(서촌) '이상의 집'으로 건너가는 동안 골목마다 남아 있는 시간의 흔적이 불쑥 다가섰다 신기루처럼 사라지기도 했다. 수백 년 역사의 행간에 새겨진 수많은 절규, 탄식, 함성을 일일이 읽어내려면 얼마나 밝은 눈과 많은 시간이 필요할까. 켜켜이 지층을 이룬 역사의 일부를 잠시 들춰볼 뿐이지만 안내하는 시인의 입을 통해 나오는 이야기는 무궁무진 끝이 없었다.

우리는 한용운 시인이 머물던 선학원과 능소화가 담을 넘는 윤보선 고택 건너편 안동교회 앞에 모여서 조선시대와 일제 강점기에 그 일대에 모여들었다 사라져간 인물들의 이야기를 듣고 그들의 면면과 행적을 그려보았다.

재동 헌법재판소 안에 있는 육백 살 백송의 위용은 가히 압도적이었다. 나무는 육백 년간 온갖 전쟁과 역사의 소용돌이 속에서 살아남아 그곳에서 일어나는 모든 일들을 지금도 지켜보고 있다.

갑신정변의 주요 인물이었던 홍영식의 집이었다가 알렌 선교사가 고종의 도움을 받아 최초의 병원 광혜원이 그곳에 자리를 잡았다. 광혜원 터가 어떤 이유로 헌법 재판소가 되었는지 의아하다.

일제의 식민정책에 의해 세워진 경성제일보통학교(경기고등학교) 학생들은 삼일운동 때 대부분 만세를 부르러 거리로 뛰쳐나갔다. 성삼문, 김옥균, 서재필의 집터였고 겸재 정선이 〈인왕산제색도〉를 그렸던 곳에서 심훈, 한설야, 박헌영 등의 인물이 나왔다. 그 자리가 정독 도서관으로 바뀌어 옛 모습을 그대로 유지하는 것은 다행스러운 일이다. 일본에 충성할 인재들을 뽑아서 교육시켰으나 그들은 독립운동과 문학으로 우리나라의 새로운 역사를 썼다.

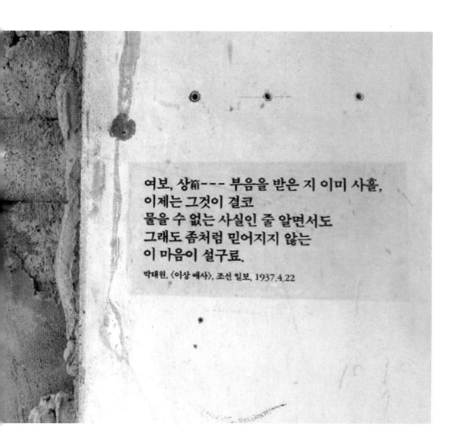

여보, 상呵--- 부음을 받은 지 이미 사흘,
이제는 그것이 결코
물을 수 없는 사실인 줄 알면서도
그래도 좀처럼 믿어지지 않는
이 마음이 섧구료.

박태원, 〈이상 애사〉, 조선 일보, 1937.4.22

안타깝게도 손병희 선생의 집과 주시경 선생의 집, 노천명 시인의 모교인 옛 진명여고 자리뿐 아니라 세종대왕이 태어난 생가터까지 아무 표지 없이 잊혀지고 있다. 그나마 '이상의 집'이 반 정도 복원되어 기념관으로 쓰이고 있으니 위안이 된다. '이상의 집'에 남아 있는 작은 흔적이라도 찾으려고 대들보와 서까래, 낡은 벽지가 남아 있는 기둥을 살폈지만 별다른 단서를 찾지 못했다.

이상은 경복궁 영추문 건너편 보안 여관(시인부락의 모태가 된 곳) 안쪽의 통의동 골목을 시 오감도에서 막다른 길로 표현했다. 그 좁은 골목길을 걷는 감회가 남다른 것은 대학교 졸업 논문을 이상 문학에 대하여 쓴 까닭이다. 전공과 관련이 없는 주제로 문학을 고른 것은 그의 작품에 대한 관심이 컸기 때문이었고 논문을 쓰면서 대부분의 작품과 그와 관련된 논문과 자료들을 읽으며 사뭇 진지했던 시기였다. 어쩌면 나의 글쓰기는 그때 씨앗으로 묻혀 있던 문학적 소질이 발아된 것인지도 모른다.

수많은 이야기가 연결되어 있는 북촌과 서촌 일대의 옛길을 걷다 보면 어릴 적의 나를 만나고 더 거슬러 역사 속의 인물들과 마주친다. 사실 여부와 상관없이 내 기억 속에 남아 있는 옛길은 나름의 이야기가 있다. 혹시 누구 한 사람이라도 내 이름을 기억하고 그 길을 따라 찾아오는 이가 있을까, 그것이 궁금하여 지나온 길을 다시 밟으면 비로소 새로운 길이 보이기 시작한다.

집을 찾아 떠나는 여로

모처럼 시간을 내어 남녘을 돌아 동녘으로 가을 여행을 떠났다. 남편의 특별한 생일이라 여행의 기회를 갖게 된 것인데 평소에 가보고 싶었던 곳을 선택하여 방향을 잡았다. 경주로 내려갔다가 세계문화유산으로 등록된 양동마을을 거쳐 동해안을 거슬러 오르는 이박삼일은 수백 년의 시간을 오르내리는 시간 여행이었다. 자연을 바라보면 세월의 변화를 알 수 없지만 사람이 남긴 건축물이나 유적들을 보면서 시간의 흐름을 깨닫게 된다.

경주는 갈 때마다 편안하면서도 새로운 느낌을 받는 도시다. 이번에 처음으로 옛 신라를 복원한 밀레니엄 파크를 돌아보았다. 왕권의 상징인 궁궐부터 신분에 따라 성골, 진골, 육두품, 사두품, 평민이 살던 집을 기웃대며 집이 가지는 의미에 대해 곰곰이 생각했다. 골품에 따라 집의 크기와 자재와 모양이 철저하게 제한하는 것은 공간의 크기만큼만 자유와 권한을 허용한다는 뜻이 아니었을까. 음식, 의복과 함께 가장 기본적인 것이면서도 신분과 부귀의 척도가 되는 주거와 공간에 대해 눈을 돌린 것은 경주 곳곳에서 만나는 동산만한 왕릉 때문이기도 하다. 사후의 집인 유택도 그처럼 위용을 드러내다니 절대

왕권이 어느 정도였는지 가늠할 수 있다.

만일 신라 시대였다면 엄두도 못 낼 평수의 한옥 호텔에 묵으며 시간의 수레바퀴를 돌려보았다. 민속공원에서 펼쳐지는 젊고 준수한 화랑들의 말 타기와 활쏘기 공연을 보며 가슴이 울렁였다. 그 안에서 젊은 김유신 장군과 선덕여왕도 설핏 모습을 드러낼 것 같은 착각이 들었다. 아닌 게 아니라 궁궐 화랑채에는 드라마에서 미실역을 맡았던 등신대의 여배우 사진이 실감나게 서 있었다. 객실 마당의 노천탕에 앉아 과연 천 년 고도인 그곳에서 어떤 일이 일어났으며 오늘의 나와 신라 사람들과는 어떤 인연이 있는 걸까 상상의 나래를 펼쳤다. 필시 성골이나 진골이라야 묵을 수 있는 공간에서 평민의 신분으로 분에 넘치는 휴식을 즐기다니 골품제도가 없는 이십일 세기에 태어난 것이 큰 행운이다.

지는 해를 따라 동해안 도로를 달리는 동안 석양에 물든 바다는 시시각각 빛깔이 달라졌다. 가끔 창문을 열어 바람을 불러들이며 당도한 곳은 정동진과 가까운 거리에 있는 작은 마을, 등명이었다. 하슬라라는 옛 지명의 언덕 위에 조각공원이 조성되어 있고 꼭 와보고 싶었던 호텔이 우뚝 서 있는 곳이다. 욕조가 바다를 바라보게 설계된 객실에서는 마치 배를 타고 바다 위에 떠 있는 듯 수평선에 걸린 듯, 환상적인 풍광을 볼 수 있다. 외양은 몬드리안의 그림처럼 디자인되고 내부는 가우디의 작품에서 모티브를 얻은 인테리어로 지어진 뮤지엄 호텔, 그 호텔에 와서 일출을 보고 싶었는데 마침내 호사스런 계획을 실행에 옮긴 것이다. 평생 건축업에 종사한 남편의 회갑을 맞아 해외여행 대신 잘 지어진 건축물을 찾아 국내 여행을 한 것은 탁월한 선택이

었다. 해외여행 몇 분의 일의 비용으로 많은 영감을 얻고 귀빈의 대우
를 받았으니 말이다.

　'건축은 모든 예술 중에서 가장 뚜렷하게 밖으로 드러나는 장르이
며 인간의 삶과 행동의 배경에 막대한 영향을 끼친다.'는 데이비드 호
킨스의 말을 빌지 않더라도 음악, 조각, 그림, 공간 설계가 어우러지고
신에게 봉헌된 성전에 들어가면 마음이 경건해진다. 그러나 뭐니 뭐
니 해도 여행 끝에 돌아온 우리 집이야말로 궁궐이고, 성전이며, 생명
을 추스를 수 있는 따스한 둥지라는 걸 떠돌다 돌아와서야 비로소 깨
닫는다. 멋진 건축물을 찾아 떠났던 1,000km의 먼 여로는 결국 집으
로 돌아오는 길이었다.

코코넛 사랑

　벼르다가 드디어 코코넛 기름 한 병을 샀다. 워낙 온갖 식물과 나무를 좋아하지만 내가 가장 사랑하는 열대과실이 바로 코코넛이다. 코코넛의 쓰임이 다양할 뿐 아니라 코코넛과 함께 경험한 갖가지 추억이 녹아 있다. 야자나무 숲이 우거진 나라에 머물 때 코코넛의 추억은 시원하기도 하고 따뜻하기도 했다. 열대의 갈증과 더위를 식혀주는 시원한 음료와 지친 몸을 풀어주는 마사지는 남방의 일상이었다. 여름에 태어나서 그럴까, 더운 나라의 느긋함이 익숙하고 편안하다. 우리나라에서는 드문 열매를 좋아하는 취향이나 용모로 볼 때 어쩌면 나의 조상 중에는 남방계열 어디쯤에서 오신 분도 있을지 모른다.

　코코넛 기름은 여름 날씨에는 맑게 풀리지만 기온이 24도 아래로 내려가면 하얗게 굳는 성질이 있다. 겨울 날씨에 굳은 기름을 손바닥에 조금 덜어내면 아이스크림보다 빠른 속도로 녹아내려 피부에 스며든다. 아무런 첨가물이나 화학적 변이도 거치지 않고 있는 그대로 다가오는 자연의 소산은 그리 많지 않다. 마시면 바로 흡수되는 느낌의 달달하고 부드러운 과즙과 야들야들한 속살은 어느 열매와도 닮은 데가 없다. 야자라는 우리말 이름도 있지만 코코넛이라는 말에는 목마름을 해소하는 시원함과 고소함이 담겨 있어서 코코넛이라는 표현을 즐긴다.

코코넛에 대한 추억의 맨 첫 장은 늘 필리핀 연안의 작은 섬에서 시작된다. 도마뱀이 들락날락하는 나무 다락집에 작은 코코넛 기름병을 든 여인들이 찾아왔다.

'집에서 짠 신선한 코코넛 기름이에요. 전신마사지가 천 원이오!'

물론 오래된 일이기는 하지만 그 시절에도 우리나라의 물가를 생각하면 놀라울 정도로 싼 가격이었다. 그런 평화로운 풍경은 그 섬을 떠나면서 거친 풍랑으로 바뀐다. 평온한 여행의 추억이 조난을 당했던 날의 두려움이 되고, 잠시 머물렀던 무인도에서 코코넛으로 갈증과 허기를 달래던 시간의 짧은 휴식은 칠흑 같은 바다를 벗어나 살아온 안도감과 연결된다.

동력이 꺼진 배를 물이 얕은 해안가에 대놓고 무인도에 들어가니 섬에는 하얀 모래와 야자수뿐인 듯 저절로 떨어진 야자가 온 섬에 널려 있었다. 떨어진 지 오래되어 말라버린 껍질은 화력 좋은 땔감이었다. 배 위에서 낚싯줄과 바늘만으로 건져 올린 물고기를 야자껍질 숯에 구워 먹는 맛은 불안한 상황에서도 살아남을 수 있다는 희망과 위로가 되었다.

그러나 다시 통통배의 동력을 고치고 떠난 뱃길에는 비가 억수같이 퍼붓고 풍랑이 일었다. 마치 바닷게처럼 발이 달린 조각배가 요동칠 때마다 물이 차올랐는데 우리 일행은 물을 계속 퍼내면서도 바다로 휩쓸려 들어갈까 봐 안간힘을 쓰며 배의 난간을 붙잡고 있었다. 일생 동안 두 번 바다에서 죽을 뻔했는데 그날이 바로 첫 번째로 살아 돌

아온 날이다.

　오랜 시간 가족과 떨어져서 홀로 살다가 다시 만난 인도네시아에서 먹었던 코코넛도 따뜻하고 부드러운 추억으로 남아 있다.

　아버지는 내가 고등학교와 대학교를 다니는 내내 인도네시아에서 근무하셨고 나는 대학교 합격증을 들고 가족들을 만나러 갔다. 부모님과 세 남동생이 자카르타 공항에 나와 환영을 해주던 순간은 내 생애 가장 힘을 주는 장면으로 남아 있다.

　솜씨 좋은 어머니의 손맛이 담긴 식사를 하고 나서 후식으로 영글기 전의 야자열매 속살을 긁어 과일향의 시럽을 넣은 화채를 먹을 때의 행복감은 혼자 지내며 겪은 온갖 외로움과 설움을 씻어내기에 충분했다.

차 한 대에 온 식구가 타고 드라이브를 나가면 얼음에 채운 코코넛이 가로수 길마다 쌓여 있었다. 스트로의 유래인 천연 밀짚 빨대를 꽂아주는 야자수는 마치 수액처럼 온몸의 세포를 적셔주었다.

키 큰 나무 야자나무 열매의 섬유질 껍질 속에는 딱딱한 바가지가 들어 있다. 그 부분을 조각해서 만든 가벼운 여름 장신구나, 밀도가 치밀하고 단단한 나무줄기로 만든 과일 그릇, 쟁반, 수저도 나는 좋아한다. 최근에 코코넛 오일을 찾았던 이유는 오일풀링과 양치질을 하기 위해서다.

코코넛 기름과 베이킹 소다를 반반씩 넣고 페퍼민트 아로마 오일을 몇 방을 떨어뜨리면 치아미백용 천연 치약이 된다. 강한 인공 향과 연마제가 들어 있는 치약은 입안이 얼얼하지만 코코넛 오일로 만든 것은 부드러워 일주일에 두어 번씩 번갈아 쓰고 있다. 마시고, 바르고, 양치하고, 마사지하고, 그릇으로도 사용하는 코코넛의 쓰임새는 옛 추억과 함께 메마른 일상에 한 점 윤기를 더해준다.

제4장

수제비
떼는 날

마음의 지도

　서울에서 태어나고 자란 나는 서울의 지도가 머릿속에 대략 그려져 있다. 그러나 다른 도시에 가면 동서남북 구별이 안 되어 지도를 유심히 들여다본다. 강의를 하러 처음 가는 곳은 미리 지도를 출력해서 머릿속에 그림을 그리고 나선다. 날마다 낯선 미래를 향해 길을 떠나는 우리의 삶에도 지도가 있다면 방향을 잡기 쉽고 덜 막막하지 않을까.

　몇 달 전에 인생설계 과정을 진행하다 20대의 발랄한 젊은이를 만났다. 그녀는 많은 양의 독서를 할 뿐 아니라 모든 강의와 책의 내용을 한 장의 마인드맵으로 간단명료하게 정리하는 실력이 있다. 서로의 응원단이 되기로 하고 마침 같은 동네에 살고 있어서 연말연시에 만나 마인드맵으로 1년 계획을 세우기로 했다.

　연초에 드디어 그녀를 만나기로 한 날은 날씨가 영하 10도까지 내려가고 눈까지 내렸지만 모처럼 젊은 친구를 만나기로 하니 아침부터 마음이 설렜다. 아침 일찍 현관에서 대문까지 정갈하게 눈 쓸어놓은 길을 따라 노래를 흥얼대며 그녀를 만나러 갔다.

　나이 차이가 많이 나는 사람끼리 마음이 통한다는 것은 쉬운 일이 아니다. 그럼에도 불구하고 젊은 친구들의 말에 귀를 기울이고, 만날 때마다 기대가 되는 이유는 한 가지라도 새로운 것을 배울 수 있기 때문이다. 하지만 나 역시 연세가 많은 분을 만나는 것이 어렵고 느껴지는데 스스럼없이 대화를 나누고 모르는 것을 친절하게 가르쳐 주는 젊은 선생님이 고맙다. 우리는 의기투합해서 오후 내내 2017년도의 계획을 손과 컴퓨터 마인드맵으로 두 가지 다 만들었다. 주제를 중심으로 가지가 뻗어나간 모양이 옛 동네의 골목 같기도 하고, 기관지에서 폐까지 사람의 호흡기관 같기도 하다.

늦게 배웠지만 컴퓨터를 쓰는 몇 가지 스마트 워크는 잘 이용을 하고 있고, 무언가 새롭게 배우고 익히는 것은 즐거운 일이다. 마인드맵을 안 지는 오래되었지만 즐겨 쓰지 않았다. 아는 것 같아도 안 쓰면 도로 잊어버리니 배운 것을 잊지 않으려면 계속해서 써봐야 한다.

글은 생각하며 쓰게 되고 쓰고 나면 생각이 더 정리되지만 내용을 기억하는 데는 한계가 있다. 그림을 그리듯 만든 마인드맵은 쉽사리 머리에 쏙 들어오고 사진을 찍은 듯 기억이 잘된다.

오늘은 마인드맵으로 조직도를 만들고 새롭게 출판하려는 책의 목록 짜기에 활용해보았다. 특히 벼르던 책 출판 계획이 일목요연하게 그림으로 표시되니 시작이 반인 듯한 느낌이 들었다.

지도가 영토는 아니지만 마음의 지도를 그려두면 그곳으로 돌아가게 되리라는 믿음이 있다. 종종 갈 길뿐 아니라 밟아온 길을 뒤돌아보면 거기에 가장 중요하게 여겨온 가치나 의미가 반복되어 나타나는 것을 볼 수 있다. 자주 반복해서 밟은 길은 반들반들 길이 나고, 가지 않은 길은 덤불이 무성하다. 우리의 뇌 역시 하던 방법대로 하는 것을 좋아하지만 새로운 일도 반복해서 하면 그곳에 길이 뻗어나가 마음의 길이 열린다.

올해 내가 원하는 일을 개인과 가정, 코칭과 비즈니스, 글쓰기와 출판 영역으로 나누었다. 개인적으로는 보다 건강하고 독립적이며 영성을 회복하는 해가 되기를 바라고, 어머니와 같은 생산력과 양육의 힘으로 인생설계사와 전문코치들을 양성하고 일자리와 비즈니스모델을 만들어 나갈 계획이다. 어떤 사람이 되고자 한다면 마음의 지도를 보고 그 사람이 할 만한 행동을 매일 5분씩이라도 반복해서 해보고 그렇게 되었을 때의 감정을 체험한다. 만약 누군가와 좋은 관계를 갖고 싶다면 가장 친밀한 사람이 할 수 있는 행동을 꾸준히 하면 된다.

남편의 말을 경청하기 위하여 하루에 5분씩 연인처럼 경청하고 성의껏 대꾸했던 적이 있다. 그 후로 마음의 길이 열리고 대화도 많아졌다. 무언가 목표로 할 때 마인드맵의 가지 끝에 구체적인 행동들을 적어두면 잊지 않고 이루어 낼 수 있다. 마치 허파꽈리에서 끊임없이 산소공급이 일어나고 피돌기가 되듯 '마치 ~인 것처럼(as if)' 구체적으로 행동하면 생활이 생기 있게 바뀐다.

올해는 자유인이 되기 위한 마음의 지도를 그려놓고 그 길을 매일 들락날락해야겠다.

유월에는 격려를

올해는 4월 초순부터 꽃이 흐드러지게 피기 시작했다. 특히 일찍 피어난 벚꽃, 목련의 하얀 꽃잎이 휘날릴 때 갖가지 색깔의 꽃봉오리들이 일제히 폭죽처럼 터지며 온 천지가 잔치를 벌이는 듯했다. 가물 때 더 많은 솔방울을 맺는 소나무처럼 위기 속에서 대를 이어가려던 꽃나무들의 몸부림이었을까. 이 땅에 6·25 이래로 가장 큰 재난이 닥칠 것을 예상이라도 하듯 꽃이 무더기로 피고 졌다.

그러다 4월 16일 어느 평범한 봄날, 세월호가 침몰하여 꽃다운 청소년들이 진도 앞바다에서 목숨을 잃었고 그들이 살아 돌아오기를 기다리던 가족과 학교와 온 나라가 희망을 접고 깊은 슬픔에 잠겼다.

5월의 날씨는 이상 기온으로 쌀쌀하고 찌푸린 날이 많았다. 황사와 미세 먼지 속에서도 아카시아 향기는 휘날렸지만 역사적으로 슬픈 일을 많이 겪어도 늘 오뚝이처럼 일어났던 우리 국민들 다수가 우울증과 무력감에 빠졌다.

화사하게 피는 꽃과 푸르른 신록을 바라보는 것조차 미안한 감이 드는 현실 속에서 작약과 붓꽃이 화사하게 연이어 피어났다. 애잔한 느낌의 하얀 찔레꽃이 짙은 분홍빛의 덩굴장미와 앞 다투어 담을 넘으며 향기를 날렸지만 아름다운 것이 대견하기보다 슬프게 느껴질 수도 있다는 것을 처음으로 경험했다.

상담과 코칭 현장에서 만나는 고객마다 우울하다고 했고 내면에 흔적으로 남아 있던 상처가 되살아난다고 했다. 특히 사고로 가족을 잃은 경험이 있는 분들이 다시금 고통을 호소했다. 페이스북에는 잠 못 이루는 사람들이 뜬눈으로 밤을 지새우며 두런거렸고 자신의 일인 듯 슬픔과 분노를 토로하는 사람들이 넘쳤다.

마치 쓰나미의 파장이 해안을 휩쓸 듯 우리들 마음의 풍경은 황폐하게 바닥을 드러냈다. 더욱 무서운 것은 서로가 비난하며 자신과 다른 생각을 가진 사람들을 무차별 공격한다는 것이다. 모두가 피해자가 되어 누군가를 향해 비난하는 동안, 보이지 않는 곳에서 헌신적으로 봉사하는 분들이 있었다. 그들은 하도 목소리가 낮고 조용하여 눈에 잘 띄지도 않지만 희생자 가족들을 지성으로 섬긴다는 소식이 들려왔다. 수년 전에 가족을 수해로 잃은 어느 분은 아예 생업을 내려놓고 팽목항에 내려가서 동병상련의 마음으로 이웃을 도왔다.

나는 무엇을 할까 망설이다 재난심리지원 프로그램에 자원을 했다.

피해를 당한 가족, 이웃, 친구들이 모두 힘들어하는 상황이므로 그들이 다시 일어설 수 있도록 동행해주는 역할을 하고자 하는 것이다. 희생자들의 가족은 모든 것이 송두리째 무너져 내려 파괴되었으므로 회복보다는 재창조를 할 수 있게 도움을 주어야 하고, 회복이 어려운 20~30%의 가족에게는 치료의 손길도 필요하다는 트라우마 치료 전문가의 소견을 들었다. 세월도 약이 될 수 없는 비탄함 속에 빠진 그분들에게 무슨 말을 할 수 있을까. 그러나 열심히 자원봉사를 하다가도 구조와 상담을 맡은 이들 역시 유사한 대리 외상을 입을 수 있으니 각별히 조심하라는 주의사항이 있었다.

자원봉사자들이 교육을 받은 학교 상담코칭센터 옆 예배실에는 기도처가 마련되어 교수와 학생들이 시간을 내서 릴레이로 기도문과 촛불이 드리고 있다. 코칭센터에 갈 때마다 기도처에 들러 희생자와 가족들을 위해 기도한 후 내게도 담대한 믿음과 영혼육의 강건함을 달라고 간구했다.

재작년 여름 마라도에서 머물 때 너울파도에 휩쓸려 바다로 들어가다 기어 나와 새로운 생명을 얻었던 날은 온 세상이 경이롭고 귀하게 보였다. 척박한 땅에서 생생한 꽃을 피우던 선인장과 수국의 강인함에서 힘을 얻었던 날을 기억하며 고통스러운 4월과 5월을 보내고 새 달을 맞이한다. 6월은 신록처럼 푸르른 격려의 말로 서로를 일으켜 세우는 나날이 되기를 빈다.

꿈을 깨우는 사람들

새 학기가 되면서 수요일과 목요일이 기다려진다. 중학교와 고등학교로 스터디코칭을 나가서 풋풋한 꿈나무들을 만나기 때문이다. 라이프코칭과 비즈니스코칭이 익숙한 분야이지만 더 나이가 들기 전에 현장에서 아이들을 만나고 싶어서 지원을 했다. 학교에서 아이들을 가르쳐본 경험은 있지만 코칭을 하는 일은 엄연히 가르치는 일(티칭)과는 구별되는 일이다.

아이들과 대화를 나누어 보면 청소년들은 대부분 공부에 대해 크나큰 압박감을 갖고 있다. 거기다 성격, 습관, 가정환경, 건강, 친구 문제들이 얽히면 현실을 쉽사리 극복해내기가 어렵고 무기력해지기까지한다. 그런 아이들이 자신의 존재에 대해 생각하고 꿈을 발견하며 스스로 동기부여를 하여 좋은 성과를 내는 일은 참으로 드라마틱한 여정이다.

교재 연구를 하고 준비하다가 내가 만약 청소년기에 이런 프로그램에 참여를 했다면 지금의 삶이 어떻게 달라졌을까 상상을 해본다. 아마 좀 더 일찍 사명을 발견하고 자기변혁을 이루며 살지 않았을까. 그 시절 부모님과 떨어져 살며 늘 마음이 허전하고 외롭게 지냈기에 등을 두드려주며 격려해줄 멘토를 간절히 원했지만 안타깝게도 그런 혜택은 거의 받을 수 없었다. 수줍음이 많고 내성적이라 학교 선생님을 어려워했고 누군가를 찾아 나설 용기마저 없었다. 단지 책을 통해 어렴풋이 나의 꿈과 미래를 그리며 조심스레 발걸음을 내딛었다. 다행히 꾸준한 책 읽기와 글쓰기를 통해 작가의 꿈을 이루었지만, 급변하는 21세기의 리더가 되려면 구체적으로 무엇을 어떻게 준비해야 하는지 오리무중이었다. 누군가 꿈에 대해서, 비전에 대해서 내게 질문을 던졌다면 그 답을 찾기 위해 고민하고 더욱 힘을 썼으리라.

지난 주말 저녁 텔레비전에서 휴먼 다큐멘터리를 보며 저절로 눈물이 흘러내렸다. 한국의 슈바이처 이태석 신부의 이야기를 담은 '울지마, 톤즈'라는 프로그램이었다. 눈물을 모르는 수단의 딩카족들이 펑펑 울 수 있도록 마음의 보를 헐어낸 그는 누구일까. 바로 가난과 질병 속에 묻혀 있던 그들의 꿈을 깨워준 이태석 신부였다. 아이들을 위해 학교를 만들고, 아픈 이들을 위해 치료를 해주며 친구가 되어준 그는 청소년들을 위해 브라스밴드를 조직했다.

멋진 유니폼을 만들어 입히고 악기를 가르치며 내전으로 얼룩진 그 땅의 청소년들에게 총 대신 악기를 들려주었다. 태어나서 한 번도 듣도 보도 못한 악기를 다루는 동안 아이들은 점점 행복하고 늠름해졌다. 그들은 그렇게 꿈을 이루어가고 이태석 신부는 말기 암으로 생을 마감했다. 하지만 그곳 출신의 두 청년이 의사수업을 받고 있고 아이들은 신부님이 없이도 연주를 잘해내고 있다.

우리나라에서도 기적같이 꿈이 이루어진 예가 있다. 사회복지기관인 부산 소년의 집에 사는 소년들로 이루어진 오케스트라가 뉴욕의 카네기 홀에서 성공적으로 공연을 마친 일이다. 어린 나이에 상실과 이별의 상처를 안고 살아가는 그들의 심성을 쓰다듬고 정서적인 안정을 주기 위해 시작된 오케스트라는 서울시립관현악단의 헌신적인 지도와 마에스트로 정명훈의 지원에 힘입어 실현되었다.

정명훈 씨의 아들 정민 씨가 지휘봉을 잡고 함께 이루어낸 기적은 전 세계 매스컴의 주목을 받았고 기립박수를 받은 소년들은 어느새 세상의 주인공으로 거듭났다. 이제 그들이 인생을 진지하고 가치 있게 살아 내리라고 믿어도 좋으리라.

이태석 신부님과 마에스트로 정명훈은 몸과 마음이 허기진 아이들의 꿈을 구체적인 방법으로 깨운 분들이다. 꿈을 깨우면 행복해지고 용기가 생기고 힘을 얻는다. 그분들처럼 자신의 꿈을 이루고 누군가의 잃어버린 꿈을 찾을 수 있도록 도와주는 일이 생명의 띠처럼 이어진다면 세상이 얼마나 달라질까. 나도 꿈을 이루고 내가 만나는 사람들을 챔피언으로 만드는 코치가 되기, 요즈음 내가 꿈꾸는 가슴 벅찬 일이다.

낀 종지

　그녀를 만나고 돌아오는 길은 발걸음이 무거웠다. 한창 열심히 살아야 나이에 불안과 두려움에 떨며 울먹이는 모습이 몹시 안쓰러웠다. 도움이 될 만한 책을 빌려주고 몇 가지 과제를 주고 헤어지면서 부디 그녀가 지금까지 열었던 문과는 다른 문을 열었으면 하는 마음이 간절했다. 계속 같은 문을 열면 같은 길로 나갈 수밖에 없으니 다른 문을 열고 새로운 길로 나가보는 용기를 가져보았으면 하는 바람이었다.

　마음이 심란해서인가, 저녁에 집에 돌아와 설거지를 하다가 잠깐의 방심으로 작은 종지가 유리컵에 끼어버렸다. 보통 물 잔으로 쓰는 유리컵은 따로 씻는데 무심결에 설거지통에 함께 넣었다가 빼도 박도 못하는 지경에 이른 것이다. 보통 스테인리스 그릇이 서로 끼어서 빠지지 않을 때는 안쪽에 찬 물을 넣고 바깥 그릇은 뜨거운 물에 담그면 쉽게 빠지는데 열전도율이 낮은 도자기와 유리는 별 방법을 다 써보아도 빠질 기미가 보이지 않았다.

　문득 설거지를 시작할 때 종지를 따로 빼내야지 했던 찰나가 있었다는 것이 생각났다. 비록 사소한 일이기는 하지만 어쩐지 불편한 순간을 무시하고 넘어가다 큰 일이 벌어질 수도 있다는 깨달음이 왔다. 마치

'재해는 사고에 의해 생기고, 사고는 인간의 불안전한 행동이나 인간의 잘못에 의해 발생하며, 인간의 잘못은 가계적 성질이나 사회적 환경에 의해 생긴다.'는 하인리히의 재해연쇄성 원리와 같이 인간관계도 잦은 다툼과 갈등으로 큰 균열이 생기는 것이 아닐까.

하인리히는 300번의 사소한 조짐이 29번의 작은 실수를 낳고 1번의 큰 사고를 일으킨다는 1:29:300의 비율을 말했다.

어디 재해나 인간관계뿐이랴. 사회적 이슈가 되는 여러 가지 문제에도 그와 같은 원리가 작용한다고 본다.

문제는 이미 교착상태에 빠진 관계를 어떻게 해결하느냐 하는 것이다. 유리컵을 깨고 종지를 건질 것인지, 종지를 부수고 세트라서 아끼는 유리컵을 구할 것인지, 아니면 둘 다 포기하고 버릴 것인지, 선택은 결코 쉽지가 않았다. 나는 쉽사리 포기하지 않고 식용유와 주방세제와 고무줄까지 동원해서 사소한 실수로 인해 벌어진 일을 수습해보려고 애를 썼다. 하지만 꽉 끼어버린 두 개의 작은 그릇은 빠지지 않았다.

촛불과 맞불이 대립하는 시국도 그렇고, 극단으로 치달은 그녀의 부부관계도 그렇고, 나의 그릇들도 그렇고, 어느 한쪽만 건질 수도 모두 다 깰 수도 없는 안타까운 현실이 답답하기만 했다. 그렇게까지 되기 전에 미리 불편을 감수하며 작은 조짐 앞에서 민감했어야 한다. 보통 '부부싸움은 칼로 물 베기'라고 하지만 요즈음엔 부부관계가 무나 두부처럼 뚝 베지는 일이 허다하다. 반복되는 불만과 불화의 작은 불씨를 무시하고 상대방의 변화만을 촉구하는 까닭이다. 개중에는 치약을 눌러 짜는 습관의 차이로 싸우다 헤어지는 사람들도 있고, 성적인 불만을 이유로 더 큰 갈등을 일으키는 이들도 있다.

올해로 결혼생활 30주년을 맞는 우리 부부도 서로 다른 생각과 생활습관 때문에 다툴 때가 많았고 심각한 위기 상황에 부닥칠 때도 있었다. 취미와 관심 영역이 다르고, 식성과 체질이 다르고, 가치관과 우선순위가 다르니 어느 한쪽이 조금 비켜서지 않으면 마치 사소한 조짐 330번 만에 한 건의 큰 사고가 터지는 재해의 현장처럼 수습이 어려운 지경에 이르게 된다. 연륜이 쌓일수록 큰 다툼이 줄어드는 것은 사소한 조짐에 주의를 기울이고 상대방을 있는 그대로 수용하는 아량이 생겼기 때문이다.

나는 극도의 불편한 관계로 꽉 끼어 있는 종지와 유리컵을 깨거나 버리지 않고 찬장 속에 넣어두기로 했다. 찬장을 열 때마다 보이는 낀 종지는 사소한 부주의에 대한 경각심을 불러일으키고 진중함을 훈련시키는 시각적 교재가 되고 있다.

느린 밥상

　얼마 전에 새로 시집 온 사촌 동서가 집들이를 한다고 해서 어른들을 모시고 갔다. 젊은이들이 거의 맞벌이를 하므로 집에서 음식을 만들어서 손님을 대접하는 것이 드문 일이 되었다. 혹시 한다 해도 누군가의 도움을 받기 마련이라 부담 없이 방문을 했는데 새댁이 혼자 음식 장만을 하느라 쩔쩔 매고 있었다.

　공부하느라 결혼이 늦어졌고 대학에서 학생들을 가르치는 새댁이라 집안 어른들도 기대를 하지 않았고, 그래서인지 손수 마련한 상차림에 더욱 흡족해하셨다. 식단도 어른들 건강에 좋은 채소와 해물 등 자연식품 위주로 정성껏 준비를 했다.

　칠십 대 중반을 넘긴 다섯 분의 어른들은 이렇게 모여서 식사를 나누는 일을 몇 번이나 더 할 수 있겠느냐고 기뻐하시면서 마음 편히 대화를 나누셨다. 비록 청력이 떨어져서 서로 동문서답은 하셨지만 형제자매 간의 우애는 그런 장애를 개의치 않는 듯했다.

　바로 전날은 할머니 기일이라 우리 집에서 추도식을 가졌고, 고모 세 분과 작은 아버지께서 오셨다. 추도식 때는 음식을 가리지는 않지만 어른들이 늘 드시는 음식을 장만한다. 탕국, 나물, 생선전과 나물적, 흰살 생선구이, 편육, 우엉과 연근조림에 김치 서너 가지가 전부지만 모두 맛있게 드셨다. 모든 음식이 입에 맞는다고 칭찬하며 즐겁게 드시기에 이것저것 챙겨드리고 싶었다. '남해에서 가져온 죽방멸치가 있는데 좀 드릴까요?' 했더니, '야야, 임금님도 대추 준다카면 좋아한단다. 싸 도고.' 하셨다. 떡이며 전이며 건어물을 싸들고 가신 것이 그 전날 저녁의 일이었다. 어른들은 날마다 어제 오늘만 같으면 좋겠다며 한바탕 웃으셨다.

함께 식탁에 앉아 음식을 나눈다는 것은 서로를 보살피고 북돋워주는 일이다. 오감 중에서도 미각이 가장 사회적인 감각이라 사람들은 음식을 함께 먹으면서 소통을 한다. 만약 음식의 재료들이 스스로 가꾼 것이라면 더 말할 나위 없이 마음이 가까워진다. 땅에 심겨져서 자라다가 거두어들여지는 모든 과정에서 가꾼 이의 땀과 눈물, 정성이 배어 있기 때문이다. 이번 김장이 그런 경우다.

시골에 내려가서 처음으로 농사를 지었다는 문우 이 선생은 초보 농부답지 않게 배추를 수백 포기나 재배를 했다며 몇 포기를 우체국 택배로 보내주었다. 우체국 택배용 상자 안에는 지푸라기 옷고름도 풀지 낳은 배추 일곱 포기가 정성스레 담겨 있었다. 햇빛을 받고 노지에서 자라 푸른 잎이 많은 배추들은 마치 여러 겹의 초록빛 치마를 겹쳐 입은 아가씨처럼 예뻤다. 뽀얀 줄기에 배춧잎이 지지미같이 오글쪼글하고 몸피가 작은 배추는 속이 꽉 찬 시장 배추보다 한결 고소하고 달았다. 급히 보내느라 흙을 털어낼 새도 없었다는데 그 바람에 흙에서 사는 작은 딱정벌레 몇 마리도 함께 우송이 되었다. 싱싱한 배추와 상자 안을 분주하게 돌아다니는 곤충들을 보니 저절로 웃음이 나왔다.

떡 본 김에 제사지낸다고 이것저것 장만해서 김치를 담았다. 그 김치가 어른들의 입맛에 맞아 칭찬을 듣게 된 것이다. 농부가 여름에는 물 때문에 늦가을에는 갑자기 닥친 추위 때문에 노심초사하던 것을 아는 바라 그분의 김장 후기는 내 마음에 잔잔한 파문을 일으켰다.

'여덟 명의 할머니들과 함께 내가 직접 심어서 따고 말려서 방앗간에서 빻은 고춧가루와 소박하게 자란 갓과 쪽파를 버무려 김장을 했다. 할머니들은 정성껏 키운 배추가 너무나 곱다고 하신다. 올 겨울 동평리 노인정엔 맛깔난 김치가 할머니들 마음을 위로해 주겠지.'

농사라고는 지어본 일이 없는 분이 처음으로 농사를 지어 시골 노인정 할머니들에게 김장을 담아주다니, 내 한 몸 건사하기도 힘들어하고 가족들의 밥상조차 인스턴트 식품에 의존하는 시대에 조용히 멈추어 서서 거울을 들여다보게 하는 일이었다. 서툴지만 손수 첫 밥상을 차린 새댁과 초보 농부로 인하여 이번 겨울은 땔감 없이도 한결 훈훈하리라는 일기예보를 들은 셈이다.

정성이 발효된 슬로우 푸드와 시간이 녹아들어 느리게 마련되는 밥상은 속도에 지친 마음과 몸을 따스하게 어루만져 준다.

동행

5월과 6월에는 매주 주말마다 결혼식이 있었다. 그중에서도 가까운 지인들의 잔치는 감회가 깊었다. 신부의 어머니들과 젊은 시절을 보냈는데 그 어머니를 빼닮은 딸들이 신부의 자리에 서는 것이 얼마나 대견하고 사랑스러운지 모른다. 특히 딸이 없는 내게는 평생 앉아볼 수 없는 자리가 신부 어머니의 자리가 아닌가.

문득 40대의 젊은 나이로 하나뿐인 딸을 시집보내던 어머니 모습이 떠오른다. 부모님의 곁을 떠나 예측할 수 없는 세계로 들어서는 딸을 보며 마음속에 헤아릴 수 없이 많은 생각들이 오고갔을 것이다. 연애도 아닌 중매로 홀어머니의 외아들과 결혼을 하겠다고 우기는 철없는 딸의 앞날이 얼마나 염려스러웠을까. 그 당시 약간 흥분된 아버지의 표정과 옅은 수심이 어린 어머니의 모습이 빛바랜 사진으로 남아 있다.

이제는 딸을 시집보내던 어머니보다 내 나이가 더 많아졌고 결혼 30주년이 넘었다. 세속적인 좋은 조건보다 믿음이 있는 가정을 선택하여 앞날을 스스로 책임지겠다고 큰소리 쳤지만 우리 세대의 동행이 부모님의 동행과 결코 동떨어진 것이 아니라는 것을 깨닫는다.

요즈음은 아이들의 반려자를 이리저리 가늠해보며 그들의 행복한

미래에 대한 그림을 그리는 것이 일상이다 보니 참한 규수의 얘기만 들어도 귀가 솔깃해진다. 그렇다면 참하다는 건 무엇을 말하는가. 큰 아이에게 물어보니 예쁘고 솔직한 성격이었으면 좋겠다고 하고, 작은 아이는 예쁜 건 기본이고 자기 발전에 도움이 될 만큼 총명했으면 좋겠다고 한다.

우리 부부는 믿음이 있고 화목한 집안이어야 한다는 조건을 부지중에 강조한다. 예쁘고, 성격 좋고, 총명하고, 믿음까지 깊다면 얼마나 좋을까. 게다가 보이지 않는 괄호 속에는 학벌과 좋은 직업, 건강과 재력까지 포함되어 있다는 걸 부정할 수 없다.

종종 그런 조건에 부합되는 젊은 커플을 보며 부러워하기도 하지만 그들이 모두 행복하게 오래도록 사는 것은 아니고 종종 얼마 가지 않아 이별을 했다는 안타까운 소식을 듣기도 한다. 대체로 성격이 맞지 않는다는 것이 이유이지만 자세히 들여다보면 각자 원가족이 가지고 있는 삶의 패턴을 고스란히 반복하는 데서 오는 충돌이 많다. 서로 다른 둘이 만나 타협하고 조화를 이루는 과정을 힘겨워하고 서로 자기들을 주장하면서 갈등은 깊어진다. 거기에 이질적인 가치관을 가진 양가의 부모가 개입을 하면 사정은 더욱 악화되고 만다.

아주 잘난 아들은 나라의 아들이고, 잘난 아들은 장모의 아들이며, 별 볼일 없는 아들만 자기 아들이라는 우스개가 있다. 아들이 가정을 책임지는 가장이 되면 부모는 어느 정도 탄력적인 경계선을 그어야 한다는 뜻도 있고, 모자란 자식은 아들이고 딸이고 평생 부모로부터 독립하지 못한다는 의미도 숨어 있을 것이다. 결국 나이가 든 자식을 어른스럽게 살 수 있도록 끈을 놓아주는 것이 부모가 할 일이라는 생각이 든다.

그러고 보면 내가 원하는 신앙과 화목의 조건이라는 것이 곧 나의 성적표라는 결론에 이른다. 신부 측에서 원하는 신랑감의 첫 번째 조건은 뭐니 뭐니 해도 정서적으로 부모로부터 독립하는 것이다. 당연히 부모도 자녀들로부터 정서적, 경제적으로 독립적이어야 당당하고 가정이 두루 화목하다. 그래서 요즈음은 노후에 대해 심각하게 생각하며 준비를 하고 있다. 이제는 노후가 길어져서 건강이 허락하는 한 70세 이상 일을 해야 한다. 50년간, 주당 50시간씩 일하면, 노후에는 생활비의 50%에 못 미치는 연금을 받게 된다는 50:50:50의 법칙을 뛰어 넘으려면 여간한 노력을 기울이지 않으면 안 된다.

30년 넘게 살면서 미숙하고 시행착오가 많았던 우리 부부도 동행을 하면서 나이가 들었다. 알게 모르게 친정아버지와 시어머니로부터 정신적인 독립을 하지 못하고 전전긍긍하던 나날을 접고 이제는 아이들도 더 넓은 세계로 날려 보내려 한다. 그 기념으로 이번 결혼기념일에는 둘이 먼 남쪽 나라로 여행을 가서 남은 생을 기약하는 결혼 갱신을 하고 리마인드 웨딩을 치러볼 계획이다.

바라보기

　그날은 주부편지 발송 작업을 하는 날이었다. 버스에서 내려 안국역에서 지하철을 타기 위해 승강장에서 기다리며 목적지까지의 시간을 가늠하고 있는데 열차가 도착하고 있다는 방송이 나왔다. 자연스럽게 선로 쪽으로 한 걸음 들어서는 순간 갑자기 왼편에서 여러 사람의 비명 소리가 들렸고 붉은 물체 하나가 꽃잎처럼 선로 아래로 떨어졌다. 승강장으로 들어서던 열차는 급브레이크를 밟았고 지하 공간에는 금속성의 마찰음과 고무 탄 냄새가 진동했다. 사람이 떨어진 것이다. 누가 밀었다거나 실수로 떨어진 것이 아니라 고의로 뛰어내렸다는 게 바로 옆에 있던 사람들의 증언이었다.

　이게 무슨 일인가, 젊은 여자가 수많은 사람들 앞에서 처참하게 자신의 목숨을 끊다니. 아무에게도 말 못 할 사연이 있었나, 주변에 위로해 줄 사람이 아무도 없었나, 우울증에 걸렸나, 빚 독촉을 받은 걸까. 그 순간 팔을 뻗으면 닿을 수 있는 거리에 있는 사람들은 모두 타인이었고, 서로에게 아무런 관심도 없는 존재들이었다. 절대로 눈을 마주치지 않기로 한 대중들의 묵계는 그 일로 인해 잠시 무너졌다. 사람들은 서로를 바라보며 웅성대기 시작했다. 갑자기 왼쪽 가슴에 격렬하고 뻐근한 통증이 왔다. 나는 지상으로 도망치듯 올라와 택시에 서둘러 몸을 실었다.

결국 그 일의 수습 과정이나 진상을 모르는 채 계획된 일과를 보낸 하루였지만 흉통은 쉬 가시질 않았다. 종일 가슴을 어루만지는 내게 자살 방지 캠페인에 대해 의논 중이던 주부편지 팀에서 상비약인 환약을 주며 기도를 해주었다. 하지만 궁금한 것은 그 일이 어떻게 처리가 되었으며 그 사람이 왜 그런 돌이킬 수 없는 선택을 했는가 하는 것이었다.

다음 날 아무리 신문과 인터넷 뉴스를 뒤져보아도 그 사건에 대한 기사는 없었다. 가족들은 잘못 본 게 아니냐는 반응을 보이기까지 했다. 헛것을 보고 흉통을 얻다니 참 어이없는 노릇이었다. 그렇다면 사람이 지하철 선로에 뛰어들어 자살을 시도하는 것이 아무 뉴스도 되지 않는다는 말인가.

다시 인터넷 검색창에 '지하철 자살'이라고 써넣었다. 놀랍게도 지난 5년간 499명이 지하철에 치어 숨졌으며 그중에 반 정도는 자살이라고 했다. 1년에 100건, 사나흘 들이로 그런 일이 일어나고 있다는 것이다. 놀라운 일이었다. 어쩌다 있는 일이 아니고 내가 늘 오가는 시간과 공간 속에서 비일비재하게 일어나는 일을 전혀 모르고 있었다는 것이 또한 충격이었다.

이런저런 이유로 흉통은 쉽사리 가시지를 않았고 그날 이후 곁에 있는 사람들을 찬찬히 바라보는 버릇이 생겼다. 혹시 누군가 죽고 싶은 마음이 들었다가도 관심 어린 눈길과 가벼운 눈인사로 마음을 바꿀 수도 있는 건 아닐까 하는 마음이 들어서이다.

치유력이 있는 음악을 듣고 기도를 하면서 잦아들던 흉통과 불안감이 눈 녹듯이 사라진 것은 한 여성의 강연을 듣고서였다. 그녀는 부모가 누군지도 모르고 스무 살까지 남의 집에서 천덕꾸러기로 살면서 학교라고는 초등학교 1학년 1학기밖에 못 다닌 사람이었다. 몇 차례 자살을 시도할 만큼 고통스러운 시절을 보냈으나 성실한 남편을 만나 행복한 가정을 이루었다. 가난의 굴레를 벗기 위해 피눈물 나는 노력을 했고 여러 차례의 실패를 했지만 결국 사업에 성공하여 지금은 50여 명의 북한 어린이들에게 후원을 하고 있으며 굶주림에 고통받는 더 많은 어린이를 배불리 먹이는 것이 꿈이라고 했다. 자기 자신을 넘어서서 꿈을 이루어가는 역전의 드라마였다. 이름 모르는 사람의 자살 사건으로 뻐근하던 가슴이 감동으로 설레기 시작했다.

그렇다면 왜 누구는 시련 가운데 주저앉고 누구는 분연히 일어서는 것일까. 물론 각자가 가지고 있는 내적인 힘과 성공인자가 다르다고 말할 수도 있겠으나, 그의 곁에 누가 있으며 어떤 눈길로 바라보는가 하는 것이 큰 변수가 된다는 것을 깨달았다. 누군가 따듯하게 지지하는 눈길로 바라보며 마음으로 응원을 보낸다면 어려운 여건 속에서도 다시 한 번 힘을 낼 수 있을 것이다.

팔을 뻗어 나의 눈길이 닿는 거리에 누가 있는지 바라보며 눈 맞추고 미소를 짓는다. 부디 힘내세요.

사랑한다면

아무도 가지 않은 길 365일, 새롭게 떠오르는 해를 바라본다. 연말에는 여러 번의 송년회가 있었다. 누군가는 여전히 망년회라는 이름을 붙이기도 하는데 잊어버린다는 뜻의 망년회忘年會가 아니라 한 해를 돌아보고 새로운 해에 대한 소망을 갖는다는 뜻의 망년회望年會가 될수도 있다고 새겨듣는다. 송년회마다 함께 참석한 분들에게 올해와 내년에 제목을 붙인다면 한 마디로 무엇이라고 할지 나누자는 제안을 했다.

여러 가지 의미 있고 기발한 말들이 쏟아져 나왔다. 내게 올해 긍정적인 의미에서 "예측불허", 내년은 "빅뱅"이 예상된다고 했더니 많은 응원을 해주었다. 가장 연령층이 높은 주부편지 자원봉사자 송년회에서는 "대감사/대사랑", 경력단절이 되었다가 극적으로 다국적기업에 CEO로 영입된 동료코치는 그 기쁨과 흥분을 "기절/졸도"라고 강하게 표현했고, 성취를 위해 질주하는 중년의 그룹에서는 "불의 전차/쉼", 가장 젊은 대학생 그룹에서는 "성장/가슴 뜀"이라는 제목이 나왔다.

많은 연말 모임 중에서 가장 큰 도전을 받고 인상적인 송년회는 "아프리카에 좋은 학교 만들기 운동 GSFA Good schools For Africa" 자선 파티였다. 거기서 우리 젊은이들의 탁월함과 가슴 뛰는 꿈이 실현되는 것을 목격하고 세계 역사 속에서 우리가 나아가야 할 방향을 보았기 때문이다.

GSFA에서 주최한 장학금 마련 자선파티에는 근래에 만나서 대화할 기회가 별로 없는 젊은이들이 가득했다. 기부자들은 어른들이었으나 그 파티를 이끌어나가는 주역들은 대부분 이십 대 초반의 학생들이거나 젊은 직장인들이었다. 리더들은 젊은이들이 나름대로 프로젝트를 만들고 진행할 수 있도록 동기부여하고 후원을 할 뿐 권위나 지시로 통솔하는 모습을 볼 수 없었다.

순수한 자원봉사로 이루어지는 일에 젊은이들이 그토록 열정적으로 몰입하는 이유는 무엇일까 궁금했다. 그들은 리더십 트레이너이며 코치인 앤드류Andrew Newton 씨의 강연을 듣고 동아리에 참여하거나 친구의 권유로 자연스럽게 모여들었다. 그런데 하나같이 당당하고 자신감이 넘치며 겸손했다.

방학이나 휴가 중 현지에 가서 실태를 파악하여 1년간 8,000권의 영어책을 모아 보내고, 컴퓨터 쓰는 법을 가르치고, 야생벌을 치는 양봉 기술을 전해주고, 우물을 파는 일뿐 아니라, 학생들보다 결석을 자주 하는 교사들을 위한 기숙사 짓기 프로젝트를 진행했다.

그들의 프레젠테이션이 얼마나 힘차고 열정이 넘치던지 듣는 내내 가슴이 쿵쾅거렸다. 넓은 세상을 향한 강력한 사명과 비전을 가진 그들에게는 '아프니까 청춘이다'라는 말이 무색했다. 아픔보다 큰 꿈이 그들에게 용기를 주기에 더불어 좋은 세상 만들기에 동참할 수 있다는 말에 감동을 받았다.

전날까지 기말고사를 마치고 나서도 피곤한 기색 없이 맡은 사업에 대해 연설하는 대학교 1학년 이 군과 양봉 프로젝트를 펼치고, 도서관 프로젝트를 펼치는 그의 친구들이 자랑스러웠다. 디지털 미디어 고등학교 3학년에 재학 중인 방 양은 '아프리카에 좋은 학교 만들기 운동' 동아리에 동참할 친구들의 활동을 돕겠다며 자녀들을 소개해달라고 했다. 그 자그마한 소녀는 공부와 동아리 활동을 동시에 하며 이미 취업을 했고, 자신의 힘으로 학업을 계속하겠다는 당찬 포부를 말했다. 지난 모임에서 스스럼없이 매끈한 영어로 프레젠테이션을 하는 모습

이 얼마나 대견하던지…….

학업의 부담에 짓눌리며 어려운 환경에서 좌절하고, 담배와 욕을 입에 달고 살고, 학원폭력과 따돌림에 연루되어 가출을 일삼는 편견의 주인공 청소년들과 그들은 어떻게 그렇게 다른 모습일까.

몸과 마음과 재능을 바쳐 보람 있는 일에 몰두하면서 청춘의 고민을 뛰어넘는 그 일을 통해 우리 사회가 당면한 청소년 문제와 청년 실업 문제의 해법을 찾을 수 있겠다는 깨달음과 함께, 다음 세대가 나라 안팎에서 좋은 친구들을 사귀고 어려운 이웃을 도우며 지구촌의 리더로 성장할 수 있도록 힘을 북돋워 주는 일이야말로 그들에게 해줄 수 있는 가장 확실한 후원이라는 생각이 들었다.

부모들이 불안감을 떨치고 자녀를 큰 세상으로 나아갈 수 있게 허용하면 그들은 한계를 훌쩍 뛰어넘으며 꿈꾸는 자유를 회복하리라 믿는다.

그들과의 만남을 계기로 대학생 서포터즈들을 위해 개인 코칭을 해주고, 내가 소속된 코칭 봉사 단체를 통해 청년들과 함께 영어 리더십 훈련 프로그램을 진행하려 한다. 그들 안에 있는 리더와 아티스트가 깨어난다면 열악한 환경에 처해 있는 청소년들의 멘토가 될 수 있고, 즐겁게 어르신들을 도울 힘이 생긴다. 다른 문화에 대한 편견과 언어의 장벽이 없이 아프리카와 아시아의 친구들과 벽 없이 친구와 이웃이 될 수 있다. 어쩌면 그런 작은 씨앗을 뿌리는 일들이 무기를 사서 재놓고 분쟁의 악순환을 계속하는 것보다 훨씬 능동적인 평화의 방안이다.

손글씨

　책꽂이를 정리하다가 낯익은 노트 한 권을 발견했다. 늘 그 자리에 꽂혀 있었지만 꺼내보는 것은 오랜만의 일이다. 모범생의 경필쓰기처럼 가지런한 손글씨가 장수를 넘길수록 흐트러지고 떨린 흔적이 역력하다. 그 물건은 2003년도 초여름에 돌아가신 시어머니의 유품 중에 가장 소중하게 간직하고 있는 성경 필사본이다. 성경은 누가복음 12장에서 멈추어 있었다.

　어머니는 교직에 계시면서 오랫동안 서예를 하셔서 필체가 반듯하고 유려했는데 말년에 파킨스병, 알츠하이머병과 싸우면서 기도와 소근육 운동을 겸해 성경 필사를 시작하셨다. 활자가 넘치는 시대에 한 획 한 획 정성 들여 쓴 글씨를 보니 느낌이 확연하게 다르고 시간의 흐름에 따라 흔들린 필적에 가슴이 아릿하다.

　신문에 투고를 하거나 동인활동을 하다가 본격적으로 문학을 시작하게 되었을 때 수필과 소설을 함께 썼다. 수필로 등단하기에 앞서 몇 년간 신춘문예에 소설을 응모했다. 1980년대만 해도 활자를 쳐서 보내는 것은 성의가 없고 건방지게 보이던 시절이라 일일이 손으로 원고를 썼다. 100페이지 정도의 원고를 쓰는 동안 생긴 파지만 해도 온

방안을 채울 정도였다. 문제는 내가 평소에 글씨를 흘려 쓰는 편이라 어쩐지 정성이 없어보였다. 그때 시어머니께서 기꺼이 필경사 역할을 해주셨다. 글씨를 한 자씩 쓰실 때마다 문학에 대한 열병을 앓고 있는 며느리를 위한 기도와 인내를 더하셨으리라. 그렇게 무섭고 어렵게 느껴지던 시어머니께 그 일을 부탁하며 내가 꿈꾸는 것에 대해 승인을 받고 지지해 주기를 바라는 마음이 있어서였을 것이다.

그런 일이 종종 이어져 내 소설이 최종 두 편에 오르는 결과까지 냈지만 소설과의 인연은 한 권 정도의 책 분량으로 끝이 났고 어머니의 필경사 역할도 막을 내렸다. 그 후에 수필로 등단하여 직접 워드프로세서를 사용하면서 시어머니의 지지도는 현저하게 떨어졌다. 내 작업을 도우며 그 세계에 동참하던 어머니는 한동안 먹을 갈아 붓글씨만 쓰셨고 나는 문간방에 앉아 워드프로세서를 두드렸다. 워드프로세서에서 컴퓨터로 도구가 옮겨지고 인터넷이라는 놀라운 도구가 생기면서 우편이나 팩스로 보내던 원고를 이메일로 방에 앉아서 보낼 수 있게 되었다.

그래도 손으로 쓴 글씨가 힘이 있고 정겹다. 몇몇 문단의 어른들은 책을 보내드리면 꼭 손수 글씨를 써서 편지를 보내주신다. 책을 내고 받은 선배 문인들의 편지는 각별히 소중하게 여겨 따로 보관을 해두었다. 내 문학의 스승 중에 한 분인 아동문학가 강 선생님은 글을 쓸 때 원고지에 연필로 쓰라고 권하신다. 천천히 연필을 깎고 사각대는 느낌으로 종이에 글씨를 쓰다 보면 마치 경건한 의식을 치르는 듯 마음이 정돈되고 생각이 깊어진다. 그래서 나도 책 읽기와 글쓰기 강좌에서는 애송시를 손으로 써서 낭송하라는 제안을 한다. 속도가 지배하는 디지털 시대에 좋아하는 시를 손으로 써서 낭송하는 일은 분주한 일상 속에서 한 뙈기 텃밭을 일구는 것처럼 마음의 여유를 주기 때문이다.

돌아가신 아버지는 집안의 윗대 할아버지들이 남기신 서화를 한정판 영인본으로 만들어 애지중지하며 보관하셨다. 그 〈사천시첩〉은 조선시대에 명문장가인 조상들께서 지인들과 주거니 받거니 했던 글씨와 그림을 모아놓은 것으로 한 점 한 점이 미술사적인 가치가 있다고 한다. 언제 누가 누구에게 보낸다는 날짜와 서명이 있는 것으로 보아 그 당시 문인들의 삶의 이야기와 문화를 알 수가 있다. 느긋하게 먹을 갈아 글과 그림을 그리고 그것을 인편에 보내면 다시 답장을 받는데 얼마나 걸렸을까. 순식간에 손전화로 문자를 날리는 시대에 살다 보니 불과 서너 세대 전까지 빈번하던 일들이 역사 속 이방에서나 있었던 일로 느껴진다.

지난달에는 수필가인 금아 피천득 선생님의 추모기간을 맞아 금아 선생님과의 인연에 대한 글을 써서 책에 신고, 그 글을 다시 육필원고로 써서 피천득 문학관에 보내라는 청탁을 받았다. 사십 년이라는 시간을 거슬러 오르기에는 역시 아날로그적인 도구가 어울릴 것 같다. 나도 모처럼 옛 어른들이 먹을 갈아 글씨를 쓰듯 연필을 깎아서 원고지의 네모 칸을 정성스럽게 채워가야겠다. 많은 세월이 흐른 뒤 나의 필체를 알아보는 누군가가 그 육필원고를 보고 나를 만난 듯 반겨줄 것이라는 기대도 가져본다.

문자향文字香 서권기書卷氣, 내 손으로 쓴 글의 향기가 읽는 사람들의 마음을 쓰다듬고 그 글로 만들어진 책이 단 몇 사람에게라도 힘을 줄 수 있다면 얼마나 가슴 뛰는 일인가.

수세미 학교, 코끼리 반 아이들

우연치 않은 기회에 사회복지 대상 어린이 그룹코칭을 시작했다. 유치부와 특수학급을 운영하거나, 중고등학교와 대학교에서 코칭 교육을 했고, 지금도 교사와 부모 코칭 교육을 하고 있지만 초등학교 학생들을 그룹 코칭하는 일은 예정에 없던 일이다. 그러나 여러 가지 이유로 어려움이 있거나 소외된 아이들에게 관심이 깊은 교장 선생님과의 만남으로 그 일은 시작되었다.

영문을 모르고 찾아온 다섯 명의 아이들은 얼떨떨하고 무표정한 표정으로 교실에 들어섰다. 무슨 문제가 있어서 불려온 게 아닐까 하는 두려움과 수줍음이 뒤섞인 표정 뒤에는 어린이 특유의 호기심이 묻어 있었다.

"선생님, 여기서 우리 뭐 해요?"

"그래, 뭐 하러 온 것 같니?"

"상담 받으러 온 것 아닌가요?"

"상담하거나, 공부하러 온 게 아니고 너희들이 학교생활 즐겁게 하고 친구들과 잘 지낼 수 있도록 도와주려는 거란다."

이런 말들이 오갔지만 의구심이 금방 사라지는 건 아니었다.

하지만 한 시간 정도 대화를 나누고 몇 가지 활동을 하면서 아이들의 표정은 차차 누그러졌고 속마음을 표현하기 시작했다. 아이들에게 들으면 힘이 나는 말과 기운 빠지는 말이 무엇인지 물었다.

칠판에 아기코끼리를 그리고 공부를 하든가 친구를 사귈 때 방해를 하는 것들이 무엇인지 쓰고 코끼리의 발에 끈으로 연결해서 묶었다가 과감하게 지우게 했다.

"무시하는 말, 비교하는 말, 욕, 따돌림……."

그런 말을 쓸 때는 걸음이 천 근 같던 아이들이 줄을 지우고 나자 환하게 웃으며 자리로 뛰어 들어갔다. 각자 색깔로 표현한 하얀, 노란, 파란 마음의 주인공들이 돌아가고 난 교실 칠판에는 스스로 정한 코끼리 교실의 약속과 발목이 묶였다 풀려난 코끼리가 남아 있었다.

새로운 주가 돌아왔다. 교실 안으로 '독수리 오 형제'와 같은 기세로 새로운 친구들이 들어섰다. 아이들은 소리를 지르고 책상을 뒤엎으며

자신들의 등장을 알렸다. 한바탕 티격태격 몸싸움도 벌이고 거친 말을 거리낌 없이 내뱉는 아이들의 등장에 지난주에 이어 기대를 가지고 왔던 아이들이 주춤한 표정이었다. 늘 기가 죽어 있는 아이들과 좌충우돌 잠시도 가만히 있지 않는 아이들을 어떻게 하면 함께 데리고 갈 것인가. 문득 오래전 6학년 11반과 5학년 8반 특수학급을 맡았을 때 처음에는 그래도 점점 마음을 열고 그 둘과 하나 되었던 경험을 믿기로 했다.

규칙을 지키고 다른 친구를 배려하는 것이 어려운 그들과 규칙이 필요한 물풍선 돌리기와 풍선에 글씨 써서 터뜨리기로 치유놀이를 했다. 잠시도 집중하지 못하던 아이들이 자신들에게 상처 주고 아프게 한 말들을 풍선에 적어 넣었다. 외마디 욕부터 구체적인 문장까지 그들의 마음을 할퀴던 말들이 날을 세우며 다가왔다. 무표정하고 의기소침하게 앉아 있던 아이들이나 책상을 흔들고 의자를 뒤집던 아이들이나 조용히 앉아서 풍선에 글씨를 썼다.

과연 '너 왜 사냐, 쓰레기 같은……'처럼 독한 말을 어린 시절에 반복해서 듣는다면 자존감이 훼손되지 않을 사람이 누가 있을까. 풍선을 터뜨리며 씨익 웃는 아이, 그것을 끝까지 끌어안고 내놓지 못하는 아이, 요가매트 위에서 몸부림치며 괴성을 지르는 아이들의 모습에서 그들의 속마음이 보여 안타까웠다. 세상이 어떤 공격을 해와도 자신을 지키며 적절하게 대처할 힘을 키우려면 얼마나 많은 사랑과 격려가 필요할까.

계속 딴 짓을 하다가 "어, 선생님이 우리는 쳐다보지도 않네." 하며 관심을 받기 원하는 아이, 교실 뒤편에 주저앉아서 옷에 달린 모자를 두 개나 덮어쓰고 있다가 느닷없이 "선생님, 사랑한다면 저에게도 풍선을 주세요." 하는 그 아이, 어떻게 알았을까 자신들이 진심으로 관심받기 원한다는 것과 코치가 저희들을 진정으로 아끼고 잘되기 바란다는 것을……. 태풍처럼 거칠게 들이닥쳤다가도 하루 두 시간의 그룹코칭을 마칠 무렵에는 눈을 맞추거나, 악수를 하거나, 포옹을 하며 돌아가는 그들에게 "다음 주에 다시 보자!" 하고 인사를 하면 흔쾌하게 "네!" 하며 대답하는 아이들의 등이 따사로워 보인다.

출석부를 챙기고 텅 빈 교정을 지나 교문 앞에 이르면 둥근 철골의 아치 위에 수세미가 주렁주렁 달려 있다. 수세미는 한 주가 지날 때마다 쑥쑥 자라고 가을 하늘은 구름 한 점 없이 푸르른 10월이다.

수제비 떼는 날

　봄이지만 새초롬한 날씨가 빗방울을 흩뿌리는 날, 정든 친구가 찾아온다고 했다. 모처럼 쉬는 주말인데도 벗과 이야기하고 반죽을 하며 속풀이 수제비 한 그릇 해먹는 재미가 어찌 그리 흔한 일인가.

　내가 초벌 반죽한 양푼을 건네면 친구는 익숙한 솜씨로 반죽을 치댄다. 요리의 달인답게 그녀는 반죽의 점도와 질감, 냄새와 색깔을 보고 '우리 밀이구나, 콩가루와 녹차가루도 넣었네. 손에 안 붙는 걸 보니 기름도 좀 들어갔고……' 하며 손을 놀린다. 그러나 나는 쫄깃하면서도 부드러운 식감을 주는 비장의 재료가 들어가 있다는 걸 슬쩍 숨기고 있다. 미식가인 그녀가 과연 그걸 알아차릴까. 내심 기대가 되고 긴장감이 들어 혼자 웃음이 나온다.

　빗방울이 굵어지며 천창을 두드리는 빗소리의 리듬이 경쾌해질 무렵, 구수한 국물 냄새가 집안 가득 퍼진다. 달고 시원한 국물 맛을 내는 죽방멸치와 기장 다시마에 무와 마른 버섯, 양파, 대파 흰 뿌리를 삼베 주머니에 넣고 펄펄 끓이는 중이다. 감자, 애호박을 썰고 양념장을 준비하면서도 절로 침이 넘어간다.

　노련한 손놀림과 웃음 깃든 이야기를 들으며 숙성된 밀가루 반죽은 건강한 중년 여성의 젖가슴처럼 부드럽고 탄력이 있다. 이제 됐다 싶으면 둘이 가스레인지 앞에 나란히 비켜서서 찬물에 손을 적셔가며 반죽을 얇게 늘려서 펄펄 끓는 다시국물에 담방담방 떼어 넣는다. 넣자마자 떠올라 나풀대며 춤추는 녹차 수제비를 보면 외할머니의 펄럭이는 유똥 치마가 연상되고, 자신만만한 손놀림으로 연못 수면에 물수제비를 띄우던 동네 사내아이의 웃음 띤 표정도 떠오른다. 그러나 마냥 미적대면 안 된다. 손을 민첩하게 놀려야 한다. 불어버리면 맛이 없어지니 서두르자고 친구와 눈으로 이야기를 주고받는다. 평소에 먹던 대접 대신 큼직한 국수 그릇을 꺼내서 수제비를 푸짐하게 퍼 담는다.

마침 얼갈이와 열무를 넣어 국물을 자작하게 담은 햇김치가 알맞게 익었다. 수제비에는 별다른 찬이 필요 없고 그저 열무김치나 깍두기 한 가지를 놓아도 밥상이 넉넉하다. 찬밥 한 공기를 곁들여서 먹어야 좋은 이유는 어릴 적부터 뜨거운 수제비에 그렇게 찬밥을 말아 먹던 추억 때문이 아닐까.

수제비를 먹으면서도 이야기보따리를 끝없이 풀어내던 친구가 갑자기 하던 말을 멈추더니 '가만, 이거 반죽에 뭐가 들어갔기에 이렇게 매끈하고 야들야들하지?' 하고 나의 비밀을 알아차려 버린다.

"달걀? 우유?"

"아니, 맞춰 봐."

"그럼 동물성이야, 식물성이야?"

수제비를 먹다 말고 느닷없이 스무 고개가 벌어졌다. 말하기 좋아하는 친구의 수제비 그릇은 좀처럼 줄어들지를 않고, '응, 아니.' 입 다물고 대답하며 수저질에 열중하는 내 이마에는 촉촉이 땀방울이 맺힌다.

'삶은 감자 으깬 것 맞지?'

역시 프로 주부답게 그녀는 열 고개 안에 답을 맞혔다.

사실 삶은 감자를 넣은 것은 우연한 일이었다. 밀가루가 모자란듯한데 마침 삶아놓은 감자가 있기에 으깨서 넣어보았다. 그런데 의외로 반죽을 할수록 찰지고 부드러운 것이 구수하기도 하여 평소에 하지 않던 방법을 발견하게 된 것이다.

그게 어디 어디 음식에만 국한된 일일까. 나는 음식에 대한 기사나 영상물이 나오면 유심히 보는 편인데 새로운 배합이나 간단하지만 요긴한 비법을 한 가지씩 알게 되면 그렇게 즐거울 수가 없다. 특히 만들기 쉽고 먹기 좋고 맛있는 음식은 일상생활에 쏠쏠한 기쁨과 활기를 준다.

글쓰기도 마찬가지일 것이다. 늘 보고, 듣고, 경험하는 일을 소재로해서 배합하고, 숙성시키고, 익히고, 담아내어 자기만의 맛과 향기를 창조하는 것은 흥미진진하고 신비로운 과정이다.

다음에는 수제비 반죽에 무엇을 새롭게 넣어볼까. 혹시 잣을 믹서에 갈아서 넣어보는 건 어떨까. 아니다, 실은 수제비 한 그릇같이 언제 어디서 누구에게나 따스하고 속 편하며 힘이 나는 그런 수필 한 편을 써보는 게 꿈일 따름이다. 비오는 날엔 쫄깃한 수제비 반죽을 떼 넣으며 오래된 친구를 기다려 보자.

좋은 수필은 그런 후에나 천천히 찾아올지도 모른다.

우리도 모두 어린아이였습니다
— 학대받은 아동 돌봄 캠페인에 부쳐

　벌써 종로 도심에 벚꽃이 피었습니다. 버스 정류장 근처에 서 있는 몇 그루 키 작은 벚나무 가지 끝에 뽀얗게 눈꽃이 핀 듯합니다. 흙바닥으로 아기 손톱만한 꽃이파리가 바람에 후드득 날립니다. 하얀 꽃이파리를 들여다보면 연분홍빛 잎맥이 살아 있고 비록 작고 여려도 그 자체로 온전한 아기의 손톱을 닮았습니다.

　누구에게나 어린 시절이 있었습니다. 어린 시절의 빛깔이 어떤가에 따라 특별한 계기가 없는 한 사람들은 그 색깔과 음조로 따라 살아갑니다. 가장 연약한 아기로 태어나는 인간은 생명을 지키기 위해 적어도 성년이 되기 전까지는 전적으로 부모로부터 생활에 필요한 모든 것들과 정서적 지원을 받으며 자라납니다. 영유아기, 유년기의 아이들에게 부모의 존재는 생존을 위한 생명줄과 같아서 혹여 부모가 좋은 역할을 못 한다 해도 필사적으로 부모에게 의존합니다.

　그러므로 생명을 책임진 부모가 의무와 도리를 다하지 못할 때 자녀는 심각한 심신의 고통을 당할 수밖에 없습니다. 가정 내에서 일어나는 끔찍한 아동학대가 밖으로 드러나는 것을 보며 그동안 얼마나 많은 일

들이 훈육이라는 이름으로 묻혀 있었는지 짐작할 수 있습니다.

부모가 전적으로 육아에 집중하기 어려운 경우에 조부모나 친척, 공공시설의 도움을 받게 되는데 거기도 안전지대가 아니라는 정황이 속속 드러나고 있습니다. 놀랍게도 아동학대의 80% 이상이 친부모에게서 일어난다는 충격적인 사실과 바로 옆에서 들리는 아이의 처절한 울부짖음에 이웃조차 적극적인 개입을 할 수 없는 사회적 분위기에 낙심하게 됩니다. 이런 일들은 법적인 보호와 조치가 절대적으로 필요하지만 국민들의 관심과 자발적인 캠페인이 무엇보다 중요합니다.

친부모, 계부모, 조부모, 친척, 시설에서 일어나는 아동학대의 원인을 역으로 추적해보면 많은 경우에 준비되지 않은 이들이 어린이의 양육을 맡고 있으며 자신들의 문제도 해결하지 못한 채 부부관계, 가정경제에 책임을 져야 하는 악순환의 고리를 발견할 수 있습니다.

미성숙한 성인이 어려운 과업을 맡으면 쩔쩔 맬 수밖에 없고 인간관계의 단절로 도움을 청할 곳도 없다는 것이 전문가들의 진단입니다. 인성교육이 자녀들을 교육하는 데서 그치는 것이 아니라 부모교육이 시급하고, 가정과 사회전체가 공동책임을 져야 한다는 것과 같은 맥락입니다.

건강한 사회를 위하여 핵가족화, 파편화되었던 가정이 상생을 위한 공동체로 거듭나기를 바랍니다. 옆집 아이도 돌보아 주고 서로 관심을 갖는 마을에서는 결코 그와 같은 일이 벌어질 수 없습니다.

자연적인 마을공동체 만들기에 어려움이 있다면 우선 지역사회의 NGO 단체, 종교단체, 상담코칭센터에서 '건강한 어린이와 따뜻한 가정 세우기' 운동에 앞장서서 이미 가지고 있는 자원을 모닥불 피울 불쏘시개로 써야 할 것입니다.

언어의 순화와 함께 언론의 자세도 살펴볼 때가 되었습니다. 전혀 걸러지지 않은 폭력적인 말들이 뉴스와 신문, 인터넷 매체를 통해 마구 쏟아져 나옵니다. 듣고 보기에 끔찍한 장면들이 방영되고 대안 없는 개탄이 넘칩니다. 더욱 심각한 것은 어린 자녀들이 그 뉴스들을 같은 자리에 앉아 반복적으로 보고 듣는다는 사실입니다. 어려운 환경에서도 최선을 다하는 부모와 교사들, 아이를 친부모 대신 기르며 수고하는 분들에게 누를 끼치는 일입니다. 부정적인 뉴스보다 가슴이 따뜻하고 흐뭇한 이야기를 발굴하여 더 많이 나누고 격려하는 되었으면 합니다. 가장 적극적인 방법은 예방교육과 상담코칭, 사회복지 영역에서 능동적 대처를 하고 긍정적인 캠페인을 통해 황폐해진 마음에 활력을 주는 것입니다.

우리도 모두 어린아이였습니다. 그러기에 어린 시절에 느꼈던 기쁨, 설렘, 슬픔, 아픔이 무엇인지 잘 알고 연약함에서 오는 무력감이 어떤 것인지 뼈저리게 느낀 적이 있습니다. 그 모든 것을 알고 있음에도 불구하고 고통당하는 어린이들에게 관심을 갖고 돌보아주지 않는다면 가시와 쓴 뿌리를 지닌 어른으로 자라는 악순환이 계속될지도 모릅니다.

모든 어린이가 건강한 어른이 될 수 있도록 그들의 목소리에 귀를 기울이고, 맑은 눈망울을 바라봅시다. 미해결과제를 안고 쩔쩔매는 젊은 부모들을 격려하며 그들의 어깨를 두드려 줍시다. 우리가 마을의 할아버지와 할머니, 친정어머니와 이모, 고모와 삼촌이 되어 벚꽃 이파리처럼 여리고 고운 아이들이 건강하게 자라는 데 작은 몫이라도 할 수 있기를 바랍니다.

2016년 4월 봄날에 시작한 이 캠페인이 벚꽃 개화의 소식처럼 전국에 번져나갈 수 있도록 전문상담사와 전문 코치들이 함께합니다.

해어진 옷

　인사동의 한 재활용 가게에 갔다. 역량 있는 젊은 디자이너가 입던 옷이나 주변에 널린 소재를 재활용하여 만든 물건들이 진열되어 있었다. 트렌치코트가 반바지가 되고, 현수막이 가방이 되고, 낡은 티셔츠가 새로운 디자인으로 바뀌어 독특한 상품으로 재창조되었다. 그중에서도 입었던 사람의 체취가 그대로 묻어난 티셔츠가 특별한 느낌을 주었다. 깨끗이 빨고 소독을 했다고는 하지만 누군가의 피부에 직접 닿아서 밴 기운은 지울 수가 없는가 보다. 그런데도 사람들은 동급의 새 옷보다 비싼 재활용 옷을 기꺼이 골라들었다. 모르는 누군가의 생명력이 묻어난다는 것, 많이 빨아서 부드러워진다는 것은 의미 있는 일이다.

　지난 토요일에는 주말마다 작은 음악회가 열리는 하우스 콘서트홀에 갔다. 음악회를 주최하는 주인장 부부는 각각 오보에와 플루트를 연주하는 음악가이다. 진행을 맡은 성 선생은 아침에 빨아 입었다는 흰색 드레스셔츠에 대한 얘기로 음악회를 열었다. 그분은 대략 오십 벌의 하얀 셔츠를 가지고 있는데 그것도 돌려 입다 보면 막상 입을 게 없다는 것이다. 연주를 하는 동안 땀이 나서 변색되고 쉽게 해어져버리기 때문이란다. 턱시도는 여덟 벌이 있는데 그것들 역시 닳고 해어져서 쉽게 헌 옷이 되어버린다고 했다.

격렬한 노동이나 운동을 통해 흘리는 것과 같은 그들의 땀이 격식을 갖춘 턱시도와 드레스에 감추어져 있다는 것을 새삼스럽게 알 수 있었다. 듣고 보니 음악가의 셔츠는 마치 발레리나의 토슈즈처럼 해어지고 버려지면서 예술을 완성해나가는 도구였다.

어려서는 어머니께서 헌옷 꿰매는 모습을 자주 보았다. 무릎이나 팔꿈치가 미어진 옷이나 발가락이 나오는 양말을 솜씨 좋게 고쳐주시곤 했는데 될 수 있으면 새것을 고르려고 애를 썼던 기억이 난다.

사내아이를 셋이나 키우던 어머니는 밤마다 전구에 양말을 끼워 바느질을 하곤 하셨다. 나도 두 아들을 키우며 어머니처럼 내복을 기워 입혀보았다. 순면으로 된 내복은 입은 지 얼마 되지 않아 무릎과 팔꿈치가 해어져서 버리기는 아깝고 그냥 입힐 수는 없었다. 그래서 작은 구멍은 메우고 구멍이 크게 나면 잘라내어 5부 내의로 만들어주었다.

시중에 팔꿈치와 무릎 위로 올라가는 사내아이의 속옷이 없다 보니 우리 아이들의 내복은 큰 인기를 끌었다. 작은아이의 친구는 그 내복을 한 번만 빌려달라고 부탁을 하기도 했다.

헌옷의 부드럽고 편안한 느낌을 아이들이 의외로 좋아했다. 그래서일까, 요즈음은 몇 년 입은 것처럼 떨어지고 기운 옷이 유행이다. 낡아서 올이 다 드러나고 누덕누덕 기운 부분이 많을수록 가격이 올라간다고 한다. 하기는 새 옷을 만드는 공정 외에 헌 옷으로 만드는 데 노동력이 더 들어가니 원가가 올라갈 수밖에 없을 것이다.

한 환경전문가는 지구가 티셔츠 때문에 망할 것이라고 했다. 노동이나 땀으로 삭아서 없어지는 것이 아니고 끊임없이 원사를 표백하고 염색하여 만들어내고 조금 입다 버리는 옷이 처치가 곤란하다고 한다. 버리는 양뿐 아니라 공정이 문제가 된다. 지구의 한편에서는 우리나라의 'OO 어린이 집' 헌 티셔츠도 못 입어서 땡볕에 헐벗고 사는 아이들이 많은데 손쉽게 입다가 버리는 티셔츠가 그렇게 많다니 한번쯤 깊이 생각해볼 일이다.

내 옷장 속에도 계절이 지나면 또 옷가지 수가 늘어난다. 낡고 해어져서 버리는 옷은 거의 없고 입지 않는 옷을 기증하는 박스에 분류를 해둔다. 누군가 필요한 사람에게 선택되어 닳고 낡아져서 수명을 다하길 바란다. 노동과 연주의 땀에 삭아서 분해되는 옷은 아니어도 삶의 띠가 릴레이처럼 이어져 빌려 쓰는 지구 안에서 충분히 재활용되었으면 한다.

해 저무는 강가에서 부르는 노래

초가을 저녁 여의나루역 강변에는 청소년과 가족들이 큰 무리를 이루며 모여들었다. 폭신한 감촉의 잔디에서 풋풋한 풀 향기가 풍기고, 해 저무는 강물 위에 얼비친 불빛이 영롱하게 반짝였다. 여기저기 작은 텐트를 치고 자리 잡은 젊은이들과, 유모차를 끌고 나온 부부의 모습이 종종 눈에 띄었다. 한쪽에서는 공연이 진행되고 하얀 고깔 모양의 부스가 줄지어 서 있었다. 수천 명이나 되는 젊은이들이 한 곳에 모이는 것만으로도 어깨가 들썩여지는데 경쾌한 음악까지 있으니 분위기가 더욱 고조되었다. 아이돌 그룹의 춤과 노래, 연주가 이어지는 동안 강물의 검푸른 빛깔이 점점 깊어졌다.

내가 소속된 사회적코칭협회 부스에서는 청소년과 참가자들을 위한 진로 코칭 서비스를 했다. 무심하게 웃고 떠들다가도 자신에 대해 알고자 진지하게 코칭에 임하는 아이들이 대견하고, 퇴근 후에 만나서 손잡고 생명존중 캠페인에 참여한 젊은 연인과 삐뚤삐뚤한 글씨로 '생명을 아끼자'라는 글을 등에 붙이고 부모와 걷는 아이의 모습이 아름답다. 하지만 우리는 세월호 사건 발생 5개월이 지나도록 한 자리에 앉아 대화조차 나누지 못하고 있으니 과연 생명을 소중하게 여기고 아낀다고 말할 수 있을지 부끄럽다. 부끄러워도 생명사랑 밤길 걷기 운동을 멈출 수는 없다.

남녀노소 참가자들과 함께 마포대교를 왕복하는 5km 걷기에 동참했다. 마포대교는 낙심하여 스스로 목숨을 버리는 사람이 많아서 '생명의 다리'라는 별명을 가지고 있는데 난간에는 그곳을 찾은 사람들에게 보내는 안부와 질문이 쓰여 있고 일정한 간격을 두고 생명의 전화가 설치되어 있다.

'당신의 얘기, 한번 해봐요.', '밥은 먹었어? 별일 없었어? 바람 참 시원하다, 파란 하늘을 봐봐, 엄마랑 닮은 곳은 어디니? 뭐 먹고 싶어?' 하는 말과 함께 음식 사진, 다정한 가족과 연인들의 행복한 모습이 줄지어 붙어 있었다.

그 순간 잊을 수 없는 단 한 사람의 모습이 떠올라 마음을 돌리거나 생명의 전화를 걸고 집으로 돌아간 사람들이 많았으면 좋으련만.

일상에서 평범하게 주고받는 다정한 말 한 마디, 따뜻한 장면 하나가 그들에게는 간절히 필요했을 텐데 곁에서 그런 말을 해줄 만한 사람이나 귀 기울여 들어줄 사람이 없다는 생각에 그곳까지 찾아온 것은 아닐까.

얼마 전에 친구에게 놀라운 이야기를 들었다. 어린 시절을 외국에서 보내고 한국에 돌아와 직장에 다니던 조카가 어느 날 갑자기 죽었다는 소식이 왔단다. 주변에 친한 친구도 없고 늘 컴퓨터 앞에 앉아 일만 하던 청년의 자살 소식에 온 집안이 슬픔에 휩싸였다. 더 충격적인 사실은 장례식장에 나타난 의문의 젊은이들이었다. 누구냐고 하니까 친구라고 했지만 표정과 태도가 하도 이상해서 의문을 갖게 되었는데 조카의 컴퓨터를 뒤져보니 자살클럽에 드나든 흔적이 남아 있었다고 한다.

최근에도 20대~40대의 모르는 사람끼리 모여 죽음의 길에 동행했다니 누에고치처럼 들어앉아서 자신의 귀한 생명을 일면식도 없는 사람들에게 도움을 받아 접는다는 것은 일반적으로는 상상하기 어려운 일이다. 그러나 엄연히 낙심하고 절망한 사람들을 유혹하는 인터넷 사이트들이 존재한다.

유족들은 슬픔뿐 아니고, 도와주고 지켜주지 못했다는 후회와 죄책감으로 고통받게 된다. 그런 일들이 30여 분에 한 번씩 일어나고 1년이면 14,000명이나 되는 아까운 생명이 세상을 떠난다. 부디 그 숫자가 점점 줄어들기를 바라며 '해질녘부터 동틀 때까지' 밤새 걷는 이들이 있다.

얼핏 생각하면 8,000여 명이나 되는 사람들이 참가비를 내고 밤길 걷기를 하는 것이 무슨 효과가 있을까 의문을 가질 수 있지만, 예방 효과는 이미 일어난 일에 대해서 치르는 대가와 비교할 수 없다. 친구들과 장난치며 밤길을 걷고 유명인들의 공연에 열광하는 청소년의 행동이 단순해 보이지만 적어도 행사에 친구들과 더불어 참가한 꿈나무들은 생명에 대해 한 번쯤 진지하게 생각하고 주변 친구들을 돌아볼 마음이 생기리라 믿는다.

수천 명이 줄지어서 생명의 다리를 건널 때 누군가 앞에서 노래를 시작했고 노랫소리는 자연스럽게 뒤로 번져나갔다.

'사노라면 언젠가는 밝은 날도 오겠지.
흐린 날도 날이 새면 해가 뜨지 않더냐.
새파랗게 젊다는 게 한밑천인데 한숨일랑
쉬지 말고 가슴을 쫙 펴라. 내일은 해가 뜬다.
내일은 해가 뜬다.'

희망은 또 다른 희망을 낳고

    한 소녀가 있었다. 아버지는 엿장수였고, 어머니는 술을 파는 가난한 집에서 태어나 언제나 '쓸모없는 가시나'라는 구박을 받으며 자랐다. 동생을 등에 업고 술 취한 손님들과 싸우는 어머니를 바라보는 일은 너무도 서글픈 일이라 나이가 들어서도 그 장면이 뇌리에서 지워지지를 않았다. 어렵게 고등학교까지 진학을 해서 졸업을 하지만 대학에 간다는 것은 꿈도 꿀 수 없는 처지라 학교에 가고 싶다는 말 한번 못해보고 사촌 언니를 따라 가발 공장에 취직을 한다.

    여직공이 된 소녀는 사람 머리모양의 둥근 망에다 하루 종일 머리카락을 엮어 넣어야 했다. 한 치 앞도 내다볼 수 없는 절망감 속에서도 소녀는 꿈을 품었고, 막막한 그녀 앞에 미국 가정에서 식모를 구한다는 신문광고가 눈에 띄었다.

    그녀가 낯선 미국 땅에 내렸을 때 그녀의 손에는 단돈 백 달러가 쥐어져 있었다. 1971년의 일이었다.

    그 후로 여기저기 옮겨 다니며 일을 하고 대학교에 다니고, 결혼을 하고, 아이를 낳았지만 결혼생활이 평탄치를 못했다. 폭력적인 남편을 피해 미군으로 입대를 한 그녀는 무려 14년 만에 대학을 졸업하

고, 하버드 대학교 석박사 과정에 입학을 한다. 그리고 마침내 국제
외교사와 동아시아언어학을 전공하고 박사학위를 획득한다. 예비역
미 육군 소령, 하버드 대학의 박사로 미국 국무장관을 꿈꾸고 있는
서진규 박사의 이야기이다.

그녀의 삶에는 참으로 불가사의한 일이 많다. 어떻게 가발공장 여
직공이 하버드의 박사가 되었으며, 그녀의 딸 조성아 역시 하버드를
졸업하고 미 육군 장교가 되었는지 궁금하다. 그녀의 저서인 '나는
희망의 증거가 되고 싶다', '희망은 또 다른 희망을 낳는다', '서진규의
희망'은 그 과정을 상세히 알려준다.

도저히 헤쳐 나갈 수 없는 역경 속에서도 그녀는 분노, 억울함, 부
당함이라는 감정을 핵연료 삼아 자신의 삶을 차근차근 개척해 나갔
다. 그 여정에는 그녀의 딸 성아가 동반자가 되었다. 비록 자신은 불
모지와 같은 환경에서 30년이란 긴 세월을 돌고 돌아 하버드의 박사
라는 목표를 달성했지만, 그런 어머니의 뒷모습을 보며 따라온 딸은
희망과 용기를 선물로 받아 건강하고 능력 있는 성인으로 자라났다.

어떤 환경에서도 꿋꿋하게 어려움을 극복하고 적응하며, 따뜻한
마음으로 가족과 어려운 이웃을 돌보는 인성을 갖게 된 것은 어머니
의 강인하고 일관성 있는 자세 덕분이었다. 공부뿐 아니고, 운동과
아르바이트, 가사까지 도맡아하며 가는 곳마다 리더십을 발휘한 성
아에게는 늘 자신감이 넘쳤다. 늘 현실적인 낙관주의를 가지고 선택
한 일들을 해내는 어머니가 긍정적인 모델이 되어주었기 때문이다.

서진규 박사는 말한다.

'부모가 강해져야 자녀가 강해집니다. 자녀에게 용기와 자신감이 넘치는 삶의 본을 보이십시오. / 낭떠러지까지 몰고 가서 밀어내시거든 뛰어내리십시오. 숨겨져 있던 날개가 펼쳐질 것입니다. / 여러분의 꿈에 생명을 더하십시오.'

우렁찬 그녀의 목소리는 전혀 C형 간염 투병 중인 환자답지가 않았다.

성공한 사람들의 첫 번째 습관인 주도적 자세를 넘어, 자기 내면의 소리를 듣고 다른 사람도 내면의 소리를 찾을 수 있도록 고무 격려하는 여덟 번째 습관까지 속속들이 몸에 밴 그녀와의 포옹은 가슴 설레는 흥분을 안겨주었다. 나는 강연장의 포스터를 떼어 내어 서진규 박사의 사인을 받았고 그 포스터를 서재에 붙여놓았다.

'진화 이경희 님, 희망과 용기를! 서진규 드림.'

포스터를 볼 때마다 그 때의 강력한 파장이 되살아난다.

매 순간 앞을 가로막는 장애를 넘어서며 고난을 오히려 추진력으로 삼아, 참된 자기 자신을 살아내기 위해 최선을 다한 서진규, 독수리처럼 나래 펴고 날아오르는 그녀의 삶이 아름답다. 먼 길을 돌아 동기부여 강사의 길에 들어선 내게 그녀의 이름은 확실한 희망의 증거이다.

제5장

행복이라는
동사

가장 오래된 기억 속으로 내리는 눈

하루 만에 맑고 파랗던 하늘이 잿빛으로 변하더니 첫눈이 쏟아졌다. 눈이 내리면 어린 시절 기억 속으로 자연스레 시간 여행을 떠난다. 눈에 대한 첫 기억은 첫 생일을 맞은 동생의 돌상 위에 놓인 하얀 눈 한 대접이었다. 상 위에 여러 가지 음식이 차려져 있었지만 젊은 어머니는 천연 빙수를 아들의 돌상에 올려주었다. 그 시절에는 깨끗하게 쌓인 눈이나 낮은 차양에서 자라는 고드름을 따먹기는 것이 흔한 일이었으니 지금 생각하면 꿈같은 일이다.

쉬는 날에 눈이 내리면 아버지는 가족들을 큰 소리로 불러내서 사진을 찍어주셨다. 어머니는 그 당시를 회상하며 생활의 어려움으로 힘이 들었다고 하시지만 온 가족이 웃으며 머리와 장독대 위에 쌓인 눈 속에서 찍은 사진은 따뜻한 추억으로 남아 있다. 잊어버릴 수도 있는 소소한 일들이 기억에 오래도록 남아 있는 것은 아버지의 사진 속에 옛이야기들이 머물러 있기 때문이다. 아버지의 유품 중에는 오래된 필름 카메라가 여러 대 있었고 아버지의 사진사랑은 나와 내 아들에게까지 이어진다.

대체로 첫눈 내릴 무렵이 김장을 담는 때라 이삼백 포기의 배추를 살얼음 어는 수돗가에서 밤새도록 절였다. 눈이 오면 오는 대로 매운 바람이 불면 부는 대로 겨울농사를 놓치는 집이 없었고 김장하는 날은 한바탕 동네잔치가 벌어졌다. 달디단 배추로 배춧국을 끓이고 돼지고기를 삶아서 새로 버무린 김치와 함께 먹는 겨울 별미를 떠올리면 절로 입맛이 다셔진다.

　즐거운 수고와 번거로운 절차가 생략된 이즈음의 생활이 무미건조하게 느껴질수록 배추를 고루 절이려고 밤잠을 설치며 어스름한 불빛 속에서 들락날락하던 어머니의 모습이 그립다. 작은 체구지만 얼마나 강인하고 생활력이 있었던지 거의 모든 일을 혼자 해내고 무슨 일이든 안 된다고 비관하는 일이 없었다.

독을 땅 속에 묻어놓고 서서히 익혀먹는 김장김치와 깍두기, 동치미는 온 가족의 겨울양식이었다. 집집마다 주부의 손맛이 다르지만 예술가적 기질이 다분한 어머니는 같은 재료라도 응용을 해서 색다르고 특별한 맛을 내셨다. 가끔 어머니의 창작요리가 상에 오르기도 했지만 그때는 김치에 된장찌개만 있어도 꿀맛이었고 자반고등어나 꽁치구이라도 상에 오르는 날에는 사 남매가 밥상에 바짝 다가앉아서 부지런히 수저를 놀렸다. 고만고만한 세 남동생은 언제나 식욕이 왕성했는데 형제 수가 많을수록 별미 반찬에 경쟁이 붙기 마련이었다.

동생들은 언제나 왁자지껄하게 집 안팎을 뛰어다녔다. 겨울방학 때는 동생들에게 마루에 놓인 연탄난로에서 설탕 뽑기를 해주거나 가래떡을 구워주곤 했는데 사내아이들이라 아무리 추워도 다시 밖으로 나가서 눈썰매를 타고 딱지치기나 구슬놀이를 하며 놀았다. 늘 집안 일이 많은 어머니는 뜨겁게 물을 덥혀서 사내아이들의 얼어 터진 얼굴과 손발을 씻기느라 애를 쓰셨다. 그러고 보니 요즈음에는 밖에 나와서 노는 아이들을 볼 수가 없다. 눈이 오면 이리 뛰고 저리 뛰며 기뻐하던 아이들과 강아지들은 다 어디로 갔을까.

날씨가 추워지고 첫눈이 예고된 날 은행잎이 짙게 물든 정동길을 지나노라니 동남아에서 온 듯한 엄마와 아이가 은행잎을 날리며 환호를 하고 젊은 아빠는 연신 셔터를 눌러댔다. 그 모습이 흐뭇해서 나도 그들의 모습을 담았다. 가을 단풍과 하얀 눈이 없는 나라에 사는 아이들에게는 겨울나라 여행이 신기하고 놀라운 경험이 되어 잊을 수 없는 이미지를 가슴속에 남기게 될 것이다. 더운 나라에서 와서 단풍과 눈을 경험하며 감탄하는 그들의 모습에 내게도 행복감이 전해져 온다.

매일 그림일기를 그리듯 사진과 단상을 SNS에 올리면 많은 친구들이 공감을 하고 추억을 나누는 대화가 오간다. 오늘은 외국인 모자의 사진과 함께 다락방 천창에서 내다본 설경과 '가장 오래된 기억 속으로 내리는 눈'이라는 졸시를 한 편 올렸다.

시는 이렇게 시작되고 끝을 맺는다.

'문풍지가 떨리는 창호지문 밖에는 온종일 눈이 내렸다
젊디젊은 어머니는 대접에 함박눈을 수북이 담아
동짓달 열엿새가 생일인 아들의 돌상 위에 올려놓았다
— 중략 —
이제는 아무도 눈을 떠먹지 않고
높아진 처마 끝에는 더 이상 수정 고드름이 자라지 않는다'

나에게 수호천사가 있다면

　며칠 전 연말 모임에서 코칭 카드게임을 진행했다. 한 시인이 헌신 devotion이란 단어와 함께 엄마가 만삭의 배를 감싸 안고 있는 그림을 뽑아들고 카드와 자기의 현재 마음 상태가 일치한다며 놀라워했다. 첫사랑과 불의의 사고 때문에 헤어졌고 평생 한 사람만 생각하며 독신으로 살았는데 32년 만에 그녀와 해후를 하여 다시 사랑을 키우고 싶은 소망을 갖는다고 했다. 평소에 그의 선량하고 순수한 됨됨이를 알고 있는 친구들은 큰 박수와 응원을 보내며 축하해주었다. 발그레 달아오른 시인의 얼굴을 보며 '수호천사'라는 단어가 떠올랐다. 지금까지 무언의 헌신을 해왔다면 이제부터는 당당한 수호천사가 되기 위해 자신을 돌보며 함께 행복해지는 방법 찾기에 전념하는 그의 노년을 보게 되리라.

　나에게도 짧은 기간 수호천사가 있었다. 코칭 아카데미에서 공부할 때 20여 명의 학우들은 특별한 유대를 가지고 즐거운 시절을 보내면서 종종 마니또 게임을 했다. 친구의 이름이 적힌 쪽지를 뽑아 일정기간 비밀친구로서 수호천사 역할을 해주는 것이다. 마니또가 된 학우는 매일 문자메시지로 안부를 묻고 내 강점에 대해 격려하며 용기를 주곤 했다. 나의 마니또가 누군지는 몰라도 메시지를 받으면 든든하고 흐뭇했다. 졸업한 지가 3년이 되었지만 아직도 그룹으로 카카오톡이나 페이스북에 커뮤니티를 결성하며 친분을 유지하고 있는 이유가 조건 없이 관심과 배려를 기울였던 대상들이 있기 때문이다. 마지막에 내가 마니또 역할을 했던 학우는 대기업의 중간 관리자인데 요즈음 일 때문에 많이 힘들어하는 것 같다. 그에게도 1004(천사)의 메시지를 날려서 힘을 더해 주어야겠다.

마니또와 같은 게임은 가볍게 하는 것이지만 생활에 활력을 준다. 한편 수호천사의 역할은 받는 사람의 마음과 자세에 따라 엄청난 결과를 낳기도 한다. 수년 전에 블로그를 통해 알게 된 젊은 주부가 조카를 위해 기도해달라는 부탁을 했다. 불과 12살밖에 안 된 소녀가 간암으로 생명이 위태롭다는 딱한 사정을 듣고 나는 주변에 기도해줄 만한 친구들에게 기도제목을 메시지로 보냈다.

수술하는 날 그 시간에 집중적으로 모여서 기도하는 팀들도 있었다. 수술은 무사히 끝나고 소녀는 기적적으로 소생을 했다. 조카를 위해 기도를 부탁한 고모나 아이의 부모는 믿음이 없었지만 소녀는 기도의 힘을 굳게 믿고 용기를 얻었다며 그 체험을 그림으로 그려서 보내왔다. 그림에는 침대에 누워 있는 자신과 주변에서 날개를 펴고 본인을 지켜주는 천사들의 모습이 그려져 있었다.

'많은 분들이 너를 위해 기도하고 있으니 힘을 내렴. 네 곁에는 특별히 어린이를 지켜주라는 명령을 받은 수호천사들이 있단다.'라는 내 말을 그대로 믿은 아이의 마음이 담겨 있었다.

가만히 생각해보면 수호천사가 지켜주는 것은 사람의 생명이다. 천사라고 하면 대상의 생명과 존재에 관계된 것들을 세심하게 살피고 수용하며 불가항력적인 상황에서 강한 팔을 내미는 영적인 이미지를 그리게 된다. 나에게도 그런 수호천사가 있었으면 좋겠다. 그리고 나도 누군가의 수호천사가 되고 싶다. 비난이나 평가가 없는 지지와 격려의 공간에 머물며, 위험하고 거친 길에는 언제든 동행해주는 이가 있다면 얼마나 든든할까.

흔히 가까운 사람 중에 불행한 일이 생겼을 때 '지켜주지 못해서 미안해.'라는 말을 많이 한다. '만약 좀 더 일찍 관심을 가졌더라면, 시간을 함께 보냈더라면, 너의 아픔과 슬픔을 미리 알았더라면, 기도했더라면 그런 일을 미연에 막을 수 있었을 텐데⋯⋯.' 하고 회한을 갖게 되는 것이다.

요즈음 배트맨이나, 늑대소년과 같이 뭔가 우리보다 우월한 유전자와 능력을 가진 인물을 등장시키는 영화가 많이 나온다. 청소년들은 컴퓨터 게임 속에서 불칼을 들고 현실에서는 대적할 수 없는 여러 가지 형태의 괴물들을 물리치며 영웅이 되어 대리만족을 얻는다. 그러나 그런 아이일수록 소심하고 외로운 경우가 많다. 모두가 선하고 강한 수호천사를 간절히 기다리지만 정작 가까운 사람의 부드러운 말과 다독임에 목말라하고 있고 서로 그런 말을 주고받는 데 인색하다.

'가지 마!', '지켜줄게!'

이런 말에 눈물을 쏟는 시대에 어떻게 하면 진정한 수호천사를 만날 수 있을까.

사랑을 믿어요

　대학생 때 미국으로 이민 간 친구가 뜬금없이 영어소설책에 쪽지 한 장을 끼워 보냈다. '넌 아직도 사랑을 믿니?' 나는 '그럼, 믿고말고……'라는 확신에 찬 답을 보냈다. 그 즈음의 나는 사랑을 믿고 충분히 누리며 살고 있었던 걸까. 그런데 최근에 몇 가지 일을 겪으며 과연 이 세상에 사랑이 있는지, 나는 사랑할 만한 힘이 있는 사람인지 한동안 회의를 느꼈다.

　그러던 중에 출판사로부터 '사랑을 믿어요'란 주제로 책을 만들어보자는 제안을 받았다. 사랑을 믿는다, 역으로 이 시대에 믿을 만한 사랑이 그만큼 희소가치가 있다는 뜻인지도 모른다. 헤아려보면 살면서 많은 사랑을 받았고, 온 마음을 기울여 집중하고 배려하고 헌신했던 적도 있지만, 사랑이란 한 번에 배불리 먹는 것이 아니라 일용할 양식처럼 끊임없이 생산하고 공급해야 하는 게 아닌가 하는 생각이 든다.

　남녀가 설렘과 열정 속에서 짝을 찾고 그 사랑이 자라서 결실을 맺어야 비로소 생명의 끈이 이어진다. 자식에 대한 사랑에는 지혜와 공부가 필요하지만 준비 없이 부모가 되어 시행착오를 겪는 경우가 많고, 결혼을 하고도 양육비가 많이 든다는 이유로 2세를 낳지 않는 안타까운 세태이다.

성년에 이른 자녀들은 기쁘게 보내주는 것이 사랑이고, 늙으신 부모님에 대해서는 세심하게 관심을 기울이는 것이 사랑이다. 자녀에 대한 사랑은 자연스러워도 부모님께 대한 사랑은 언제나 모자라니 아무래도 치사랑은 그만큼 의지적인 노력이 필요한 게 아닌가 싶다.

사랑이란 말이 오염되고 왜곡된 시대에 맑은 샘물 같은 사랑을 보았다. 바로 사지장애가 있는 세계적 동기부여가 닉 부이지치의 이야기다. 그는 사랑을 위해 자신을 갈고 닦으며 신붓감을 기다리다 마음에 드는 상대를 만나자 깊이 기도한 후 프러포즈를 했고, 새로 맞을 아내와 태어날 아이를 위해 순결을 지키다가 남편과 아빠가 되었다. 그의 아내는 혹시 아이가 남편과 같이 장애가 있더라도 아빠가 좋은 롤모델이 되었으므로 반드시 아기를 낳아 키우겠다고 했다. 다행스럽게도 그들에게는 건강한 아들이 태어났다. 아름다운 아내의 품성과 믿음직한 남편의 태도가 하나 되어 그들 부부는 그렇게 용기 있는 선택을 할 수 있었을 것이다.

남녀 간의 순수한 사랑 외에 혈육에 대한 사랑의 힘이 얼마나 큰지 어머니를 보며 깨달았다. 증손녀 수빈이를 처음 만나는 날 어머니는 응급실에 계셨다. 퇴원하자마자 증손녀와 놀며 행복해하시더니 언제 그랬느냐는 듯이 기력을 되찾고 일어나셨다. 며칠 후 다시 수빈이가 우리 집에 왔을 때 가족들은 모두 싱글벙글하며 즐거워했다. 작디작은 아기가 주는 기쁨이 그렇게 크다는 것이 놀라웠다. 가족들은 모처럼 모여 앉아 가족사진을 찍고 수빈이의 모습을 스마트폰 카메라에

담았다. 아무런 거리낌 없이 기쁨이 샘솟고 저절로 웃음이 나오는 사
랑, 그것이 내리사랑의 경험이었다.

　홀로 있어서 외롭다던 친구가 얼마 전부터 표정이 달라졌다. 무슨
일이 있었느냐고 물었더니 최근에 사랑에 대해 깊은 깨달음을 얻었다
고 한다. 이웃에 사는 팔십 대의 독거노인과 알게 되었는데 매일 오가
며 안부를 묻고 필요한 장을 봐주며 돌아가신 어머니를 뵙는 듯 이야
기를 나누는 중이라고 했다. 그러는 동안 우울한 기분도 사라지고 생

활의 활력을 얻었다. 틀니 때문에 입안이 헐었다는 할머니를 위해 팥죽을 한 그릇씩 사 들고 가서 맛있게 드시는 것을 바라보는 느낌은 수많은 해외여행과 파티에서는 맛볼 수 없는 기쁨이었다. 정작 자신의 어머니에게는 넘치는 사랑을 받았는데도 고마운 줄을 몰랐고 그런 대화와 정성을 나눠보지 못한 채 어머니는 돌아가셨다. 그러다가 뒤늦게 섬기는 사랑의 기쁨을 발견하면서 가슴속에 잠들어 있던 사랑의 힘을 믿게 되었다고 한다.

사랑을 믿지 못하여 벌어지는 수많은 사연들, 부모는 사랑한다고 하는데 자녀들은 사랑을 받지 못했다고 하고, 부부간에는 서로 원하는 것이 무엇인지 모르고 서로 다른 방향으로 엇나간다. 선생님들은 학생들을 사랑하기를 주저하고 아이들은 선생님의 마음을 믿지 못하며 소통이 되지 않는다. 과연 어디서부터 잃어버린 사랑의 연결 고리를 찾아야 할까.

혹시 정성을 들여 키우는 나무처럼 열매를 얻으려면 많은 수고와 노력이 필요한데 너무 쉽게 달고 맛있는 과실이 열리기를 바라기 때문이 아닌지 곰곰이 생각한다. 열 마디 말이나 생각보다 한 그릇의 팥죽이 섬기는 기쁨을 주고, 받는 사람에게는 사랑에 대한 믿음을 준다. 증손녀를 바라보는 어머니의 표정과 이웃 할머니와 팥죽을 나누는 친구의 모습에서 사랑에 대한 믿음이 슬며시 움츠렸던 고개를 든다.

아버지의 책

아버지는 세상에 단 한 권의 책을 남기셨다. 책의 장르는 에세이집인데 개인적인 이야기와 시대상을 담고 있다. 나는 가끔 책꽂이의 맨위 칸 첫 번째 줄에 꽂혀 있는 아버지의 책을 꺼내 읽는다. 거기엔 청년 시절 아버지의 모습과 내가 알지 못하는 내 어린 시절의 이야기가 담겨 있다. 딱 한 권 남아 있는 아버지의 책 내용과 일치하는 흑백 사진을 붙여놓았다. 아버지와 걸음마를 시작한 내가 첫 나들이를 하는 스냅 사진과 우리 집에서 기르던 강아지 티피의 사진을 책갈피에 보관했다.

며칠 전 아버지의 기일에 가족들이 모인 자리에서 나는 아버지의 책을 펴들고 글을 한 편 소리 내어 읽었다. 그 글에는 1950년, 대학에 갓 입학한 대학생이 단기간의 훈련을 받은 뒤 장교로 임관하여 전쟁터로 들어가는 비현실적인 장면이 펼쳐진다. 장교로 입대를 했으나 스무 살이 안 된다는 이유로 민간으로 돌아왔다가 다시 입대를 하여 두 개의 군번을 갖게 된 사연, 격동기에 37년 공직생활을 하며 국내외에서 겪은 이야기들은 유머러스하고 흥미진진하여 당시 건설기술관런 잡지 속에서 옹달샘 같은 읽을거리였다.

아버지는 결혼을 하여 아이를 셋이나 두고 제대를 한 뒤 직장에 다니며 대학교에 복학했다. 마침 미국 연수 중에 만났던 친구가 야간 일자리를 마련해주어 가장과 30대의 학생시절을 보냈고 대학원 공부는 40대까지 이어졌다. 법학도였기에 집에는 까만 법전이 가득 꽂혀 있었지만, 소설책이나 칼럼집도 심심치 않게 섞여 있어서 사춘기 시절에는 아버지의 책장 앞에 기대 앉아 그 책들을 하나씩 빼서 읽다가 내 책꽂이에 나만의 책들을 한 권씩 채워나갔다.

부모님이 칠 년간 해외 근무를 하는 동안에도 우리가 살던 집의 구석방 하나는 아버지의 책과 살림살이가 그대로 남아 있었는데 나는

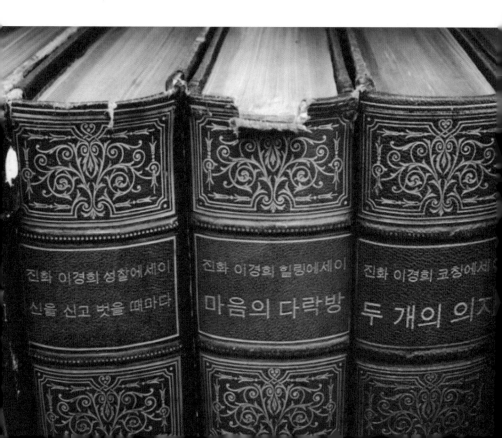

학교를 마친 후 옛집 빈 방에 가서 몇 시간씩 책을 읽곤 했다. 홀로 남아 시간의 먼지가 뽀얗게 쌓여가는 방에서 공상과 책 읽기를 하던 시절에 불현듯 깨달은 것이 있다. 마음먹고 그 일을 계속해서 생각하고 바라면 그것이 현실이 되어 눈앞에서 이루어진다는 것이다.

아버지의 책과 더불어 보낸 고등학교, 대학교 시절에 꿈꾸던 것들이 지금도 내 눈 앞에서 실현되어간다. 양푼만한 꽃판이 영글어가는 해바라기가 줄을 선 언덕을 넘으며 상상했던 일들이 하나씩 이루어지고, 그 이상으로 증폭되어 나타나는 것은 본다. 질풍노도기의 안개 같은 환상 속에서 마음의 가닥 잡는 방법은 끊임없는 글쓰기로 생각을 정리하고 단순화하는 것이었다.

비록 오랜 시간이 걸리기는 했지만 결혼하고 아이들을 낳아 양육하는 일상적인 삶 속에서, 글을 쓰고 책을 내며 인생설계와 상담코칭을 하는 것이 나의 일이 되었다. 30년 넘게 매일 사진을 찍고 평생 메모를 하며 관찰하는 습관은 견디기 힘든 우울감과 뼈아픈 회한 속에서도 거기에 함몰되지 않도록 나를 지켜주었다. 그와 같은 정신적 근육의 단련은 바로 아버지의 책꽂이에서 비롯되었다. 단 한 권의 책과 나의 생명으로 남은 아버지의 생애는 내가 책을 낼 수 있는 힘을 주었고, 평생학습과 일을 병행했던 아버지의 생활을 따라 드디어 대학원에 입학하여 공부를 시작했는데 줄잡아 아버지보다는 십여 년이 늦었다. 앞으로 남은 생애 인생 이모작을 하기 위해 택한 길은 인생설계와 코칭을 담을 수 있는 사회복지와 평생교육이다.

최근에는 책을 쓰는 일 외에 코칭전문서적을 내는 출판사업에 참여하게 되었다. 문득 아버지는 한 권의 책을 쓰셨지만 또 한 권의 책을 출판하셨다는 기억이 난다. 아버지는 문화재의 가치가 있는 시첩을 영인본으로 찍어내셨다. 그 책을 애지중지하며 한 부씩만 나눠주셨는데 그 이유는 책의 가치를 아는 사람들이 아껴서 보기를 바라셨기 때문이었다. 800페이지가 넘는 번역서 〈코칭의 역사〉가 인쇄 제본이 마무리 단계이니 1,000권의 책을 빨리 받으라는 출판사의 연락에 가슴이 두근댄다. 여름내 땀 흘린 작업이 드디어 열매를 맺는다.

11월에는 생애설계 카운슬러로 일하는 도심권인생 이모작센터 자서전쓰기사업단에서 베이비부머들의 글을 모아 〈내 인생의 책 한 권〉을 냈다.

제각기 다양한 삶을 살아온 분들이 모여 한 권의 책을 냄으로써 지금까지 있는 힘을 다하여 살아온 삶에 대해 감사와 축하를 하고 다가올 인생 후반기를 설계하는 데 의미가 있다. 나도 언젠가는 아버지처럼 몇 권의 책으로 남아 책과 사람 책을 사랑하여 열심히 쓰고, 읽고, 좋은 책을 만든 사람으로 기억되고 싶다.

어머니도 연인이었다

어릴 적 살던 한옥에는 부엌 위에 다락이 있었다. 나는 초등학교 저학년 시절부터 가끔 그곳에 올라가 이것저것 구경하길 좋아했다. 그곳에는 오래된 물건들과 마른 먹을거리가 보관되어 있었다. 안방에 붙어 있는 다락은 한두 계단만 올라가면 새로운 세계가 펼쳐지는 공간이었다.

어느 날인가 방과 후에 일찍 돌아와 다락에서 놀다가 제법 큰 종이 상자를 발견했다. 그곳에는 색 바랜 편지와 엽서가 가득 들어 있었다. 만년필로 시원하게 써내려간 글씨는 아버지의 글씨였고, 수신자는 어머니였다. 나는 의미도 모른 채 몇 날 며칠을 다락에 올라가서 편지를 읽었다.

6·25 전쟁으로 온 나라가 전쟁터였던 1950년 대 초반에 만난 젊은 연인들에겐 오로지 편지만이 소통의 수단이었을 터, 경상도 시골 출신의 수재였던 아버지는 미인으로 소문난 서울 처녀 어머니에게 장편 소설 분량의 편지를 써 보내셨고 결국 두 분은 결혼에 성공하셨다. 동갑내기 23세 선남선녀의 결혼식은 동화처럼 아름다웠다.

다락에서 부모님의 결혼사진과 가족사진을 꺼내보는 것은 또 하나의 기쁨이었다. 한복을 입고 화관을 쓴 어머니의 결혼사진을 보며 나는 꼭 예쁜 드레스를 입고 멋진 결혼식을 하리라 꿈을 꾸었다.

그러나 불가사의한 일은 45년을 부부로 살아오신 부모님이 어떤 경우에도 살가운 대화를 나누거나 정다운 모습을 보이신 적이 없었다는 것이다. 왜 그랬을까. 젊은 부모님의 맏딸로 태어나 45년 동안 동행했던 길을 되돌아보면 그 시절의 장면들이 슬라이드 필름처럼 토막토막 돌아간다. 슬프고, 두렵고, 외롭고, 조마조마하던 기억들과 설레고, 따스하고, 안도의 한숨을 내쉬는 장면이 빠르게 오버랩된다.

제대를 한 후 대학생으로 복학을 하고, 공무원이 되어서도 대학원에서 공부를 하던 아버지의 얼굴은 여간해서 보기가 어려웠다. 격동기에 요직을 거치며 아버지의 이름은 점점 높아졌지만 책장에 책만 늘어날 뿐 집안 형편은 별로 나아지지 않았다. 어머니는 사 남매를 키우느라 늘 바쁘고 고된 중에 30대와 40대의 고개를 가파르게 올랐다. 40대의 아버지를 따라 해외에 거주하면서 어머니의 활달한 성격은 꽃을 피웠다. 50대, 60대의 어머니는 젊은 시절의 미모를 되찾으신 듯했다. 그 시절엔 정말 즐겁고 평안하셨을까.

하지만 은퇴 후에 고향에 내려가서 단란하게 살아보고자 했던 아버지의 꿈은 도시 성향인 어머니와는 많이 달랐다. 아버지께서 돌아가신 지 10년이 넘어 어머니는 80대 노인이 되셨다.

어머니께 아버지와 살았던 45년 중 가장 행복했던 때가 언제였는지 여쭈어보았다. 생각에 잠겼던 어머니는 말씀하셨다.

"너를 낳았을 때 아버지가 참 기뻐하셨어. 그리고 너희 아버지가 대학을 졸업했을 때는 내 자신이 뭔가 큰일을 해낸 것같이 기뻤단다. 대위로 제대하고 복학을 해서 야간으로 직장을 다니며 서울법대를 졸업했으니 얼마나 대단하냐. 아이가 셋이나 되는 아빠가 말이다. 하지만 그 이후론 즐거웠던 기억이 별로 없어. 젊은 나이에 가장이 된 네 아버진 늘 바깥일에만 치중했었지. 이날 이때까지 참 힘들고 외로울 때가 많았단다. 네 아버지가 성질이 냉정하잖니.”

올해 들어 자꾸 이곳저곳 아프시다는 어머니는 옛일을 잊으신 게다. 오랜 세월 왜 좋은 시절이 없었을까마는 ‘이제 재미있게 마음 편히 살아보자.’던 아버지가 먼저 황망히 떠나신 것에 대해 내심 화가 나신 모양이다. 그래서 서운했던 일들만 떠올리며 그리움을 밀어내시는 게 아닐까. 당신이 바로 그 많은 연서의 수신자요, 영민하고 전도유망했던 청년의 유일한 흠모 대상이었다는 것을 잊을 만큼 가슴에 깊은 슬픔을 담아놓고 지내시는 어머니께 죄송한 마음이 든다. 어머니의 그와 같이 무덤덤한 표정은 자식들 때문에 서운하고 마음이 아플 때 더 두드러진다는 걸 요즈음 들어 깨닫고 있다.

최근까지도 환하던 어머니의 표정이 점점 어두워지는 것은 사랑의 등불이 촉수가 낮아지고 외로움의 장막이 드리우기 때문이 아닌가 싶다. 우리 사 남매는 왜 ‘어머니, 우리 집에서 함께 사세요.’라고 선뜻 말하지 못할까. 외국에 삶터를 정한 세 아들, 제 식구들과 살기 바쁜 딸 하나…….

일주일에 한 번 어머니를 뵙고 용돈을 드리며 건강과 생활을 살피는 것으로 자식 노릇을 한다고 생각하는 자신이 참 안타깝고 부끄럽다.

문득 세상에서 가장 중요한 존재로 사랑받고 사랑하던 어머니의 모습을 그려본다. 아, 아무도 푸르른 젊음으로 물 차 올랐던 여자의 이름을 알려고 하지 않았고, 눈부신 아름다움으로 칭송받던 그녀가 지금 어디 있는지 묻지 않았다.

멋진 청년의 사랑스런 연인이었던 존재를 모두가 까마득히 잊고 있었다. 그러나 사랑에 목마른 늙으신 어머니도 한때는 보석처럼 빛나는 연인이었다. 어머니도 연인이었다.

엄지통痛

며칠 전부터 엄지가 아프다. 처음에는 글씨를 쓰거나 전화를 걸 때 조금씩 불편하더니 점점 손놀림이 어눌하고 어깨까지 뻐근해졌다. 혹시 다친 일이 있었는지 곰곰이 생각해봐도 그런 기억이 전혀 없다. 아픈 부분이 두 번째 마디뿐이라 대수롭지 않게 생각했는데 시간이 지날수록 엄지가 하는 일이 의외로 많다는 걸 깨닫게 된다.

부엌에서 칼질이나 가위질을 할 때, 그릇을 들고 옮기거나 병뚜껑을 딸 때뿐 아니고, 단추를 잠그고 풀 때나 포장지에 붙은 작은 테이프를 뜯을 때도 불편하기 그지없다. 핸드폰으로 문자를 보내면서 습관적으로 힘을 주던 엄지를 검지로 바꾸어 더듬더듬 누르고 있다.

있는지 없는지 관심조차 없었던 작은 지체지만 아파봐야 비로소 얼마나 큰 몫을 감당하는지 알게 된다. 몸의 어느 부분이든 있다는 걸 느끼지 못할 때 건강하다고 했다. 그러고 보면 질그릇처럼 깨지기 쉬운 몸으로 지금까지 탈 없이 살아온 것이 기적이다.

엄지가 하는 일이 그렇게 버팀목과 지렛대 역할뿐일까. 문득 아이들이 노래하며 손가락으로 하는 유희가 떠오른다. 소근육 운동을 통해 어린이들의 신체발달을 돕기 위해서인지 동요에 붙인 손유희가 많다. 그때 엄지는 아빠와 최고를 상징한다. 가정의 엄지인 그들이 아프면 나머지 손가락뿐 아니라 팔목과 어깨까지 아프기 마련이다. 그렇다면 정년퇴직을 앞둔 우리 집 엄지는 평안한지, 눈보라 치는 밤중과 같은 시대에 광야로 내몰리는 우리나라의 아버지들은 안녕한지 염려가 된다.

사실 손가락으로 하는 표현은 나라와 민족마다 차이가 있다. 엄지를 제외한 다른 손가락은 잘못 사용하면 위협이 되거나 욕이 된다. 하지만 어디를 가든 엄지만큼은 단연 신, 아버지, 최고, 생명, 머리를 상징한다. 그래서일까. 신체적으로 가장 가혹한 벌은 엄지발가락과 엄지손가락을 절단하거나 꽁꽁 묶는 것이었다. 미국에서는 흑인노예들이 달아나면 다시 달아나지 못하게 엄지발가락을 절단하는 형벌을 가했고, 고대에는 포로들의 엄지손가락을 꽁꽁 묶어서 끌고 갔다는 기록이 있다. 그까짓 게 무슨 소용이 있나 싶겠지만 실제로 엄지발가락이 잘린 노예는 달리지 못하고 엄지손가락이 묶인 포로는 힘을 못 쓴다고 한다.

엄지가 아플 때마다 찜질도 하고 약도 바르며 이런저런 생각을 하다가 안 되겠다 싶어 한의원에 침을 맞으러 갔다. 한의사는 어디가 아프냐고 묻더니 '몸이 많이 피곤하면 어복부가 아프다.'며 반대편 손과 다리에 침을 놓아주었다. 지난번에 중지의 뿌리부분이 아플 때는 정신적 스트레스가 쌓였다고 했었다. 그리고 보면 늘 일을 하느라 바쁜 손가락이 몸과 마음의 상황을 나타내는 바로미터 역할도 해주고 있다. 몸과 마음을 혹사하거나 관리를 잘못하여 균형이 무너질 때 작은

지체는 아파하며 경고를 보내는 것이다.

영하의 날씨에 차가운 보도블록 위로 비둘기 한 마리가 뒤뚱대며 걷고 있었다. 빨간 발이 어딘가 모르게 불편해보여서 눈여겨보니 오른편 첫째 발가락을 심하게 다쳤다. 네 개의 발가락 중에 한 개를 다쳐서 그렇게 걸음이 불편했나 보다. 가뜩이나 개체수가 많이 늘어나서 사랑받지 못하는데다 먹이 경쟁까지 심한 대도시에서 비둘기가 살아남을 수 있을까. 뒤뚱대며 먹이를 찾아다니는 비둘기를 향해 엄지를 세워본다. 부디 살아남아라.

엄지가 여전히 뻐근하다.

옛집 툇마루에 앉아서

　서울 북촌에 가면 전통 한옥들이 맵시 있게 늘어서 있다. 원형은 훼손하지 않고 내부를 생활하기 편리하게 고친 집들도 마당에는 대부분 소박하게 가꾸어진 꽃밭과 장독대가 있다. 마당이 들여다보이는 집을 지나노라면 괜스레 낯익은 얼굴이 대문을 밀고 나올 것 같아서 마음이 설렌다.

　어릴 적 살던 집과 비슷한 한옥에서 머물고 싶었는데 마침 아들 혼인잔치가 있어서 어르신들을 게스트 하우스에 모시기로 했다. 오랜만에 일가친척이 모여서 정담을 나누고 서울 구경도 할 겸 삼청동 한옥에 예약을 했더니 주변에 공원과 고궁이 있고, 가게와 식당을 이용하기도 편리했다.

　결혼식을 마치고 찾아간 게스트 하우스는 깔끔하고 조용했다. ㅁ자형 집 앞마당에 장독대가 있고 방마다 툇마루가 놓여 있었다. 어른들은 깨끗한 온돌방과 요 이불을 보고 흐뭇해하셨다. 대청마루에서는 여럿이 모여 식사나 간식을 나누기 좋고, 툇마루에서는 둘이 나란히 앉아서 도란도란 이야기 나누는 편이 어울린다. 툇마루는 잠시 앉아서 쉬거나 방과 방 사이를 건너 갈 때나 두루 요긴하다.

툇마루에 앉으면 그곳에서 시간을 보내던 대여섯 살 무렵이 기억난다. 동생과 둘이 부엌 가까이에 붙은 툇마루에 앉아서 어머니 저녁밥 짓는 모습을 바라보노라면 밥 뜸 드는 냄새와 찌개 끓는 냄새가 구수하게 풍겨왔다. 그곳에 앉아 시장에 간 어머니를 기다리거나, 혼자 해바라기를 하며 혼잣말로 일인극을 하기도 했다.

한데 나가 앉은 겨울의 툇마루는 차갑고 외로웠다. 깊어진 겨울 햇볕 한 조각이 머물다 가기도 하고 더러는 눈바람이 비껴 들어와서 쌓였다. 낮에 만든 꼬마 눈사람 혼자 겨울 툇마루를 지키던 장면이 아련하게 떠오른다.

고등학교와 대학 시절에 머물던 홍은동의 한옥은 둘째 큰집이었다. 방 세 개와 마루가 있는 ㄱ자형 한옥에 방 두 개짜리 슬래브 집 한 동이 붙고, 마당이 거실로 변한 퓨전 한옥에는 대식구가 살았다. 원래 둘째 큰집은 일곱 식구이지만 큰집 사촌들과 우리 형제, 사돈과 친구들까지 대략 열댓 명의 식구가 북적댔다. 한창 학생들이 많을 때는 아침 식탁 위에 일고여덟 개의 점심 도시락이 쌓여 있었고 나머지 식사는 누구나 알아서 챙겨 먹었다.

부모님이 해외에서 근무하시던 칠 년간 나는 동생 둘과 키우던 강아지까지 데리고 홍은동 둘째 큰집에 얹혀살았다. 이웃에 고모 댁까지 있어서 사촌들과 자주 어울렸는데 오빠나 형, 언니나 누나가 동생들에게 공부를 가르치고 진학지도와 상담까지 하니 마치 하숙집 같기도 하고 사숙의 느낌도 드는 독특한 공동체였다.

내게 영어와 수학을 가르쳐 주며 늘 새벽까지 공부하던 사촌 오빠는 과학자가 되었고, 공부 대신 소설책을 즐겨 읽고 습작을 하던 나는 작가가 되었다.

홍은동 사숙을 거쳐 간 사촌 중에 반 이상이 외국에 나가 살고 있지만 페이스북 '사촌의 밤' 그룹에서 늘 소식을 주고받는다. '사촌의 밤'에는 지구촌 곳곳에 흩어져 사는 사촌과 가족들 38명이 가입되어 있다. 외국생활이 길어지면서 다문화 가족이 생기고 시절이 바뀌어 밥상과 대청마루와 툇마루 대신 SNS를 통해 만나지만 모여 살던 시절의 추억이 혈육의 끈을 이어주고 있다.

아파트에는 다락방처럼 숨거나 툇마루처럼 편하게 앉아 있을 만한 공간이 없다. 그래서 신도시 아파트에서 살다가 다시 서울로 이사 올 때 정원이 있는 조용한 빌라를 택했다. 3층에 다락방이 있는 복층 구조의 집을 보자마자 꿈에도 그리던 서재를 만들기로 결정했다.

마당에 모과나무, 감나무, 향나무가 있고 빨간 벽돌로 지어진 공동주택에는 열 세대가 오붓하게 모여서 사는데 지난달에는 현관 계단에 툇마루처럼 걸터앉아서 반상회를 했다. 모과나무 아래 알맞게 데워진 돌계단에 돗자리를 깔고 앉아 이야기를 나누는 동안 햇살과 바람이 이웃사촌 사이를 부드럽게 스쳐 지나갔다. 그날의 안건은 다소 무거운 것이었으나 반상회는 화기애애하게 끝이 났다.

툇마루는 현실세계에만 있는 것이 아니다. 2004년도에 '길벗들이 쉬어가는 툇마루'라는 이름으로 시작한 블로그는 올해로 만 13년이 되었는데 그동안 연 40만 명의 방문객이 다녀가고 8,000개 정도의 글과 자료가 저장된 공간이 되었다.

처음에는 툇마루에 걸터앉듯 편안하게 공감하고 소통하고자 단상과 사진을 올렸고, 수필과 개인적인 게시물이 많아지면서 '마음의 다락방'이 되었다가 지금은 '아트코칭센터'에서 '이경희 코치의 생애설계 코칭연구소'로 문패를 바꿔 달았지만 툇마루 시절의 낮은 문턱 덕분인지 방문객이 하루에 200여 명씩 꾸준히 다녀간다.

2004년 3월의 첫 포스트에는 영랑 생가 툇마루에 앉아서 찍은 사진이 남아 있다. 가상현실세계에서조차 현실의 공간처럼 툇마루, 다락방, 사무실로 변천했지만 언제나 옛집과 같이 열린 공간을 그리워했다.

한옥 게스트 하우스에 들어서는 순간 예전에 모여 살던 시절의 정취가 느껴지고 어른들뿐 아니고 모처럼 모인 사촌들도 저마다 30여 년 전 학창 시절로 돌아간 듯 마음이 푸근해졌다. 대청과 방에 모여 앉아 차를 마시며 이야기를 나누다 해질녘엔 툇마루와 댓돌에 앉아서 확대가족사진을 찍었다. 사촌 이내로 열여덟 명이 모인 저녁은 춥지도 덥지도 않은 쾌적한 날씨였고 꽃밭에는 풋풋한 초여름 꽃들이 피어났다.

신부 집에서 장만해 보낸 이바지 음식을 풀어놓고 밤참을 먹으며 오프라인 '사촌의 밤'이 밤새도록 이어졌다. 아이들은 자라서 하나씩 우리 곁을 떠나고 부모님들은 날로 연로해지시는데 언제 다시 모여 이런 시간을 가질 수 있을까 애틋한 마음이 들었다. 마당으로 웃음소리가 널리 퍼지는 동안 내 마음의 툇마루엔 달빛이 어리고, 네모나게 열린 오월의 밤하늘은 우물 속처럼 깊어졌다.

유리구슬 목걸이

그녀와의 만남은 지난 십 년간 몇 번의 우연으로 이어졌다. 전혀 연고가 없는 사람을 뜻밖의 시간과 장소에서 몇 년에 걸쳐 여러 차례 만날 수 있는 확률은 얼마나 될까. 소설이나 드라마에서도 너무 잦은 우연은 진정성이 떨어진다고 하는데 현실 속에서 그와 같은 일이 반복되어 일어날 확률이 매우 낮기 때문이다.

서로 알아보는 정도의 친분이지만 오랜만에 만나면 스스럼없이 자신의 마음과 생활을 개방하는 그녀는 몽환적이면서도 사실적인 이야기를 영롱한 빛깔로 엮어내는 유리공예 주얼리 아티스트, 동서양의 애호가들을 두루 감동시키는 김월정 작가다.

월정과의 첫 인연은 2005년도 생일, 친구들이 돈을 모아 선물로 사준 '우주에서'라는 제목의 유리공예 목걸이에서 시작되었다. 사실 그때는 작가가 잠시 전시회장을 비워서 명함만 한 장 받고 돌아왔다. 빛깔이며 모양이 꼭 마음에 들어 목이 드러나는 계절에만 아껴가며 사용했는데 강도가 높은 보석도 아니고 잘못 떨어뜨리면 깨질 위험이 있는 유리구슬 목걸이에 마음을 빼앗기다니 의아한 일이었다.

그녀와의 두 번째 만남은 사 년 후인 2009년에 의외의 장소인 홍대 앞 빈티지 숍에서 이루어졌다. 1920~30년대를 배경으로 기획한 작가들의 연극(수필가 조경희 선생 4주기 기념극, '당나귀 첫사랑')에 쓸 무대의상을 찾으러 다니다 내 목걸이와 비슷한 유리구슬을 보며 그녀가 바로 목걸이를 만든 주얼리 작가라는 것을 알게 되었다.

월정은 2005년 그 전시회에서 만난 외국인 남성과 결혼을 했으며 한국과 이탈리아를 오가며 살고 있다고 했다. 꿈같은 만남과 현실을 오가는 그녀의 이야기 속에서 시간이 어떻게 흘러갔는지 모른다.

나는 어느새 그녀를 잊고 지냈다. 그러다 2년이 흘렀고 우연히 길을 가다가 이끌려 들어간 삼청동의 작은 한옥 가게에서 그녀를 다시만났다. 2011년은 어머니의 팔순 잔치를 하던 해라 기억이 난다. 아기자기한 소품을 좋아하는 어머니도 그곳에서 빈티지 모자를 써보며 즐거워하셨다. 그 후로 두어 번 가게에 들러서 차를 마시고 결혼식과 이태리 코모 신혼집의 사진을 보여 긴 이야기를 나누고, 그녀가 기획한 골목길 주얼리쇼를 관람하기도 했다. 비가 내리는 그날 월정의 신랑은 손님들에게 일일이 와인을 권하며 충실한 호스트 역할을 했다. 드레스셔츠가 젖은 그의 등을 보며 진실성과 신뢰성을 직관적으로 느낄 수 있었다.

네 번째는 바로 며칠 전, 이태리 코모 호수로 돌아가서 다시 보기 어렵다는 마지막 문자 메시지를 받은 지 한참 만에 SNS(카카오스토리)에서 방송에서 인터뷰한다는 소식을 듣게 되었다. 한국과 유럽, 중세와 현대의 시공간을 자유자재로 오가는 그녀도 드디어 스마트폰을 쓰며 SNS를 하게 되었다고 한다. 우리는 어제 만난 듯 반가워하며 서로 안부를 물었다.

'보라 물고기 달의 이태리'라는 스토리가 있는 블로그 제목에서 엿

볼 수 있듯이 월정이 만든 주얼리에는 각각 독창적인 이야기로 붙여진 이름이 있다. 방송 인터뷰에서 그녀의 목소리는 여전히 흥미진진한 스토리와 에너지가 넘쳤다. 친근하면서도 특이한 작가의 이야기는 환상적이지만 현실 속에서 모두 이루어진 것이기에 놀랍다.

스스로 삶 속에서 자신만의 철학을 터득한 여인에게 단숨에 매료된 덴마크인 학자와, '말이 통하지 않아 집중했더니 더욱 잘 이해하게 되어 빠른 결혼을 결정했다.'는 아티스트의 만남도 이태리 북부 코모 호수의 물안개만큼이나 비현실적인 사실이다.

그녀가 아름다운 까닭은 자신 안에 있는 깊은 우물에서 끊임없이 자원을 길어내어 자신만의 창조적인 빛깔로 빚어내기 때문이다. 고유한 감성과 재능을 거리낌 없이 작품으로 표현하는 작가정신이 언제나 내게 많은 영감을 준다. 그 힘은 어린 시절부터 자신 안의 참 자아를 찾아 성찰하고 기도한 사람이 갖는 내면에서 온다고 믿는다.

월정 작가는 6월에 밀라노, 9월에는 한국에서 전시회를 할 예정이다. 빛이 흩어졌다 모이며 오색찬란하게 반짝이는 새로운 작품세계와 꿈의 실체인 그녀를 만나게 되리라. 처음으로 예정된 해후를 할 그날이 몹시 기다려진다.

이모를 찾습니다

이모는 내 인생의 첫 멘토다. 유년기에 그분을 통해 기독교 신앙을 접했고, 동화 읽기, 화음 넣어 노래하기, 동시 쓰기, 연극 관람과 같은 예능 분야에 관심을 갖게 되었다.

이모는 학창시절 명문 고등학교에서 합창 지휘, 연극, 봉사활동을 하며 두각을 나타낸 재원이었다. 그러나 외할아버지가 돌아가신 후 대학에 진학하지 못하고 직장생활을 하다가 결혼했고, 사 남매를 키우며 안 해본 일이 없을 정도로 치열하게 살았지만 고상한 꿈과 재능을 제대로 꽃피우지 못한 채 54세의 아까운 나이에 하늘나라로 가셨다.

이모가 돌아가신 후 가족들과 연락이 뜸해지더니 결국 소식이 끊기고 말았다. 이모가 워낙 성품과 재능이 남다른 분이라 어려운 환경에서도 아들딸을 잘 키웠으리라 미루어 짐작하지만 이모의 자녀 사 남매가 어떻게 사는지 만나보고 싶은 마음이 간절했다. 늘 조카들이 눈에 밟혀 안타까워하며 찾아다녔던 외삼촌이 동생에게 한번 찾아보라고 부탁했는데 불과 하루 만에 이모의 장남을 찾았다는 연락이 왔다. 무려 이십 년 만의 일이라 온 가족이 흥분했다.

즉시 단체 카톡방을 만들고 두 외삼촌, 미국에 사는 막내 이모와 그

분들의 자녀인 사촌들이 속속 초대되어 16명이 한 방에 모였다. 서울 뿐 아니라 수도권 각 지역, 홍콩, 독일에 사는 동생들도 동참하여 그동안 나누지 못했던 이야기를 끊임없이 주고받았다. 그 중심에 이모에 대한 추억이 있었고 그분의 삶과 재능에 대한 단상들을 돌아가며 하나씩 풀어놓았다. 기대한 대로 이모의 예술적 재능을 자녀들이 물려받았고 그 분야에서 제 몫을 해내고 있었다.

카톡방을 개설하고 나니 85세의 어머니, 칠순과 팔순이 가까운 외삼촌들이 함께 글을 읽고 올리셨다. 30대부터 80대까지의 혈육이 마치 어제 만났던 것처럼 대화를 나누며 소셜 네트워크 서비스 SNS의 위력을 실감한다. 불과 몇 년 전까지만 해도 세대와 시공간을 뛰어넘으며 실시간으로 소통을 한다는 것은 상상할 수 없는 일이었는데 드디어 초연결망의 시대가 왔다. 이미 친가 쪽으로도 사촌들이 페이스북에 그룹을 만들어 소식을 나누고 있지만 연락이 끊어졌던 가족을 만나고 기억의 퍼즐을 하나씩 맞춰나가는 시간여행은 특별히 흥미로웠다. 글 외에 사진을 보며 서로 닮은 모습을 찾아내는 것도 혈육이 아니면 할 수 없는 일이다.

한 집에 사는 식구끼리도 함께 밥 먹을 시간이 없는 시대에 SNS에서 친척을 찾고 반가워하는 모습을 보며 역시 사람은 혼자 살아갈 수 없는 존재라는 걸 깨닫는다. 이종사촌 동생도 본인들만 알고 있었던 어머니에 대해 소상히 기억하는 사람이 있다는 사실이 고맙다고 했다.

한 사람의 삶이 가족과 주위 사람들에게 얼마나 큰 영향을 끼칠 수 있는지 돌아가신 지 20년이 된 후에야 비로소 알게 되었다.

이모가 나에게 '빨간 머리 앤'과 '작은아씨들'을 소리 내서 읽어주고 '소공녀'와 '알프스의 소녀'를 실감나게 구연해서 들려주지 않았다면, 영화 '포켓에 가득 찬 행복'을 재구성하여 이야기해주지 않았다면, 소프라노와 알토로 화음을 맞추어 노래하는 법을 가르쳐 주지 않았다면, 어스름해지는 시간 연극 공연과 교회에 데려가지 않았다면, 어머니에게 야단맞고 시무룩한 내 눈을 들여다보며 '눈이 예쁘구나. 눈을 보면 마음을 알 수 있단다.'라고 말해주지 않았다면, 친구들이 해주는 소박한 화장을 하고 여윈 얼굴로 결혼식장에 들어가는 옆모습을 보지 않았다면, 종종 친정에 찾아오는 슬픈 얼굴을 보지 않았다면, 독한 병과 사투를 벌이면서도 목소리가 여전히 부드럽고 차분하지 않았다면, 마지막 만날 때 내 생애 최초의 명함을 만들어주며 '너다운 모습으로 달란트를 발휘하며 살아야 한다.'라고 말씀하지 않았다면, 그랬다면 오늘의 내가 존재할 수 있을까.

존경하고 흠모하는 만큼 어린 시절에 바라보며 느낀 이모의 선택과 고통, 희망과 절망, 부조리한 삶에 대한 순응과 도전은 어느 고전보다 중요한 인생수업의 교과서가 되었다.

이제 그 모든 것이 지나가고 20년 만에 봉인이 열리자 우리는 모든 것을 털어놓고 공감하고 격려할 수 있었다. 단체 카톡을 시작한 지 며칠 만에 이모를 사랑의 이름으로 기억하는 가족들은 서울시청 바로 뒤에 있던 옛집과 교회 근처에서 만나 함께 식사하고 축배를 들며 꿈같은 시간을 보냈다. 때마침 어머니의 생신이라 두 외삼촌을 모시고 보고 싶은 조카들과 상봉할 수 있는 자리를 마련해 드렸으니 가장 좋은 선물을 드린 셈이다.

가을 깊어가는 계절, 20년 만에 모든 형제자매, 자녀와 조카들 모두가 한결같이 보고 싶어 하는 분이 불현듯 우리에게 다가와 아름다운 영혼은 결코 사라지지 않는다는 것을 입증했다. 이번 'SNS 이산가족 만남'으로 삼촌, 사촌, 오촌 간에 닮은 모습과 소질들을 보며 역시 가족의 동질성과 삶의 양식은 생물학적 유전자^{Gene}와 함께 문화적 유전자인 밈^{Meme}을 통해 전달된다는 것을 깨닫는다.

그 시절 이모의 순전하고 이상적인 모습이 거친 세태 속에서 마냥 유약해 보였지만 결국은 가장 강인하게 살아남아 우리 안에서 연결, 복제, 확장되어 퍼져 나가는 유전자가 되었다. 이모가 비록 한 권의 책도 남기지 않고 짧은 생애를 살다 가셨지만 그분을 사랑하는 사람들이 두고두고 꺼내 읽는 사람 책으로 우리에게 다가오셨다.

한 마디 말

해가 바뀌면서 유심히 내 안과 밖을 살펴본다. 연약한 아기로 태어난 이후 오랜 세월 동안 나는 무엇으로 만들어진 사람일까. 아기가 젖을 먹으며 뼈와 근육이 자라고 몸무게가 늘어나듯이 지나온 여정의 중요한 순간마다 고마운 분들의 관심과 사랑이 나의 내면을 성장시켰다. 생생하고 아련한 장면 속에서 그분들의 목소리와 모습들이 스쳐 지나간다. 따뜻한 한 마디 말씀과 등 두드림이 또다시 을미년을 맞이하는 내가 여기까지 살아온 힘이다. 마치 집을 지으며 쌓아가는 벽돌처럼 알게 모르게 삶의 모퉁이마다 나를 세워준 격려의 말씀들이 있었다.

젊은 부모님들께는 첫딸인 나의 성장 과정이 매 순간 경이로운 경험이었다. 태어나서 말을 시작하고 첫걸음을 떼고 초등학교에 입학할 때까지 나는 부모님의 감탄 속에서 의기양양하게 자랐다. 하지만 유난히 체구가 작고 예민한 나에게 일률적인 학교생활은 한없이 낯설고 두려운 과제여서 마치 거대한 산맥을 홀로 헤매는 느낌이었다. 그때 선생님이 손을 잡아주시지 않았다면 과연 어떻게 되었을까.

맨 앞에 앉아 있던 나를 불러내서 조회 시간에 애국가 지휘를 해보라고 하셨던 초등학교 1학년 담임 김옥숙 선생님, 학교신문에 난 동시를 보고 백일장 때마다 내보내며 격려를 해주셨던 글짓기반 손준모 선생님, 선배들의 졸업식 때 송사를 읽으라고 권하셨던 5학년 담임 변은진 선생님, 그분들은 수줍고 내성적인 성격이었던 내게 용기를 내고 자신감을 가지라고 힘을 주셨던 분들이다. '잘할 줄 알았다. 믿음직하다. 재능이 있다. 리더십이 있다.'와 같은 말들은 쉬지 않고 자신을 갈고 닦으며 평생학습에 몰입하는 원동력이 되었다.

초등학교 2학년 때 학교 신문에 난 한 편의 동시에 대한 호평에 힘입어 지금까지 글을 쓰고 있고, 중학교 1학년 담임선생님이 기도를 잘하니 선교위원 하라고 했던 것이 6년 동안 학급 예배를 인도하고 평생 신앙생활을 하게 된 계기가 되었다. 그뿐인가, 고등학교 때 봉사클럽 담당 선생님의 권유로 시작한 자원봉사는 아직도 자연스럽게 이어지고 있다.

수년 전에 'TV는 사랑을 싣고'라는 프로그램이 있었다. 매주 유명인들이 자신에게 힘과 용기를 준 사람들을 찾아내서 감격적인 상봉을 하는 장면이 방영되었는데, 출연자들은 아무리 어려운 환경에 처해 있어도 자신을 인정하고 격려해주는 한 분 때문에 일어설 수 있었다고 이구동성으로 말했다.

불우한 환경에 처해 있는 동안 비정한 질책으로 상처를 받고 괴로워하다 누군가의 관심과 배려로 자신감을 얻었다는 분도 있다. 질책이든 격려든 중요한 타인의 한 마디 말은 그만큼 큰 영향을 끼친다.

지난 한 해 동안 우리 국민들은 너나 할 것 없이 가슴이 무너지고 고통스러운 나날을 보냈다. 하루 앞도 예측할 수 없는 시대에 누구나 친절한 말로 위로와 격려를 받고 싶다. 불행한 일이 연속되는 불가항력적인 상황 속에서 무엇을 해야 하나 고민하다가 시작한 '대국민 〈격려사회만들기〉 운동'에 동참하기로 했다. 잘 보고, 잘 듣고, 토닥토닥 해주는 격려는 춥고 시린 사회를 따뜻하게 바꾸기 위한 작은 불씨다.

그런데 신기하게도 그 운동에 먼저 참여한 코치들이 자신과 타인과 공동체를 격려하는 123격려운동을 하는 동안 자신을 움직이는 동력이 무엇인지 발견했고, 깊은 대화가 오가는 과정에서 치명적인 상처조차 보화로 바뀌는 놀라운 장면을 목도하였다.

무한 경쟁 속에서 낙심하는 이 시대의 모든 사람들에게 심혼골수에 힘을 주는 '격려 미네랄'이 필요하며 격려가 단순한 연습이나 기술이 아니라 인간 존중과 함께 의식의 씨앗을 심는 과정이라는 것을 깨달았다. 격려는 근거 없는 부추김이 아니라 그 사람의 존재와 가능성에 초점을 맞추어 힘을 주는 것이며 누구에게나 할 수 있는 말과 행동이다.

격려가 주는 치유와 회복을 경험하며 푸르른 숲Forest의 이미지를 보았다. 한 그루 한 그루의 나무가 모여 숲을 이루고 그 숲이 무성해지면 풍부한 피톤치드와 쉼rest이 있는 것처럼 주고받는 한 마디 격려의 말은 생명을 살리는 숲의 시작이다.

행복이라는 동사

올해 연초에는 행복하기를 기원한다는 메시지와 행복해지고 싶다는 편지를 유난히 많이 받았다. 정말 누군가 행복하기를 빌어주고 행복해지기를 원한다고 행복해질 수 있을까. 행복이란 것이 무게를 달거나 두부처럼 잘라서 사고팔고 주고받을 수 있는 상품이 아닌 것은 분명하건만 우리는 끊임없이 그것이 완제품인 양 갖고 싶어 한다.

지난 주간 한 리더 모임에서 최근 일주일간 본인이 경험한 가장 가슴 설레는 경험이나 행복한 순간을 나누자는 제안을 받았다. 사실 며칠간은 대부분의 사람들이 폭설과 혹한으로 거의가 지쳐 있는 상황이었다. 길이 미끄러워서 넘어지고 차가 밀려서 출퇴근하기가 고역인데다, 택배는 밀리고 수도관 동파가 줄을 잇는데 가슴 설레고 기쁜 일을 찾아 나누자고 하니 억지스러운 일이 아닌가.

그런데 그 천재지변 속에도 가슴 설레는 행복이 있었다. 그곳에 모인 열댓 명의 사람들은 저마다 한 주간 동안 가장 행복했던 일들을 하나씩 내놓기 시작했다. 신기하게도 다른 사람들이 행복한 일들을 말하는 동안 행복하다는 느낌이 점점 커졌다. 방 안에는 훈기가 돌고 사람들의 얼굴이 환해졌다.

나에게도 전하고 싶은 이야기가 있었다. 평생 처음 보는 폭설로 꼼짝도 할 수 없었던 날, 모처럼 주어진 시간은 크나큰 여백으로 다가왔다. 커다란 백지를 주며 마음대로 꾸며보라고 할 때의 느낌이랄까, 넓은 벌판을 달리다 차가 고장 나서 길 한가운데 서 있는 기분이랄까. 그러나 외출을 하지 않아도 된다는 안도감과 넉넉하게 주어진 시간, 그 여백에 기대어 여유를 누려보기로 했다.

우선 대추를 듬뿍 넣고 대추차를 끓였다. 집안에 달콤하고 부드러운 향기가 퍼졌다. 컴퓨터에 걸어놓고 쓰고 있던 글 한 편을 완성하고, 평소에 듣고 싶었던 음악을 크게 틀었다. 공동주택이라 밤에는 음악을 듣고 싶어도 크게 틀어놓을 수가 없었다. 하늘 창에는 햇솜 같은 눈이 두툼하게 쌓였고, 가끔 먹이를 찾는 산새들의 날갯짓 소리가 들렸다. 깊은 산에서 사는 산토끼나 고라니들도 우왕좌왕 하겠구나. 앞으로 다가올 일에 대해 미리 걱정하는 일이 없고 닥친 위험이나 고통을 있는 그대로 받아들이는 동물들을 보면 마음이 숙연해진다. 사람들은 다가올 미래에 대한 불안을 미리 당겨 와서 걱정을 키우는데 그들은 어떤 고통 앞에서도 겸허하다. 결코 재난을 확대 해석하거나 불행이라 부르지 않는다. 주어진 생生의 명命을 받들어 이루기 위한 부단한 노력이 있을 뿐이다.

평소에 지나쳤던 이런저런 생각을 하다 늘 피곤한 자신에게 좋은 선물을 주고 싶었다. 여름에 샤워할 때나 쓰는 다락방의 욕조에 거품 목욕제를 풀고 북해도의 노천 온천처럼 호사를 누려보기로 했다. 긴장했던 근육이 부드러워지고 콧노래가 저절로 나왔다. 꽉 짜여 있던 약속을 지키지 못해 속을 끓이던 하루가 순식간에 행복한 날로 바뀌었다. 행복은 멀리 있는 것이 아니고 상황에 따라 유무가 결정되는 것도 아니었다.

먼 곳에 사는 친구와 한참 통화를 했다. 평소에도 자주 보지 못했는데 모처럼 오랜 대화를 나누었다. 폭설과 함께 일어난 일련의 예기치 않은 일들로 마음속에 태풍이 휘몰아쳤다고 했다. 그 태풍이 있고 나서 마음에 어떤 변화가 일어났는지 물어보았다. 친구는 무엇이 중요한지를 깊이 생각했고 그것을 알게 되었다고 말했다. 정말 중요한 것이 무엇인가를 깨닫게 되는 것도 행복한 일 중 하나가 아닐까.

날씨는 영상으로 풀리고 하늘빛이 침착한 날이다. 우리 집 반려견 코코가 오디오 스피커 앞에 엎드려 있다. 신기하게도 클래식 음악을 들으면 편안해 한다. 얼마 전 많이 아파서 고생을 했는데 이제는 병들었던 몸에 평화가 찾아왔다. 눈비가 오거나 천둥번개가 치면 불안해서 어쩔 줄 모르는 코코도 지금 행복을 느끼는 것 같다. 격렬한 고통에서 벗어나 더 바랄 것이 없는 표정으로 앉아 있는 모습을 보며 내가 평화롭고 행복한 마음이 드는지도 모른다.

코코도 주어진 것을 누릴 줄은 안다. 하지만 무엇인가 고심해서 찾거나 불가능한 것을 꿈꾸지는 않는다. 그래서 행복은 내가 가지고 있는 것을 찾아서 누리는 능력, 또는 꿈을 끌어 당겨서 누리는 능력이라고 했던가.

다시 한파와 눈 소식이 있다. 앞으로는 예고 없이 들이닥치는 미지의 날에도 마음의 다락방에서 내 안의 나와 조우하리라는 믿음이 있다. 또한 행복은 물건의 이름이나 상품과 같이 단순한 명사가 아니고 역동적인 동사를 품은 D. I. Y^{Do-It-Yourself}라는 비밀도 어렴풋이나마 깨닫고 있다. 이제부터 나의 행복은 신명나게 움직이는 동사^{動詞}이고 불가능한 미래를 꿈꾸며 그것을 향해 달려가는 발길이다.

흔적

여행을 다녀오면 사진부터 보게 된다. 낯설거나 특이한 장면들을 꺼내면 바로 그때 그 순간이 떠오른다. 그런 추억이 살아볼 만한 세상을 만들고 레코드판에 음파가 아로새겨지듯 가슴에 흔적을 남긴다. 그 생각을 정리하기 위해 연필로 메모를 하거나 책에 밑줄을 그으며 읽는 것이 나의 오랜 습관이다. 오늘은 십오 년간의 동행으로 정이 든 코코의 사진을 보며 '살아 있는 것들은 흔적을 남긴다.'고 메모를 했다.

그렇다, 살아 있는 것들은 흔적을 남긴다. 십오 년간 키운 반려견 코코는 우리 마음에 많은 추억을 남겼고 숨을 거둔 날 집안 청소를 하며 구석구석 발견되는 장난감과 흔적 때문에 이별이 더욱 실감났다. 시어머님이 편찮으실 때는 노심초사 곁을 지켰고, 새벽마다 가장의 출근을 배웅하기 위해 현관 앞에 나가서 인사를 했다. 아이들이 자라는 모습을 바라보았고 퇴직한 남편의 벗이 되어 주었으며, 가족의 갈등과 슬픔을 빼놓지 않고 지켜보았다. 일상생활 속에서 십오 년이나 동행한다는 것은 손님이나 남이라면 결코 나눌 없는 일이다.

예전에 친정에는 열세 살짜리 반려견 티피가 있었는데 아버지의 각별한 사랑을 받았다. 매일 퇴근하실 때마다 큰 길까지 마중을 나가고, 해외근무를 하다 오랜만에 집에 돌아오실 때는 펄쩍펄쩍 뛰어 오르며 반기던 티피를 아버지는 매우 아끼셨다. 내가 중학생 때부터 두 아이의 엄마가 되는 것을 지켜보았고, 부모님과 떨어져 있을 때도 항상 내곁에 머물렀다. 왜 번거롭게 개나 고양이 그 밖의 동물을 키우느냐고 반문하지만 반려 동물과 나누는 교감은 아주 특별하다. 아마도 자녀들이 반려동물들만큼 부모를 따르고 존중한다면 더없이 마음이 즐겁고 기쁠 것이며, 그와 같이 지나친 기대나 조건 없이 자녀를 대한다면 자녀와의 갈등도 훨씬 줄어들리라 생각한다. 어쩌면 우리 곁에 있거나 함께 사는 동물들을 통해 소통이나 관계를 연습하고 사랑하는 법을 배우는 것인지도 모른다.

한 친구에게 작은 강아지 한 마리를 소개한 적이 있다. 그 강아지는 마당이 넓은 집의 한구석에 매어 있었는데 먹고 자는 환경이 열악할 뿐 아니라 큰 개에게 물려 상처를 입은 상태로 방치되어 있었다. 주인에게 혹시 다른 곳에 보낼 의향이 없느냐고 물었더니 감당할 수가 없으니 언제라도 데려가라고 허락을 했다.

친구는 강아지를 데려다가 치료하고 먹이고 극진하게 보살피며 돌보아주었다. 이름도 없던 강아지가 '럭키'라는 행운의 이름을 얻었다. 어쩌면 코코를 키우면서 발달된 동물적 감각으로 강아지의 딱한 처지를 읽고 럭키로 운명을 바꾸게 한 건 아닐까 싶다.

동물도 그렇지만 사람이 사람에게 남긴 사랑과 상처의 흔적은 지우기 힘들 정도로 깊이 각인된다. 미혼모를 위한 사회복지 시설을 방

문해서 그들을 코칭하고 대화를 나누면서 그들이 책임지기 어려운 나이에 사랑에 빠지고 아기를 낳고 살아가야 하는 일들이 뼈아픈 현실로 다가왔다. 자신이 낳은 아기를 입양하는 미혼모나 자기 아이를 직접 키우겠다면 직업훈련을 받는 싱글맘들의 용기에 응원의 박수를 보내면서도 거친 환경에서도 그들이 포기하지 않기를 간절히 기원했다. 그나마 다행인 것은 그런 시설을 자발적으로 찾아와서 기본적인 도움을 받는 것인데 퇴소를 하고 나서 부모에게 돌아갈 수 있다면 다행이지만 오갈 데가 없는 청소년 엄마는 어떻게 해야 하나 깊은 우려가 되었다.

그런가 하면 미혼모에게서 태어난 아이들을 세 명이나 입양하여 키우는 부모를 알고 있다. 더구나 해외에 거주하면서 자신의 아들들을 다 키워놓고 세 딸을 신생아 때 입양하여 업어 키우는 정성에 깊은 감동을 받았다.

입양아와 가족들의 모임에서 상실과 사랑을 모두 경험한 일곱 살짜리 아이가 입양을 기다리는 동생들을 보며 '너도 나처럼 좋은 엄마 아빠 만났으면 좋겠다.'고 했다는 이야기에 가슴이 찡했다.

똑같은 아이도 마음에 어떤 사랑을 받느냐에 따라 삶이 바뀐다. 사랑은 사랑을, 상처는 더 큰 상처의 흔적을 이어간다. 오늘은 어떤 흔적과 조우하게 될까, 설레기도 하고 두렵기도 하다.

봄날의 선물

　며칠 전 귀한 선물을 받았다. 인생설계 코칭 고객으로 만났던 분이 약속한 대로 출판한 책을 가지고 찾아오셨다. 말단 직원으로 출발하여 다국적 기업의 CEO로 퇴직한 후 인생 이막을 맞으며 그동안 쌓아온 전문성을 젊은 세대에게 나누어주고자 하는 꿈이 있었는데, 그 책이야말로 선배 직장인의 넉넉한 마음이 느껴지는 따뜻하고 체계적인 책이었다.

　코칭 고객 중에는 책을 쓰고 싶어 하는 분들이 많다. 특히 자신의 분야에서 30년 이상 치열하게 일해 온 베이비부머들은 대부분 자신의 책을 갖고 싶어 한다. 중장년 고객의 마음속 이야기를 풀어내고 꿈을 찾다 보면 목표한 대로 출판한 책을 가지고 오는 분들이 하나, 둘씩 늘어난다. 그분들과 더불어 버킷 리스트 안에 들어 있는 소중한 꿈이 현실로 이루어지는 가슴 벅찬 기쁨을 나누는 귀한 경험을 하고 있다. 고객의 성공이 보람과 기쁨인 코치로서 받을 수 있는 최고의 선물이다.

　3월부터 5월은 다양한 공공사업에 대한 제안서를 내는 시기이다. 정부와 기업이 아닌 제3섹터에서 공공의 일에 참여하는 이들이 당사자들이라 하루 종일, 또는 밤늦도록 모여서 프로그램을 만들고 제안을 하는 일에 대한 몰입하고 있다. 요즘은 사회적으로도 앙코르커리어(사회공헌+일자리)가 큰 관심분야인데 양성교육을 하고, 훈련을 시키고, 자격증을 따고 더불어 일거리를 만드는 원스톱의 과정을 수년간 해오면서 어느 정도 자신감이 생겼다. 실제로 회원 중에는 퇴직 후에 사회적 코치 양성교육을 받고 전문코치가 되고 다시 공부하여 석박사 과정을 하면서 대학에서 강의를 하는 분들이 많고, 공직으로 진출하는 분들도 있다.

앞으로는 개인의 수직적인 성공보다 공동체의 힘을 모아 협력하고 더불어 살아가는 법을 알아야 상생할 수 있고, 사람의 마음에 공감하고 각자의 특성에 맞는 꿈을 실현해나가는 일에 동행하는 직종이 새로운 시대의 대안이 될 수 있다. 그럼에도 불구하고 아동기, 청소년기 자녀들을 학원에 보내며 친구와 만나 놀지 못하도록 3개월에 한 번씩 학원을 옮긴다는 말을 듣고 큰 충격을 받았다.

사람을 천편일률적으로 기계화한다고 해서 알파고를 따라 잡을 수는 없다. 더 이상 정답을 잘 맞히는 3차 산업혁명 시대의 인재는 필요치 않다. 다른 사람의 마음에 공감하지 못하는 사람, 놀지 못하는 사람은 컴퓨터와 차별화될 수 없다. 아무리 기계와 겨루어 단순노동을 한다 해도 인간이 그것들을 이겨낼 수는 없으며, 오히려 감성적이며 재미있는 일로 기여하는 사람들이 주인공이 되는 시대가 왔다고 학자들은 말한다.

예를 들면 본인이 좋아하는 세계여행을 하면서 SNS로 본인의 다양하고 재미있는 경험을 실시간으로 나누고, 여행길에 만나는 배낭여행 젊은이들의 멘토 역할을 하는 여행 작가가 각광을 받는 시대가 되었다.

마을버스를 개조하여 2년간 여행을 한 임택 대장은 이미 국제적으로 유명인사가 되었고, 그렇게 여행하며 전 세계인과 친구가 되는 것이 본인의 일이라는 말에 이제는 누구나 동의를 한다.

한국에 돌아와서 마을버스에 여행단을 태우고 다문화가정 어린이와 청소년, 노인, 장애우 청년을 만나면서 그들의 꿈을 실현시켜주는 청년꿈여행 기획자 겸 사회운동가가 되었다. 그가 학교 시절 성실한 우등생에 머물렀다면 결코 이루어낼 수 없는 일들이었다. 불과 5년 전에 여행 작가가 되고 싶다며 필자를 찾아왔던 예비여행 작가 중 한 명인 그의 모습을 더 이상 기억해내기 어렵다.

시대는 예측할 수 없이 격변한다. 4차 산업혁명시대가 화두가 되어 인공지능과 컴퓨터가 많은 분야의 일을 차지하여 과연 우리의 미래와 일자리가 보장될 수 있을까 불안감을 가지고 있다. 글로벌 컨설팅 회사인 맥킨지 역시 현재 구현된 기술만으로 전체 노동의 49%를 로봇으로 대체할 수 있다고 분석했다. 어쩌면 시대의 변화가 쓰나미와 같이 우리를 덮칠지도 모른다. 그러나 컴퓨터에게 사람의 상식을 가르치는 것은 어려운 일이며, 관련 정보를 찾는 법률 분야의 많은 일상 업무들이 AI에게 잠식당할 수 있으므로 일부 정해진 유형의 답이 없는 고도의 서비스만 살아남을 수 있을 것이라는 전망이다.

사람의 마음에 공감하고 따뜻한 지지와 격려를 보내는 일은 사람만이 할 수 있는 일이며, 여유를 갖고 놀면서 좋아하는 일, 창의적인 일을 해내는 사람들이 대우받는 시대가 왔다. 공동체 안에서 서로 협력하고 나누면서 사회에 혜택을 줄 수 있는 공적인 활동까지 폭넓게 개발하면 그것을 노동으로 인정하고 보상하는 시대가 오리라는 것을 봄날의 선물, 파란 표지의 책이 희망적인 예언을 한다.

몸과 마음 사용 설명서
—늘골에 대한 묵상

이 진 화

며칠간 머리맡에 놋쇠 종을 두었다. 일어나고 누울 때마다 부러진 갈비뼈가 아파서 누군가를 부르기 위해 종을 쳐야 한다. 심호흡을 하며 숨이 들고 나는 것을 지켜보곤 했지만 갈비뼈가 무슨 일을 하는지 미처 알아채지 못했다. 늘골 4·5번 골절이 일어나고 나서야 일상생활에서 무심히 했던 모든 일들이 얼마나 대단한 일들인지 깨닫는다.

높은 목소리로 이야기하고, 노래하고, 통통 대며 횡단보도를 뛰어서 건너고, 누웠다 후다닥 일어나고, 이리저리 돌아눕고, 시원하게 재채기를 하고, 기침하고, 딸꾹질하고, 하품하고, 소리 내어 웃는 것. 웅크리며 물건을 들어올리고, 차 안에서 이리저리 흔들리며 이동하고, 반갑게 끌어안고, 경운기 타고 농로를 덜커덩대며 달리는 것. 이 모든 순간에 갈비뼈가 남몰래 일해 왔다는 걸 알아차린다.

12쌍 상아빛 창살로 나의 심장과 폐부를 지켜온 탄력 있는 내 생명의 서까래들, 머리맡의 종을 치면 나를 일으켜 주러 오는 이가 있어서 저녁이 고맙다. 종을 모아둔 쟁반에서 젖소 뼈를 넣은 본차이나 종을 꺼내 흔들어본다. 뼈가 들어 있는 도자기는 왜 더 가볍고 울리는 소리가 유난히 맑은지 세상의 많은 종들은 누구를 위해 울리는지, 나는 세상에 무슨 소리를 내는 종이었는지, 뼈아픈 골절 후에야 하게 된 늑골에 대한 묵상이 자꾸 곁길로 빠지고 있다.

어쩌면 내 몸의 많은 부분들이 인공적으로 대체될 날이 올지도 모르지만 인공지능이나 로봇이 따라올 수 없는 마음의 자리는 지켜야 하는데, 나다운 나로 살아가려면 어떻게 살아가야 할까. 돌이켜보면 그동안 큰 병이나 별 탈 없이 살아왔지만 마음이 급하고 분주할 때 발을 삐끗하거나 너울파도에 휘말려 발가락뼈 골절상을 당한 적이 있다. 공통적으로 중요한 일을 앞둔 시기에 골몰을 하다가 몸과 마음이 엇박자가 나곤 했는데 집에서 넘어져 옆구리를 욕조에 부딪치다니 황당하기 이를 데 없다. 도대체 얼마나 깊은 궁리를 했기에 실내에서 균형을 잃을 정도로 마음이 쏠렸을까. 그 무렵에는 몇 가지 프로젝트를 동시에 구상하며 잠을 이루지 못하고 있었다.

내가 사람의 마음과 성격에 대해 관심을 갖게 된 것은 열 살 무렵부터이다. 학교에서 혈액검사를 했는데 혈액형마다 성격이 다르다는 것이 선생님의 설명이었다. 세상에 그 많은 사람들이 혈액형에 따라 네 가지로 분류되다니 참 이상하다는 생각이 들었다. 그 후로도 사람들이 타고난 성격과 겉으로 드러나는 언행에 대해 지속적인 관심을 갖게 되었다. 내가 그렇게 말하고 행동하는 까닭은 무엇인지, 어떨 때 사람은 마음과 달리 넘어지고 넋을 놓는지 유심히 바라본다.

전치 4주의 진단을 받고 아직 며칠을 더 기다려야 한다. 갈비뼈는 집스나 별다른 처치를 할 수 없는 형편이라 남은 기간 동안 늑골에 대한 묵상을 하며 '몸과 마음 사용설명서'를 찬찬히 써보려 한다. 아프니까 비로소 있다는 걸 깨달은 갈비뼈뿐 아니고 머리끝부터 발끝까지 평생을 함께 살아온 나의 몸을 만나고 마음도 들여다보는 기회를 갖는다. 내 몸은 마음과 같은 방향으로 움직이고 있는지, 내 마음은 몸을 잘 아끼고 잘 사용하고 있는지, 길어진 노년기에 마음이 더 커지고 몸이 약해지면 어떻게 조절할지, 몸과 마음이 평화롭게 방향과 속도를 맞추어 동행하는 비결을 찾아보려 한다.

어머니는 민첩한 분이었다. 젊어서 운동도 잘하셨지만 워낙 부지런해서 항상 몸을 움직이는 편이다. 얼마 전까지만 해도 짐칸이 달린 파란 네 발 자전거를 타고 교회와 전철역 사이를 오가셨는데 최근에 꼭 갖고 싶다는 분에게 정든 자전거를 보내셨다. 하얀 바지를 입고 노련하게 자전거를 타던 어머니의 모습이 엊그제 같은데 이제는 가족들과 걷다 보면 자꾸 발걸음이 뒤처진다. 그럴 때는 손을 잡고 천천히 걷는다. 어머니의 손은 아직도 힘이 있고 따뜻하다. 매일 짐을 머리에 이고 언덕을 넘던 날렵한 걸음은 찾아볼 수 없어도 마음은 여전히 의욕이 넘친다. 내가 다쳤다는 소식에 당장에 달려와서 집안일을 도와주고 싶지만 언덕배기에 있는 우리 집이 엘리베이터 없는 삼층이라 걸어 올라오기가 점점 버겁다고 하신다.

나 역시 20여 년 후에는 어머니가 겪는 어려움을 겪게 되겠기에 '몸과 마음 사용설명서'에 현재시제로 한 항목씩 적어 넣는다. '음식은 자연식 위주로 8할만 먹는다. 천천히 걸으며 느긋한 마음으로 발끝을 바라본다. 몸이 마음보다 1초 나중에 출발한다. 늦은 밤까지 많은 일을 하고 싶을 때는 일단 덮어놓고 잠자리에 든다. 급하고 중요할 일뿐 아니라 급하지 않아도 중요한 일을 챙긴다. 날아오는 시간의 공들을 끝까지 바라본다. 마음이 괴로울 때는 관점을 바꾸어 생각한다. 보고 싶은 사람은 즉시 만난다. 일주일에 반나절은 하고 싶은 일을 하며 여가 시간을 갖는다. 많이 웃는다.'

수필가 이진화(본명 이경희)

1988년 〈한국수필〉 겨울호로 등단
한국수필가협회, 한국수필작가회, 한국여성문학인회, 한국문인협회 회원
한국수필작가회 회장 역임, 고양시문인협회 회장 역임
2005년 한국수필문학상, 경기도문학상 본상(수필), 고양시 시장상(문화예술부문) 수상
수필집: 〈신을 신고 벗을 때마다〉, 〈마음의 다락방〉, 〈두 개의 의자〉 외

번역가 이홍화

번역가(번역협동조합)
경제학 박사, KCERN 연구자문위원, 숭실대학교 초빙교수
일본 미야자키 국제대학, UAE 자이드유니버시티, 쿠웨이트 아메리칸 유니버시티 오브 더 미들이스트 조교수 역임

Instruction Manual for the Mind and Body
— A Meditation on the Ribs

Lee Jin Hwa

I had to place a brass bell by the bed for a few days. Because my
fractured ribs were so painful when trying to get up and lie down,
I had to call someone to assist me. Rather than yelling, I decided
to ring a bell. I can see the chest expanding when taking a deep
breath, but I never stopped to reflect on what role the ribs played
here. It is only when the 4th and the 5th ribs had fractured, I finally
realized that what seemed so ordinary in fact is not that at all. It is
actually quite amazing really.

Speaking high pitched, singing, crossing the street running
briskly pounding the pavement, lying and suddenly getting up,
rolling on the bed, sneezing without any care, coughing, having
hiccups, yawning, laughing out loud, trying to lift a heavy object
all crunched up, moving while swaying back and forth in the car,
hugging a person tightly so glad to meet her, chugging along on a

bumpy country road on a rusty tractor··· I've come to realize that all these moments were possible only because the ribs were working their magic behind the scene.

The rafters of my life—a 12-pair ivory springy bars protecting my heart and lungs. I am glad that someone will come to my aid when I ring the bell tonight. I look at the tray where many bells are placed. I pick one made of bone china, which contains real cow bones, and ring it. I wonder why bone china bells are so light and ring so crystal clear. For whom the bells toll, what kind of bell am I and what sound do I make. The mediation on the ribs that I have started only after I've fractured them is being sidetracked in unexpected ways.

Perhaps my body would be full of artificial parts someday, but I hope there always will be a small space for mind and spirit that no AI or robots could invade. What does it take to be uniquely you? If I look back, I have not had a serious condition or anything worth mentioning, but there were a couple of instances when I got injured. I once sprained my ankle and my toe bones were fractured when I was swept by a swell wave. I was in a big hurry, deep in thought—I think both times. When there is an important event coming up, when I have to resolve many things, my body and mind are often out of sync. I think this is precisely what happened. It seemed so clumsy to slip and bump my rib cage on a tub like that. What had preoccupied my mind so much that I lost my sense of balance at home—indoors? Perhaps it was not so surprising since I was worried about several projects simultaneously and having sleepless nights.

I became interested in people's mind and personalities I was around 10. A blood test was conducted at school, and my teacher explained that each blood type is associated with a unique set of personalities. I thought it was odd that everybody in the world could be classified into four types according to their blood types, but my interest in personality was aroused. I continued to be curious how people's inborn personalities and behaviors in practice might be related. What makes me say certain things and why do I behave in a certain way? When does a person fall involuntarily and lose her mind?

I was told that the ribs would take about 4 weeks to heal and to wait a few days. The ribs cannot be put in a cast and no other remedies are available. I think I would take this time to reflect on the ribs, and write an 'instruction manual on the mind and body'— slowly. I have only realized that the ribs play such an important role only after I have fractured them. I think this is a great opportunity to peer into the rest of my body—from head to toes—and mind. Perhaps for the first time in my life. Whether my body is moving in the same direction as my mind, whether my mind is taking care of my body and handling it well, whether I would be in control when the mind enlarges and the body shrinks in old age—the period that is bound to be very long, these are the questions that race in my head. I am going to search for a secret recipe that would allow the mind and body to move along in the same direction in harmony.

My mother is a nimble, agile lady. She was not just an all-around sportswoman when she was young, but she always kept herself busy—always moving. Until quite recently, she cycled back and forth between her church and the subway station on a blue four-wheel cycle with a cargo bed. Because it was becoming increasingly difficult to continue to do that, she decided to give it to a friend who coveted it. I can picture her in white pants cycling with ease so vividly, but she falls behind when she is walking with the family these days. Then I slow down and hold her hands. Her hands are still firm and warm. I can also see her as a young mother with her sprightly gait always with a rather heavy bundle on the hilly path to our house. It is long gone, but her mind is as alert as ever—always full of curiosity. When she heard that I was injured, she wanted to come over right away to help me with household chores, but she finds that it is too taxing to come to my house where she has to walk up to the third story. Not just that it is on the top of a hill!

I have started to write one item after another on the 'mind-andbody instruction manual', in the present tense, knowing what my mother faces now, I would face in 20 years. 'Eat primarily natural foods and never overeat. Walk slowly and watch where you are going and never in haste. The body should start to move a one second after the mind. Even when I swamped with many things to do, don't be tempted to stay up late and go to bed. Take care of not just urgent and important things but also non-urgent but important things. Be sure to keep track of the flying balls of time. Be flexible enough to consider the other perspective if the mind suffers to persist. Be sure to call and meet a friend immediately when you miss her. Be sure to spend at least half a day a week doing what you enjoy doing in leisure. Be sure to laugh and smile—a lot'.

Author: Lee Jin Hwa (Lee Kyung Hee, autonym), Essayist

- ◆ Started literary career in 1988 with an essay in the winter issue of Korean Essays.
- ◆ Member: Korean Essayists Association, Korean Essayists Society, Korean Authors Association
- ◆ Served as chairwoman: Korean Essayists Society, Goyang City Authors Association
- ◆ Awarded: Korean Essay Literature Prize in 2005, Gyeonggi-do Literature Prize (for essay)
- ◆ Published collections of essays: Whenever Slipping In and Out of Shoes, Attic in My Mind, Two Chairs and others

Translator: Lee Hong Hwa

◆ Member: Translation Cooperative
◆ Soongsil University (Invited Professor), Korean Creative Economy
  Research Network (Research Advisor), Ph.D. in Economics
◆ Taught at Miyazaki International College in Japan, Zayed University in
  the UAE, American University of the Middle East as assistant professor